# 比较文学与世界文学 研究丛书

主编 曹顺庆

初编 第 **9** 册

## 《六祖坛经》英译及其在美国的研究（上）

常 亮 著

花木兰文化事业有限公司

国家图书馆出版品预行编目资料

《六祖坛经》英译及其在美国的研究（上）／常亮 著 -- 初版
-- 新北市：花木兰文化事业有限公司，2022〔民 111〕
目 4+160 面；19×26 公分
（比较文学与世界文学研究丛书 初编 第 9 册）
ISBN 978-986-518-715-6（精装）
1.CST：六祖坛经 2.CST：英语 3.CST：翻译
4.CST：研究考订
810.8                                         110022063

ISBN-978-986-518-715-6
9 789865 187156

比较文学与世界文学研究丛书
初编 第九册                    ISBN：978-986-518-715-6

# 《六祖坛经》英译及其在美国的研究（上）

作　　者 常亮
主　　编 曹顺庆
企　　划 四川大学双一流学科暨比较文学研究基地
总 编 辑 杜洁祥
副总编辑 杨嘉乐
编辑主任 许郁翎
编　　辑 张雅淋、潘玟静、刘子瑄　美术编辑 陈逸婷
出　　版 花木兰文化事业有限公司
发 行 人 高小娟
联络地址 台湾 235 新北市中和区中安街七二号十三楼
　　　　 电话：02-2923-1455 ／传真：02-2923-1452
网　　址 http://www.huamulan.tw 信箱 service@huamulans.com
印　　刷 普罗文化出版广告事业
初　　版 2022 年 3 月
定　　价 初编 28 册（精装）台币 76,000 元

# 《六祖坛经》英译及其在美国的研究（上）

常亮 著

## 作者简介

常亮，男，满族。河北承德人，1980年6月出生，中国民主同盟盟员，河北民族师范学院外国语学院副教授。先后就读于西安外国语大学英语系及河北理工大学外国语学院，获得文学学士、硕士学位。2014年9月至2017年6月就读于北京师范大学文学院比较文学与世界文学研究所，师从曹顺庆教授，获得文学博士学位。博士学位论文《〈六祖坛经〉英译及其在美国的研究》被评为2018年度北京师范大学优秀博士论文。现阶段主要从事佛经英译、满族文学与文化在海外的传播与影响等方面的研究。2010年以来发表中文核心期刊学术论文8篇，其中3篇为CSSCI检索论文；主持或参与完成省级以上科研课题多项。

## 提　　要

　　本书涉及《六祖坛经》英译及其在美国的研究两方面内容。

　　在《六祖坛经》英译研究方面，笔者首先收集了敦煌出土写本以及通行本两个系统原本的共计14个英译本，通过对勘的方式对这14个译本的译文进行了通篇逐句对读，并对各英译本的译文差异进行了归纳和总结。通过对《坛经》各英译本译文差异示例的归纳，本书总结了译文差异的六种主要类型。之后，笔者对上述译文差异类型在两个系统《坛经》英译文差异示例所占比例的情况进行了综合性的分析。在各英译本译文对勘以及译文差异综合性分析的基础之上，本书对《坛经》英译的总体翻译质量和翻译策略进行了评述。

　　《六祖坛经》英译研究的另一个重要对象是英译变异问题。在对中国传统佛经翻译理论和19世纪后半叶以来的佛经英译实践进行反思之后，本书将比较文学变异学理论引入《坛经》的英译研究之中，对《坛经》英译中出现的各种变异现象进行了较为深入的探讨。本书所总结的《坛经》英译变异类型主要有三种：一是后人对前人译本的改写、修订所造成的变异；二是由于学者型译者将个人的学术观点融入到译文中所造成的译文相对于原文的变异；三是《坛经》英译中的文化变异。

　　本书第二方面内容是《六祖坛经》在美国的研究。笔者以梳理学术史的方法对美国的《坛经》研究进行了回顾与总结。美国的《坛经》研究始于1930年代，早期《坛经》研究明显带有自发性和宗教性，大多较为自由、随意，在深度和系统性方面有所欠缺。1960年代以后，美国的《坛经》研究逐步走向成熟，以历史梳理和文献考据为特征的研究渐渐成为主流。除了历史梳理和文献考据之外，美国的《坛经》研究也有一些以内容分析和义理阐发为特征。

　　最后，本书对中美两国的《六祖坛经》研究进行了比较并提出，中美两国研究者应该加强彼此之间的交流与沟通，共同促进《坛经》研究的国际间合作，这样才有利于深入挖掘《坛经》的思想价值，使之成为全人类共同的文化经典。

# 比较文学的中国路径

曹顺庆

　　自德国作家歌德提出"世界文学"观念以来，比较文学已经走过近二百年。比较文学研究也历经欧洲阶段、美洲阶段而至亚洲阶段，并在每一阶段都形成了独具特色学科理论体系、研究方法、研究范围及研究对象。中国比较文学研究面对东西文明之间不断加深的交流和碰撞现况，立足中国之本，辩证吸纳四方之学，而有了如今欣欣向荣之景象，这套丛书可以说是应运而生。本丛书尝试以开放性、包容性分批出版中国比较文学学者研究成果，以观中国比较文学学术脉络、学术理念、学术话语、学术目标之概貌。

## 一、百年比较文学争讼之端——比较文学的定义

　　什么是比较文学？常识告诉我们：比较文学就是文学比较。然而当今中国比较文学教学实际情况却并非完全如此。长期以来，中国学术界对"什么是比较文学？"却一直说不清，道不明。这一最基本的问题，几乎成为学术界纠缠不清、莫衷一是的陷阱，存在着各种不同的看法。其中一些看法严重误导了广大学生！如果不辨析这些严重误导了广大学生的观点，是不负责任、问心有愧的。恰如《文心雕龙·序志》说"岂好辩哉，不得已也"，因此我不得不辩。

　　其中一个极为容易误导学生的说法，就是"比较文学不是文学比较"。目前，一些教科书郑重其事地指出：比较文学不是文学比较。认为把"比较"与"文学"联系在一起，很容易被人们理解为用比较的方法进行文学研究的意思。并进一步强调，比较文学并不等于文学比较，并非任何运用比较方法来进行的比较研究都是比较文学。这种误导学生的说法几乎成为一个定论，

一个基本常识，其实，这个看法是不完全准确的。

让我们来看看一些具体例证，请注意，我列举的例证，对事不对人，因而不提及具体的人名与书名，请大家理解。在 Y 教授主编的教材中，专门设有一节以"比较文学不是文学比较"为题的内容，其中指出"比较文学界面临的最大的困惑就是把'比较文学'误读为'文学比较'"，在高等院校进行比较文学课程教学时需要重点强调"比较文学不是文学比较"。W 教授主编的教材也称"比较文学不是文学的比较"，因为"不是所有用比较的方法来研究文学现象的都是比较文学"。L 教授在其所著教材专门谈到"比较文学不等于文学比较"，因为，"比较"已经远远超出了一般方法论的意义，而具有了跨国家与民族、跨学科的学科性质，认为将比较文学等同于文学比较是以偏概全的。"J 教授在其主编的教材中指出，"比较文学并不等于文学比较"，并以美国学派雷马克的比较文学定义为根据，论证比较文学的"比较"是有前提的，只有在地域观念上跨越打通国家的界限，在学科领域上跨越打通文学与其他学科的界限，进行的比较研究才是比较文学。在 W 教授主编的教材中，作者认为，"若把比较文学精神看作比较精神的话，就是犯了望文生义的错误，一百余年来，比较文学这个名称是名不副实的。"

从列举的以上教材我们可以看出，首先，它们在当下都仍然坚持"比较文学不是文学比较"这一并不完全符合整个比较文学学科发展事实的观点。如果认为一百余年来，比较文学这个名称是名不副实的，所有的比较文学都不是文学比较，那是大错特错！其次，值得注意的是，这些教材在相关叙述中各自的侧重点还并不相同，存在着不同程度、不同方面的分歧。这样一来，错误的观点下多样的谬误解释，加剧了学习者对比较文学学科性质的错误把握，使得学习者对比较文学的理解愈发困惑，十分不利于比较文学方法论的学习、也不利于比较文学学科的传承和发展。当今中国比较文学教材之所以普遍出现以上强作解释，不完全准确的教科书观点，根本原因还是没有仔细研究比较文学学科不同阶段之史实，甚至是根本不清楚比较文学不同阶段的学科史实的体现。

实际上，早期的比较文学"名"与"实"的确不相符合，这主要是指法国学派的学科理论，但是并不包括以后的美国学派及中国学派的学科理论，如果把所有阶段的学科理论一锅煮，是不妥当的。下面，我们就从比较文学学科发展的史实来论证这个问题。"比较文学不是文学比较""comparative literature is not literary comparison"，只是法国学派提出的比较文学口号，只是法国学派一派的主张，而不是整个比较文学学科的基本特征。我们不能够把这个阶段性的比较文学口号扩大化，甚至让其突破时空，用于描述比较文学所有的阶段和学派，更不能够使其"放之四海而皆准"。

法国学派提出"比较文学不是文学比较"，这个"比较"（comparison）是他们坚决反对的！为什么呢，因为他们要的不是文学"比较"（literary comparison），而是文学"关系"（literary relationship），具体而言，他们主张比较文学是实证的国际文学关系，是不同国家文学的影响关系，influences of different literatures，而不是文学比较。

法国学派为什么要反对"比较"（comparison），这与比较文学第一次危机密切相关。比较文学刚刚在欧洲兴起时，难免泥沙俱下，乱比的情形不断出现，暴露了多种隐患和弊端，于是，其合法性遭到了学者们的质疑：究竟比较文学的科学性何在？意大利著名美学大师克罗齐认为，"比较"（comparison）是各个学科都可以应用的方法，所以，"比较"不能成为独立学科的基石。学术界对于比较文学公然的质疑与挑战，引起了欧洲比较文学学者的震撼，到底比较文学如何"比较"才能够避免"乱比"？如何才是科学的比较？

难能可贵的是，法国学者对于比较文学学科的科学性进行了深刻的的反思和探索，并提出了具体的应对的方法：法国学派采取壮士断臂的方式，砍掉"比较"（comparison），提出比较文学不是文学比较（comparative literature is not literary comparison），或者说砍掉了没有影响关系的平行比较，总结出了只注重文学关系（literary relationship）的影响（influences）研究方法论。法国学派的创建者之一基亚指出，比较文学并不是比较。比较不过是一门名字没取好的学科所运用的一种方法……企图对它的性质下一个严格的定义可能是徒劳的。基亚认为：比较文学不是平行比较，而仅仅是文学关系史。以"文学关系"为比较文学研究的正宗。为什么法国学派要反对比较？或者说为什么法国学派要提出"比较文学不是文学比较"，因为法国学派认为"比较"（comparison）实际上是乱比的根源，或者说"比较"是没有可比性的。正如巴登斯佩哲指出："仅仅对两个不同的对象同时看上一眼就作比较，仅仅靠记忆和印象的拼凑，靠一些主观臆想把可能游移不定的东西扯在一起来找点类似点，这样的比较决不可能产生论证的明晰性"。所以必须抛弃"比较"。只承认基于科学的历史实证主义之上的文学影响关系研究（based on scientificity and positivism and literary influences.）。法国学派的代表学者卡雷指出：比较文学是实证性的关系研究："比较文学是文学史的一个分支：它研究拜伦与普希金、歌德与卡莱尔、瓦尔特·司各特与维尼之间，在属于一种以上文学背景的不同作品、不同构思以及不同作家的生平之间所曾存在过的跨国度的精神交往与实际联系。"正因为法国学者善于独辟蹊径，敢于提出"比较文学不是文学比较"，甚至完全抛弃比较（comparison），以防止"乱比"，才形成了一套建立在"科学"实证性为基础的、以影响关系为特征的"不比较"的比较文学学科理论体系，这终于挡住了克罗齐等人对比较文学"乱比"的批判，形成了以"科学"实证为特征的文学影响关系研究，确立了法国学派的学科理论和一整套方法论体系。当然，法国学派悍然砍掉比较研究，又不放弃"比较文学"这个名称，于是不可避免地出现了比较文学名不副实的尴尬现象，出现了打着比较文学名号，而又不比较的法国学派学科理论，这才是问题的关键。

当然，法国学派提出"比较文学不是文学比较"，只注重实证关系而不注重文学比较和文学审美，必然会引起比较文学的危机。这一危机终于由美国著名比较文学家韦勒克（René Wellek）在 1958 年国际比较文学协会第二次大会上明确揭示出来了。在这届年会上，韦勒克作了题为《比较文学的危机》的挑战性发言，对"不比较"的法国学派进行了猛烈批判，宣告了倡导平行比较和注重文学审美的比较文学美国学派的诞生。韦勒克作了题为《比较文学的危机》的挑战性发言，对当时一统天下的法国学派进行了猛烈批判，宣告了比较文学美国学派的诞生。韦勒克说："我认为，内容和方法之间的人为界线，渊源和影响的机械主义概念，以及尽管是十分慷慨的但仍属文化民族主义的动机，是比较文学研究中持久危机的症状。"韦勒克指出："比较也不能仅仅局限在历史上的事实联系中，正如最近语言学家的经验向文学研究者表明的那样，比较的价值既存在于事实联系的影响研究中，也存在于毫无历史关系的语言现象或类型的平等对比中。"很明显，韦勒克提出了比较文学就是要比较（comparison），就是要恢复巴登斯佩哲所讽刺和抛弃的"找点类似点"的平行比较研究。美国著名比较文学家雷马克（Henry Remak）在他的著名论文《比较文学的定义与功用》中深刻地分析了法国学派为什么放弃"比较"（comparison）的原因和本质。他分析说："法国比较文学否定'纯粹'的比较（comparison），它忠实于十九世纪实证主义学术研究的传统，即实证主义所坚持并热切期望的文学研究的'科学性'。按照这种观点,纯粹的类比不会得出任何结论,尤其是不能得出有更大意义的、系统的、概括性的结论。……既然值得尊重的科学必须致力于因果关系的探索,而比较文学必须具有科学性,因此,比较文学应该研究因果关系,即影响、交流、变更等。"雷马克进一步尖锐地指出,"比较文学"不是"影响文学"。只讲影响不要比较的"比较文学",当然是名不副实的。显然,法国学派抛弃了"比较"(comparison),但是仍然带着一顶"比较文学"的帽子,才造成了比较文学"名"与"实"不相符合,造成比较文学不比较的尴尬,这才是问题的关键。

美国学派最大的贡献,是恢复了被法国学派所抛弃的比较文学应有的本义——"比较"(The American school went back to the original sense of comparative literature ——"comparison"),美国学派提出了标志其学派学科理论体系的平行比较和跨学科比较:"比较文学是一国文学与另一国或多国文学的比较,是文学与人类其他表现领域的比较。"显然,自从美国学派倡导比较文学应当比较(comparison)以后,比较文学就不再有名与实不相符合的问题了,我们就不应当再继续笼统地说"比较文学不是文学比较"了,不应当再以"比较文学不是文学比较"来误导学生!更不可以说"一百余年来,比较文学这个名称是名不副实的。"不能够将雷马克的观点也强行解释为"比较文学不是比较"。因为在美国学派看来,比较文学就是要比较(comparison)。比较文学就是要恢复被巴登斯佩哲所讽刺和抛弃的"找点类似点"的平行比较研究。因为平行研究的可比性,正是类同性。正如韦勒克所说,"比较的价值既存在于事实联系的影响研究中,也存在于毫无历史关系的语言现象或类型的平等对比中。"恢复平行比较研究、跨学科研究,形成了以"找点类似点"的平行研究和跨学科研究为特征的比较文学美国学派学科理论和方法论体系。美国学派的学科理论以"类型学"、"比较诗学"、"跨学科比较"为主,并拓展原属于影响研究的"主题学"、"文类学"等领域,大大扩展比较文学研究领域。

## 二、比较文学的三个阶段

下面,我们从比较文学的三个学科理论阶段,进一步剖析比较文学不同阶段的学科理论特征。现代意义上的比较文学学科发展以"跨越"与"沟通"为目标,形成了类似"层叠"式、"涟漪"式的发展模式,经历了三个重要的学科理论阶段,即:

一、欧洲阶段，比较文学的成形期；二、美洲阶段，比较文学的转型期；三、亚洲阶段，比较文学的拓展期。我们将比较文学三个阶段的发展称之为"涟漪式"结构，实际上是揭示了比较文学学科理论的继承与创新的辩证关系：比较文学学科理论的发展，不是以新的理论否定和取代先前的理论，而是层叠式、累进式地形成"涟漪"式的包容性发展模式，逐步积累推进。比较文学学科理论发展呈现为层叠式、"涟漪"式、包容式的发展模式。我们把这个模式描绘如下：

法国学派主张比较文学是国际文学关系，是不同国家文学的影响关系。形成学科理论第一圈层：比较文学——影响研究；美国学派主张恢复平行比较，形成学科理论第二圈层：比较文学——影响研究＋平行研究＋跨学科研究；中国学派提出跨文明研究和变异研究，形成学科理论第三圈层：比较文学——影响研究＋平行研究＋跨学科研究＋跨文明研究＋变异研究。这三个圈层并不互相排斥和否定，而是继承和包容。我们将比较文学三个阶段的发展称之为层叠式、"涟漪"式、包容式结构，实际上是揭示了比较文学学科理论的继承与创新的辩证关系。

法国学派提出，可比性的第一个立足点是同源性，由关系构成的同源性。同源性主要是针对影响关系研究而言的。法国学派将同源性视作可比性的核心，认为影响研究的可比性是同源性。所谓同源性，指的是通过对不同国家、不同民族和不同语言的文学的文学关系研究，寻求一种有事实联系的同源关系，这种影响的同源关系可以通过直接、具体的材料得以证实。同源性往往建立在一条可追溯关系的三点一线的"影响路线"之上，这条路线由发送者、接受者和传递者三部分构成。如果没有相同的源流，也就不可能有影响关系，也就谈不上可比性，这就是"同源性"。以渊源学、流传学和媒介学作为研究的中心，依靠具体的事实材料在国别文学之间寻求主题、题材、文体、原型、思想渊源等方面的同源影响关系。注重事实性的关联和渊源性的影响，并采用严谨的实证方法，重视对史料的搜集和求证，具有重要的学术价值与学术意义，仍然具有广阔的研究前景。渊源学的例子：杨宪益，《西方十四行诗的渊源》。

比较文学学科理论的第二阶段在美洲，第二阶段是比较文学学科理论的转型期。从 20 世纪 60 年代以来，比较文学研究的主要阵地逐渐从法国转向美国，平行研究的可比性是什么？是类同性。类同性是指是没有文学影响关系的不同国家文学所表现出的相似和契合之处。以类同性为基本立足点的平行研究与影响研究一样都是超出国界的文学研究，但它不涉及影响关系研究的放送、流传、媒介等问题。平行研究强调不同国家的作家、作品、文学现象的类同比较，比较结果是总结出于文学作品的美学价值及文学发展具有规律性的东西。其比较必须具有可比性，这个可比性就是类同性。研究文学中类同的：风格、结构、内容、形式、流派、情节、技巧、手法、情调、形象、主题、文类、文学思潮、文学理论、文学规律。例如钱钟书《通感》认为，中国诗文有一种描写手法，古代批评家和修辞学家似乎都没有拈出。宋祁《玉楼春》词有句名句："红杏枝头春意闹。"这与西方的通感描写手法可以比较。

**比较文学的又一次危机：比较文学的死亡**

九十年代，欧美学者提出，比较文学作为一门学科已经死亡！最早是英国学者苏珊·巴斯奈特 1993 年她在《比较文学》一书中提出了比较文学的死亡论，认为比较文学作为一门学科，在某种意义上已经死亡。尔后，美国学者斯皮瓦克写了一部比较文学专著，书名就叫《一个学科的死亡》。为什么比较文学会死亡，斯皮瓦克的书中并没有明确回答！为什么西方学者会提出比较文学死亡论？全世界比较文学界都十分困惑。我们认为，20 世纪 90 年代以来，欧美比较文学继"理论热"之后，又出现了大规模的"文化转向"。脱离了比较文学的基本立场。首先是不比较，即不讲比较文学的可比性问题。西方比较文学研究充斥大量的 Culture Studies（文化研究），已经不考虑比较的合理性，不考虑比较文学的可比性问题。第二是不文学，即不关心文学问题。西方学者热衷于文化研究，关注的已经不是文学性，而是精神分析、政治、性别、阶级、结构等等。最根本的原因，是比较文学学科长期囿于西方中心论，有意无意地回避东西方不同文明文学的比较问题，基本上忽略了学科理论的新生长点，比较文学学科理论缺乏创新，严重忽略了比较文学的差异性和变异性。

要克服比较文学的又一次危机，就必须打破西方中心论，克服比较文学学科理论一味求同的比较文学学科理论模式，提出适应当今全球化比较文学研究的新话语。中国学派，正是在此次危机中，提出了比较文学变异学研究，总结出了新的学科理论话语和一套新的方法论。

中国大陆第一部比较文学概论性著作是卢康华、孙景尧所著《比较文学导论》，该书指出："什么是比较文学？现在我们可以借用我国学者季羡林先生的解释来回答了：'顾名思义，比较文学就是把不同国家的文学拿出来比较，这可以说是狭义的比较文学。广义的比较文学是把文学同其他学科来比较，包括人文科学和社会科学'。"[1]这个定义可以说是美国雷马克定义的翻版。不过，该书又接着指出："我们认为最精炼易记的还是我国学者钱钟书先生的说法：'比较文学作为一门专门学科，则专指跨越国界和语言界限的文学比较'。更具体地说，就是把不同国家不同语言的文学现象放在一起进行比较，研究他们在文艺理论、文学思潮，具体作家、作品之间的互相影响。"[2]这个定义似乎更接近法国学派的定义，没有强调平行比较与跨学科比较。紧接该书之后的教材是陈挺的《比较文学简编》，该书仍旧以"广义"与"狭义"来解释比较文学的定义，指出："我们认为，通常说的比较文学是狭义的，即指超越国家、民族和语言界限的文学研究……广义的比较文学还可以包括文学与其他艺术（音乐、绘画等）与其他意识形态（历史、哲学、政治、宗教等）之间的相互关系的研究。"[3]中国比较文学早期对于比较文学的定义中凸显了很强的不确定性。

由乐黛云主编，高等教育出版社 1988 年的《中西比较文学教程》，则对比较文学定义有了较为深入的认识，该书在详细考查了中外不同的定义之后，该书指出："比较文学不应受到语言、民族、国家、学科等限制，而要走向一种开放性，力图寻求世界文学发展的共同规律。"[4]"世界文学"概念的纳入极大拓宽了比较文学的内涵，为"跨文化"定义特征的提出做好了铺垫。

随着时间的推移，学界的认识逐步深化。1997 年，陈惇、孙景尧、谢天振主编的《比较文学》提出了自己的定义："把比较文学看作跨民族、跨语言、跨文化、跨学科的文学研究，更符合比较文学的实质，更能反映现阶段人们对于比较文学的认识。"[5]2000 年北京师范大学出版社出版了《比较文学概论》修订本，提出："什么是比较文学呢？比较文学是一种开放式的文学研究，它具有宏观的视野和国际的角度，以跨民族、跨语言、跨文化、跨学科界限的各种文学关系为研究对象，在理论和方法上，具有比较的自觉意识和兼容并包的特色。"[6]这是我们目前所看到的国内较有特色的一个定义。

---

1 卢康华、孙景尧著《比较文学导论》，黑龙江人民出版社 1984，第 15 页。
2 卢康华、孙景尧著《比较文学导论》，黑龙江人民出版社 1984 年版。
3 陈挺《比较文学简编》，华东师范大学出版社 1986 年版。
4 乐黛云主编《中西比较文学教程》，高等教育出版社 1988 年版。
5 陈惇、孙景尧、谢天振主编《比较文学》，高等教育出版社 1997 年版。
6 陈惇、刘象愚《比较文学概论》，北京师范大学出版社 2000 年版。

　　具有代表性的比较文学定义是 2002 年出版的杨乃乔主编的《比较文学概论》一书，该书的定义如下："比较文学是以跨民族、跨语言、跨文化与跨学科为比较视域而展开的研究，在学科的成立上以研究主体的比较视域为安身立命的本体，因此强调研究主体的定位，同时比较文学把学科的研究客体定位于民族文学之间与文学及其他学科之间的三种关系：材料事实关系、美学价值关系与学科交叉关系，并在开放与多元的文学研究中追寻体系化的汇通。"[7]方汉文则认为："比较文学作为文学研究的一个分支学科，它以理解不同文化体系和不同学科间的同一性和差异性的辩证思维为主导，对那些跨越了民族、语言、文化体系和学科界限的文学现象进行比较研究，以寻求人类文学发生和发展的相似性和规律性。"[8]由此而引申出的"跨文化"成为中国比较文学学者对于比较文学定义所做出的历史性贡献。

　　我在《比较文学教程》中对比较文学定义表述如下："比较文学是以世界性眼光和胸怀来从事不同国家、不同文明和不同学科之间的跨越式文学比较研究。它主要研究各种跨越中文学的同源性、变异性、类同性、异质性和互补性，以影响研究、变异研究、平行研究、跨学科研究、总体文学研究为基本方法论，其目的在于以世界性眼光来总结文学规律和文学特性，加强世界文学的相互了解与整合，推动世界文学的发展。"[9]在这一定义中，我再次重申"跨国""跨学科""跨文明"三大特征，以"变异性""异质性"突破东西文明之间的"第三堵墙"。

　　"首在审己，亦必知人"。中国比较文学学者在前人定义的不断论争中反观自身，立足中国经验、学术传统，以中国学者之言为比较文学的危机处境贡献学科转机之道。

## 三、两岸共建比较文学话语——比较文学中国学派

　　中国学者对于比较文学定义的不断明确也促成了"比较文学中国学派"的生发。得益于两岸几代学者的垦拓耕耘，这一议题成为近五十年来中国比较文学发展中竖起的最鲜明、最具争议性的一杆大旗，同时也是中国比较文学学科理论研究最有创新性，最亮丽的一道风景线。

---

7　杨乃乔主编《比较文学概论》，北京大学出版社 2002 年版。
8　方汉文《比较文学基本原理》，苏州大学出版社 2002 年版。
9　曹顺庆《比较文学教程》，高等教育出版社 2006 年版。

比较文学"中国学派"这一概念所蕴含的理论的自觉意识最早出现的时间大约是 20 世纪 70 年代。当时的台湾由于派出学生留洋学习，接触到大量的比较文学学术动态，率先掀起了中外文学比较的热潮。1971 年 7 月在台湾淡江大学召开的第一届"国际比较文学会议"上，朱立元、颜元叔、叶维廉、胡辉恒等学者在会议期间提出了比较文学的"中国学派"这一学术构想。同时，李达三、陈鹏翔（陈慧桦）、古添洪等致力于比较文学中国学派早期的理论催生。如 1976 年，古添洪、陈慧桦出版了台湾比较文学论文集《比较文学的垦拓在台湾》。编者在该书的序言中明确提出："我们不妨大胆宣言说，这援用西方文学理论与方法并加以考验、调整以用之于中国文学的研究，是比较文学中的中国派"[10]。这是关于比较文学中国学派较早的说明性文字，尽管其中提到的研究方法过于强调西方理论的普世性，而遭到美国和中国大陆比较文学学者的批评和否定；但这毕竟是第一次从定义和研究方法上对中国学派的本质进行了系统论述，具有开拓和启明的作用。后来，陈鹏翔又在台湾《中外文学》杂志上连续发表相关文章，对自己提出的观点作了进一步的阐释和补充。

在"中国学派"刚刚起步之际，美国学者李达三起到了启蒙、催生的作用。李达三于 60 年代来华在台湾任教，为中国比较文学培养了一批朝气蓬勃的生力军。1977 年 10 月，李达三在《中外文学》6 卷 5 期上发表了一篇宣言式的文章《比较文学中国学派》，宣告了比较文学的中国学派的建立，并认为比较文学中国学派旨在"与比较文学中早已定于一尊的西方思想模式分庭抗礼。由于这些观念是源自对中国文学及比较文学有兴趣的学者，我们就将含有这些观念的学者统称为比较文学的'中国'学派。"并指出中国学派的三个目标：1、在自己本国的文学中，无论是理论方面或实践方面，找出特具"民族性"的东西，加以发扬光大，以充实世界文学；2、推展非西方国家"地区性"的文学运动，同时认为西方文学仅是众多文学表达方式之一而已；3、做一个非西方国家的发言人，同时并不自诩能代表所有其他非西方的国家。李达三后来又撰文对比较文学研究状况进行了分析研究，积极推动中国学派的理论建设。[11]

继中国台湾学者垦拓之功，在 20 世纪 70 年代末复苏的大陆比较文学研

10 古添洪、陈慧桦《比较文学的垦拓在台湾》，台湾东大图书公司 1976 年版。
11 李达三《比较文学研究之新方向》，台湾联经事业出版公司 1978 年版。

究亦积极参与了"比较文学中国学派"的理论建设和学科建设。

季羡林先生 1982 年在《比较文学译文集》的序言中指出:"以我们东方文学基础之雄厚,历史之悠久,我们中国文学在其中更占有独特的地位,只要我们肯努力学习,认真钻研,比较文学中国学派必然能建立起来,而且日益发扬光大"[12]。1983 年 6 月,在天津召开的新中国第一次比较文学学术会议上,朱维之先生作了题为《比较文学中国学派的回顾与展望》的报告,在报告中他旗帜鲜明地说:"比较文学中国学派的形成(不是建立)已经有了长远的源流,前人已经做出了很多成绩,颇具特色,而且兼有法、美、苏学派的特点。因此,中国学派绝不是欧美学派的尾巴或补充"[13]。1984 年,卢康华、孙景尧在《比较文学导论》中对如何建立比较文学中国学派提出了自己的看法,认为应当以马克思主义作为自己的理论基础,以我国的优秀传统与民族特色为立足点与出发点,汲取古今中外一切有用的营养,去努力发展中国的比较文学研究。同年在《中国比较文学》创刊号上,朱维之、方重、唐弢、杨周翰等人认为中国的比较文学研究应该保持不同于西方的民族特点和独立风貌。1985 年,黄宝生发表《建立比较文学的中国学派:读〈中国比较文学〉创刊号》,认为《中国比较文学》创刊号上多篇讨论比较文学中国学派的论文标志着大陆对比较文学中国学派的探讨进入了实际操作阶段。[14]1988 年,远浩一提出"比较文学是跨文化的文学研究"(载《中国比较文学》1988 年第 3 期)。这是对比较文学中国学派在理论特征和方法论体系上的一次前瞻。同年,杨周翰先生发表题为"比较文学:界定'中国学派',危机与前提"(载《中国比较文学通讯》1988 年第 2 期),认为东方文学之间的比较研究应当成为"中国学派"的特色。这不仅打破比较文学中的欧洲中心论,而且也是东方比较学者责无旁贷的任务。此外,国内少数民族文学的比较研究,也应该成为"中国学派"的一个组成部分。所以,杨先生认为比较文学中的大量问题和学派问题并不矛盾,相反有助于理论的讨论。1990 年,远浩一发表"关于'中国学派'"(载《中国比较文学》1990 年第 1 期),进一步推进了"中国学派"的研究。此后直到 20 世纪 90 年代末,中国学者就比较文学中国学派的建立、理论与方法以及相应的学科理论等诸多问题进行了积极而富有成效的探讨。

---

12 张隆溪《比较文学译文集》,北京大学出版社 1984 年版。

13 朱维之《比较文学论文集》,南开大学出版社 1984 年版。

14 参见《世界文学》1985 年第 5 期。

刘介民、远浩一、孙景尧、谢天振、陈淳、刘象愚、杜卫等人都对这些问题付出过不少努力。《暨南学报》1991 年第 3 期发表了一组笔谈，大家就这个问题提出了意见，认为必须打破比较文学研究中长期存在的法美研究模式，建立比较文学中国学派的任务已经迫在眉睫。王富仁在《学术月刊》1991 年第 4 期上发表"论比较文学的中国学派问题"，论述中国学派兴起的必然性。而后，以谢天振等学者为代表的比较文学研究界展开了对"X+Y"模式的批判。比较文学在大陆复兴之后，一些研究者采取了"X+Y"式的比附研究的模式，在发现了"惊人的相似"之后便万事大吉，而不注意中西巨大的文化差异性，成为了浅度的比附性研究。这种情况的出现，不仅是中国学者对比较文学的理解上出了问题，也是由于法美学派研究理论中长期存在的研究模式的影响，一些学者并没有深思中国与西方文学背后巨大的文明差异性，因而形成"X+Y"的研究模式，这更促使一些学者思考比较文学中国学派的问题。

经过学者们的共同努力，比较文学中国学派一些初步的特征和方法论体系逐渐凸显出来。1995 年，我在《中国比较文学》第 1 期上发表《比较文学中国学派基本理论特征及其方法论体系初探》一文，对比较文学在中国复兴十余年来的发展成果作了总结，并在此基础上总结出中国学派的理论特征和方法论体系，对比较文学中国学派作了全方位的阐述。继该文之后，我又发表了《跨越第三堵'墙'创建比较文学中国学派理论体系》等系列论文，论述了以跨文化研究为核心的"中国学派"的基本理论特征及其方法论体系。这些学术论文发表之后在国内外比较文学界引起了较大的反响。台湾著名比较文学学者古添洪认为该文"体大思精，可谓已综合了台湾与大陆两地比较文学中国学派的策略与指归，实可作为'中国学派'在大陆再出发与实践的蓝图"[15]。

在我撰文提出比较文学中国学派的基本特征及方法论体系之后，关于中国学派的论争热潮日益高涨。反对者如前国际比较文学学会会长佛克马（Douwe Fokkema）1987 年在中国比较文学学会第二届学术讨论会上就从所谓的国际观点出发对比较文学中国学派的合法性提出了质疑，并坚定地反对建立比较文学中国学派。来自国际的观点并没有让中国学者失去建立比较文学中国学派的热忱。很快中国学者智量先生就在《文艺理论研究》1988 年第

---

15 古添洪《中国学派与台湾比较文学界的当前走向》，参见黄维梁编《中国比较文学理论的垦拓》167 页，北京大学出版社 1998 年版。

1 期上发表题为《比较文学在中国》一文，文中援引中国比较文学研究取得的成就，为中国学派辩护，认为中国比较文学研究成绩和特色显著，尤其在研究方法上足以与比较文学研究历史上的其他学派相提并论，建立中国学派只会是一个有益的举动。1991 年，孙景尧先生在《文学评论》第 2 期上发表《为"中国学派"一辩》，孙先生认为佛克马所谓的国际主义观点实质上是"欧洲中心主义"的观点，而"中国学派"的提出，正是为了清除东西方文学与比较文学学科史中形成的"欧洲中心主义"。在 1993 年美国印第安纳大学举行的全美比较文学会议上，李达三仍然坚定地认为建立中国学派是有益的。二十年之后，佛克马教授修正了自己的看法，在 2007 年 4 月的"跨文明对话——国际学术研讨会（成都）"上，佛克马教授公开表示欣赏建立比较文学中国学派的想法[16]。即使学派争议一派繁荣景象，但最终仍旧需要落点于学术创见与成果之上。

比较文学变异学便是中国学派的一个重要理论创获。2005 年，我正式在《比较文学学》[17]中提出比较文学变异学，提出比较文学研究应该从"求同"思维中走出来，从"变异"的角度出发，拓宽比较文学的研究。通过前述的法、美学派学科理论的梳理，我们也可以发现前期比较文学学科是缺乏"变异性"研究的。我便从建构中国比较文学学科理论话语体系入手，立足《周易》的"变异"思想，建构起"比较文学变异学"新话语，力图以中国学者的视角为全世界比较文学学科理论提供一个新视角、新方法和新理论。

比较文学变异学的提出根植于中国哲学的深层内涵，如《周易》之"易之三名"所构建的"变易、简易、不易"三位一体的思辨意蕴与意义生成系统。具体而言，"变易"乃四时更替、五行运转、气象畅通、生生不息；"不易"乃天上地下、君南臣北、纲举目张、尊卑有位；"简易"则是乾以易知、坤以简能、易则易知、简则易从。显然，在这个意义结构系统中，变易强调"变"，不易强调"不变"，简易强调变与不变之间的基本关联。万物有所变，有所不变，且变与不变之间存在简单易从之规律，这是一种思辨式的变异模式，这种变异思维的理论特征就是：天人合一、物我不分、对立转化、整体关联。这是中国古代哲学最重要的认识论，也是与西方哲学所不同的"变异"思想。

---

16 见《比较文学报》2007 年 5 月 30 日，总第 43 期。
17 曹顺庆《比较文学学》，四川大学出版社 2005 年版。

由哲学思想衍生于学科理论，比较文学变异学是"指对不同国家、不同文明的文学现象在影响交流中呈现出的变异状态的研究，以及对不同国家、不同文明的文学相互阐发中出现的变异状态的研究。通过研究文学现象在影响交流以及相互阐发中呈现的变异，探究比较文学变异的规律。"[18]变异学理论的重点在求"异"的可比性，研究范围包含跨国变异研究、跨语际变异研究、跨文化变异研究、跨文明变异研究、文学的他国化研究等方面。比较文学变异学所发现的文化创新规律、文学创新路径是基于中国所特有的术语、概念和言说体系之上探索出的"中国话语"，作为比较文学第三阶段中国学派的代表性理论已经受到了国际学界的广泛关注与高度评价，中国学术话语产生了世界性影响。

## 四、国际视野中的中国比较文学

文明之墙让中国比较文学学者所提出的标识性概念获得国际视野的接纳、理解、认同以及运用，经历了跨语言、跨文化、跨文明的多重关卡，国际视野下的中国比较文学书写亦经历了一个从"遍寻无迹""只言片语"而"专篇专论"，从最初的"话语乌托邦"至"阶段性贡献"的过程。

二十世纪六十年代以来港台学者致力于从课程教学、学术平台、人才培养，国内外学术合作等方面巩固比较文学这一新兴学科的建立基石，如淡江文理学院英文系开设的"比较文学"（1966），香港大学开设的"中西文学关系"（1966）等课程；台湾大学外文系主编出版之《中外文学》月刊、淡江大学出版之《淡江评论》季刊等比较文学研究专刊；后又有台湾比较文学学会（1973 年）、香港比较文学学会（1978）的成立。在这一系列的学术环境构建下，学者前贤以"中国学派"为中国比较文学话语核心在国际比较文学学科理论、方法论中持续探讨，率先启声。例如李达三在 1980 年香港举办的东西方比较文学学术研讨会成果中选取了七篇代表性文章，以 *Chinese-Western Comparative Literature: Theory and Strategy* 为题集结出版，[19]并在其结语中附上那篇"中国学派"宣言文章以申明中国比较文学建立之必要。

学科开山之际，艰难险阻之巨难以想象，但从国际学者相关言论中可见西方对于中国比较文学学科的发展抱有的希望渺小。厄尔·迈纳（Earl Miner）

---

18 曹顺庆主编《比较文学概论》，高等教育出版社 2015 年版。
19 *Chinese-Western Comparative Literature：Theory & Strategy*，Chinese Univ Pr.1980-6

在 1987 年发表的 *Some Theoretical and Methodological Topics for Comparative Literature* 一文中谈到当时西方的比较文学鲜有学者试图将非西方材料纳入西方的比较文学研究中。(until recently there has been little effort to incorporate non-Western evidence into Western com- parative study.) 1992 年，斯坦福大学教授 David Palumbo-Liu 直接以《话语的乌托邦：论中国比较文学的不可能性》为题（*The Utopias of Discourse: On the Impossibility of Chinese Comparative Literature*）直言中国比较文学本质上是一项"乌托邦"工程。(My main goal will be to show how and why the task of Chinese comparative literature, particularly of pre-modern literature, is essentially a *utopian* project.) 这些对于中国比较文学的诘难与质疑，今美国加州大学圣地亚哥分校文学系主任张英进教授在其 1998 编著的 *China in a polycentric world: essays in Chinese comparative literature* 前言中也不得不承认中国比较文学研究在国际学术界中仍然处于边缘地位（The fact is, however, that Chinese comparative literature remained marginal in academia, even though it has developed closely with the rest of literary studies in the United Stated and even though China has gained increasing importance in the geopolitical world order over the past decades.)。[20]但张英进教授也展望了下一个千年中国比较文学研究的蓝景。

新的千年新的气象，"世界文学""全球化"等概念的冲击下，让西方学者开始注意到东方，注意到中国。如普渡大学教授斯蒂文·托托西（Tötösy de Zepetnek, Steven）1999 年发长文 *From Comparative Literature Today Toward Comparative Cultural Studies* 阐明比较文学研究更应该注重文化的全球性、多元性、平等性而杜绝等级划分的参与。托托西教授注意到了在法德美所谓传统的比较文学研究重镇之外，例如中国、日本、巴西、阿根廷、墨西哥、西班牙、葡萄牙、意大利、希腊等地区，比较文学学科得到了出乎意料的发展（emerging and developing strongly）。在这篇文章中，托托西教授列举了世界各地比较文学研究成果的著作，其中中国地区便是北京大学乐黛云先生出版的代表作品。托托西教授精通多国语言，研究视野也常具跨越性，新世纪以来也致力于以跨越性的视野关注世界各地比较文学研究的动向。[21]

---

20 Moran T . Yingjin Zhang, Ed. China in a Polycentric World: Essays in Chinese Comparative Literature[J].现代中文文学学报,2000,4(1):161-165.

21 Tötösy de Zepetnek, Steven. "From Comparative Literature Today Toward Comparative Cultural Studies." CLCWeb: Comparative Literature and Culture 1.3 (1999):

以上这些国际上不同学者的声音一则质疑中国比较文学建设的可能性，一则观望着这一学科在非西方国家的复兴样态。争议的声音不仅在国际学界，国内学界对于这一新兴学科的全局框架中涉及的理论、方法以及学科本身的立足点，例如前文所说的比较文学的定义，中国学派等等都处于持久论辩的漩涡。我们也通晓如果一直处于争议的漩涡中，便会被漩涡所吞噬，只有将论辩化为成果，才能转漩涡为涟漪，一圈一圈向外辐射，国际学人也在等待中国学者自己的声音。

上海交通大学王宁教授作为中国比较文学学者的国际发声者自 20 世纪末至今已撰文百余篇，他直言，全球化给西方学者带来了学科死亡论，但是中国比较文学必将在这全球化语境中更为兴盛，中国的比较文学学者一定会对国际文学研究做出更大的贡献。新世纪以来中国学者也不断地将自身的学科思考成果呈现在世界之前。2000 年，北京大学周小仪教授发文（*Comparative Literature in China*）[22]率先从学科史角度构建了中国比较文学在两个时期（20 世纪 20 年代至 50 年代，70 年代至 90 年代）的发展概貌，此文关于中国比较文学的复兴崛起是源自中国文学现代性的产生这一观点对美国芝加哥大学教授苏源熙（Haun Saussy）影响较深。苏源熙在 2006 年的专著 *Comparative Literature in an Age of Globalization* 中对于中国比较文学的讨论篇幅极少，其中心便是重申比较文学与中国文学现代性的联系。这篇文章也被哈佛大学教授大卫·达姆罗什（David Damrosch）收录于《普林斯顿比较文学资料手册》（*The Princeton Sourcebook in Comparative Literature*，2009[23]）。类似的学科史介绍在英语世界与法语世界都接续出现，以上大致反映了中国学者对于中国比较文学研究的大概描述在西学界的接受情况。学科史的构架对于国际学术对中国比较文学发展脉络的把握很有必要，但是在此基础上的学科理论实践才是关系于中国比较文学学科国际性发展的根本方向。

我在 20 世纪 80 年代以来 40 余年间便一直思考比较文学研究的理论构建问题，从以西方理论阐释中国文学而造成的中国文艺理论"失语症"思考

---

22  Zhou, Xiaoyi and Q.S. Tong, "Comparative Literature in China", Comparative Literature and Comparative Cultural Studies, ed., Totosy de Zepetnek, West Lafayette, Indiana: Purdue University Press, 2003, 268-283.

23  Damrosch, David (EDT)*The Princeton Sourcebook in Comparative Literature*: Princeton University Press

属于中国比较文学自身的学科方法论，从跨异质文化中产生的"文学误读""文化过滤""文学他国化"提出"比较文学变异学"理论。历经 10 年的不断思考，2013 年，我的英文著作：*The Variation Theory of Comparative Literature*（《比较文学变异学》），由全球著名的出版社之一斯普林格（Springer）出版社出版，并在美国纽约、英国伦敦、德国海德堡出版同时发行。*The Variation Theory of Comparative Literature*（《比较文学变异学》）系统地梳理了比较文学法国学派与美国学派研究范式的特点及局限，首次以全球通用的英语语言提出了中国比较文学学科理论新话语："比较文学变异学"。这一新概念、新范畴和新表述，引导国际学术界展开了对变异学的专刊研究（如普渡大学创办刊物《比较文学与文化》2017 年 19 期）和讨论。

　　欧洲科学院院士、西班牙圣地亚哥联合大学让·莫内讲席教授、比较文学系教授塞萨尔·多明戈斯教授（Cesar Dominguez），及美国科学院院士、芝加哥大学比较文学教授苏源熙（Haun Saussy）等学者合著的比较文学专著（Introducing Comparative literature: New Trends and Applications[24]）高度评价了比较文学变异学。苏源熙引用了《比较文学变异学》（英文版）中的部分内容，阐明比较文学变异学是十分重要的成果。与比较文学法国学派和美国学派形成对比，曹顺庆教授倡导第三阶段理论，即，新奇的、科学的中国学派的模式，以及具有中国学派本身的研究方法的理论创新与中国学派"（《比较文学变异学》（英文版）第 43 页）。通过对"中西文化异质性的"跨文明研究"，曹顺庆教授的看法会更进一步的发展与进步（《比较文学变异学》（英文版）第 43 页），这对于中国文学理论的转化和西方文学理论的意义具有十分重要的价值。（"Another important contribution in the direction of an imparative comparative literature-at least as procedure-is Cao Shunqing's 2013 *The Variation Theory of Comparative Literature*. In contrast to the "French School" and "American School" of comparative Literature, Cao advocates a "third-phrase theory", namely, "a novel and scientific mode of the Chinese school," a "theoretical innovation and systematization of the Chinese school by relying on our *own* methods" (*Variation Theory* 43; emphasis added). From this etic beginning, his proposal moves forward emically by developing a "cross-civilizaional study on the heterogeneity between

---

24 Cesar Dominguez,Haun Saussy,Dario Villanueva Introducing Comparative literature: New Trends and Applications，Routledge,2015

Chinese and Western culture" (43), which results in both the foreignization of Chinese literary theories and the Signification of Western literary theories.）

法国索邦大学（Sorbonne University）比较文学系主任伯纳德·弗朗科（Bernard Franco）教授在他出版的专著（《比较文学：历史、范畴与方法》）*La littératurecomparée: Histoire, domaines, méthodes* 中以专节引述变异学理论，他认为曹顺庆教授提出了区别于影响研究与平行研究的"第三条路"，即"变异理论"，这对应于观点的转变，从"跨文化研究"到"跨文明研究"。变异理论基于不同文明的文学体系相互碰撞为形式的交流过程中以产生新的文学元素，曹顺庆将其定义为"研究不同国家的文学现象所经历的变化"。因此曹顺庆教授提出的变异学理论概述了一个新的方向，并展示了比较文学在不同语言和文化领域之间建立多种可能的桥梁。（Il évoque l'hypothèse d'une troisième voie, la « théorie de la variation », qui correspond à un déplacement du point de vue, de celui des « études interculturelles » vers celui des « études transcivilisationnelles . » Cao Shunqing la définit comme « l'étude des variations subies par des phénomènes littéraires issus de différents pays, avec ou sans contact factuel, en même temps que l'étude comparative de l'hétérogénéité et de la variabilité de différentes expressions littéraires dans le même domaine ».Cette hypothèse esquisse une nouvelle orientation et montre la multiplicité des passerelles possibles que la littérature comparée établit entre domaines linguistiques et culturels différents.）[25]。

美国哈佛大学（Harvard University）厄内斯特·伯恩鲍姆讲席教授、比较文学教授大卫·达姆罗什（David Damrosch）对该专著尤为关注。他认为《比较文学变异学》（英文版）以中国视角呈现了比较文学学科话语的全球传播的有益尝试。曹顺庆教授对变异的关注提供了较为适用的视角，一方面超越了亨廷顿式简单的文化冲突模式，另一方面也跨越了同质性的普遍化。[26]国际学界对于变异学理论的关注已经逐渐从其创新性价值探讨延伸至文学研究，例如斯蒂文·托托西近日在 *Cultura* 发表的（Peripheralities: "Minor" Literatures, Women's Literature, and Adrienne Orosz de Csicser's Novels）一文中便成功地将变异学理论运用于阿德里安·奥罗兹的小说研究中。

25 Bernard Franco La littératurecomparée: Histoire, domaines, méthodes，Armand Colin 2016.
26 David Damrosch Comparing the Literatures,Literary Studies in a Global Age,Princeton University Press,2020.

　　国际学界对于比较文学变异学的认可也证实了变异学作为一种普遍性理论提出的初衷，其合法性与适用性将在不同文化的学者实践中巩固、拓展与深化。它不仅仅是跨文明研究的方法，而是一种具有超越影响研究和平行研究，超越西方视角或东方视角的宏大视野、一种建立在文化异质性和变异性基础之上的融汇创生、一种追求世界文学和总体问题最终理想的哲学关怀。

　　以如此篇幅展现中国比较文学之况，是因为中国比较文学研究本就是在各种危机论、唱衰论的压力下，各种质疑论、概念论中艰难前行，不探源溯流难以体察今日中国比较文学研究成果之不易。文明的多样性发展离不开文明之间的交流互鉴。最具"跨文明"特征的比较文学学科更需要文明之间成果的共享、共识、共析与共赏，这是我们致力于比较文学研究领域的学术理想。

　　千里之行，不积跬步无以至，江海之阔，不积细流无以成！如此宏大的一套比较文学研究丛书得承花木兰总编辑杜洁祥先生之宏志，以及该公司同仁之辛劳，中国比较文学学者之鼎力相助，才可顺利集结出版，在此我要衷心向诸君表达感谢！中国比较文学研究仍有一条长远之途需跋涉，期以系列丛书一展全貌，愿读者诸君敬赐高见！

曹顺庆

二零二一年十月二十三日于成都锦丽园

# 目

# 次

# 前　言

　　《六祖坛经》是中国本土汉传大乘佛教禅宗一系最为重要的经典之一，成书至今已经一千余年。它不仅在中国佛教史上具有重要意义，其影响力还远及东亚地区的日本、韩国等国家。20 世纪 30 年代，《坛经》开始在美国流传，以斯奈德、凯鲁亚克为代表的许多美国文人都曾经受过《坛经》的影响。对《六祖坛经》英译以及美国《六祖坛经》研究情况的考察，为深入开展佛经英译研究和深入了解海外佛学研究提供了一个有意义的样本，有助于思考佛经英译的策略、方法及合理范式，也有助于在思路、范围、途径等方面借鉴海外佛学研究的成果及成功经验。

　　在《六祖坛经》英译研究方面，笔者首先收集了敦煌出土写本以及通行本两个系统原本的共计 14 个英译本，通过对勘的方式对这 14 个译本的译文进行了通篇逐句对读，并对各英译本的译文差异进行了归纳和总结。这个过程也包括以文献学方法对敦煌出土三个写本《六祖坛经》的原文所做的合校，其目的是进一步确定以敦煌本（斯坦因本）或敦博本为底本的 5 个英译本（包括一个节译本）译文相对于原文的准确性。通过对《坛经》各英译本译文差异示例的归纳，本书总结了译文差异的六种主要类型，即翻译方法差异、翻译选词差异、对原文理解不同造成的译文差异、点校或考证不同造成的译文差异、误译造成的译文差异、译者提供信息量的差别造成的译文差异。之后，笔者对上述译文差异类型在两个系统《坛经》英译文差异示例所占比例的情况进行了综合性的分析，找出了《坛经》英译译文差异的一个"常量"（翻译选词差异）和两个"变量"（不同版本原文及点校、考证不同造成的译文差异，误译造成的译文差异）。在各英译本译文对勘以及译文差异综合性分析的基础之上，本书对《坛经》英译的总体翻译质量和翻译策略进行了评述。

《六祖坛经》英译研究的另一个重要对象是英译变异问题。在对中国传统佛经翻译理论和 19 世纪后半叶以来的佛经英译实践进行反思之后，本书将比较文学变异学理论引入《坛经》的英译研究之中，对《坛经》英译中出现的各种变异现象进行了较为深入的探讨。本书所总结的《坛经》英译变异类型主要有三种：一是后人对前人译本的改写、修订所造成的变异；二是由于学者型译者将个人的学术观点融入到译文中所造成的译文相对于原文的变异；三是《坛经》英译中的文化变异。其中，文化变异是《坛经》英译变异研究的重点。本书从比较文学变异学"文化过滤"与"文化误读"理论出发，分析了《坛经》英译中的文化变异现象，并论述了造成《坛经》英译文化变异的复杂原因。笔者认为，译者的身份、文化归属和对待异域文化的不同态度是《坛经》各英译本产生不同程度文化变异现象的根本原因。除此之外，一些次要的外在客观因素也对《坛经》英译的文化变异有所影响，这些因素包括佛教在美国的影响力与社会地位、译文的目标读者、译者对佛教义理掌握的深入程度以及译者的翻译能力等等。

接下来，本书以梳理学术史的方法对美国的《坛经》研究进行了回顾与总结。美国的《坛经》研究始于 1930 年代，早期的几位重要研究者德怀特·戈达德、鲁思·富勒·佐佐木、艾伦·瓦茨等人都对佛教尤其是禅宗深感兴趣，他们或多或少都受到过日本学者铃木大拙的影响。美国早期《坛经》研究明显带有自发性和宗教性，大多较为自由、随意，在深度和系统性方面有所欠缺。1960 年代以后，美国的《坛经》研究逐步走向成熟，以历史梳理和文献考据为特征的研究渐渐成为主流，菲利普·扬波斯基、马克瑞、佛尔等学院派学者是此类型研究的代表性人物。这些学者普遍擅长收集和整理各类文献资料，注重在细节中发现问题，他们的研究范围比较广泛，研究思路和方法也都非常周密、严谨。除了历史梳理和文献考据之外，美国的《坛经》研究也有一些以内容分析和义理阐发为特征。这一类型的研究包括比尔·波特对《坛经》的美国本土化解读、列卡克和成中英等学者在哲学层面对《坛经》的阐释等等。新世纪以来，美国《坛经》研究开始越来越多地关注这部禅宗经典的内容、思想与核心观念，这一趋势值得人们关注。

与中国的《坛经》研究相比，美国的《坛经》研究带有一种"国际化"视野，研究者们善于借鉴和吸收他国学者的方法和成果，在研究内容上往往不局限于这部经典本身，而是注重将对《坛经》的研究和社会学、经济学、人类学等其他领域研究相结合，同时具有较强的哲学思辨精神。中美两国的《坛经》研究在很多问题上存在互证与互补的可能，这种互证与互补以两国本领域研究的互识为基础。因此，中美两国研究者应该加强彼此之间的交流与沟通，共同促进《坛经》研究的国际间合作，这样才有利于深入挖掘《坛经》的思想价值，使之成为全人类共同的文化经典。

# 绪　论

　　《六祖坛经》是迄今为止唯一一部由中国人撰述、记录中国人佛学思想而称之为"经"的佛教典籍。相比《论语》《道德经》等儒家和道家经典，尽管《六祖坛经》成书较晚，[1]但其在中国思想史上的地位却是毋庸置疑的。著名学者钱穆把禅宗六祖慧能和宋代儒学大师朱熹并列，认为他们是后代中国学术思想史上的两大伟人，对中国文化有其极大之影响。"一儒一释开出此下中国思想种种门路，亦可谓此下中国学术思想莫不由此两人导源"。[2]钱穆指出："唐代之有禅学，从上是佛学之革新，向后则成为宋代理学之开先，而慧能则为此一大转折中之关键人物。"[3]在佛教界，尤其是在禅宗一系，《六祖坛经》被视为至关重要的宗经宝典。宋代高僧契嵩曾赞叹道："伟乎，《坛经》之作也！其本正，其迹效，其因真，其果不谬。前圣也，后圣也，如此起之，如此示之，如此复之，浩然沛乎，若大川之注也，若虚空之通也，若日月之明也，若形影之无碍也，若鸿渐之有序也。"[4]学者董群在四个方面总结了《坛经》的成立对于禅宗，对于整个佛教文化、中国文化的重要意义：其一，标志着一个新的佛教文化流派的出现，即南禅文化的诞生；其二，标志着禅

---

1　据胡适考证，最古的《坛经》祖本形成于开元（713-741）晚年，或天宝（742-755）初年。见《坛经考》之二（胡适编，胡适文存4，最新修订典藏版［M］，北京：华文出版社，2013 第208页）。

2　见《六祖坛经》大义（张曼涛主编，现代佛教学术丛刊1 六祖坛经研究论集，神学专集之一［M］，大乘文化出版社，1976，第183页）。

3　见《六祖坛经》大义（张曼涛主编，现代佛教学术丛刊1 六祖坛经研究论集，第192页）。

4　契嵩：《六祖大师法宝坛经赞》（《镡津文集》卷三。

宗新的发展阶段的开始；其三，在中国文化史上首先完成三教合一的理论建构；其四，最终确立了中国化的佛教。[5]《六祖坛经》诞生至今的一千多年里，无论是在士大夫知识阶层，还是在佛教界亦或民间，都拥有广泛的读者群体。可以说，《坛经》的出现是中国思想史的重要事件，对于中华文化具有深远而持久的影响。

《六祖坛经》不仅对中国佛教乃至整个中国文化发展产生了深远的影响，随着禅宗向外传播，其影响力还远及其他国家和地区。

由于地理位置相近，文化特质相似，禅宗在中国形成后不久就传入东亚区域内的越南、朝鲜半岛和日本等地。据王焰安和慧贤编著的《南禅宗海外传播史》，越南的无言通禅宗派、草堂禅宗派、竹林禅宗派、拙公禅派、元韶禅派等禅宗支派的师承向上都可以追溯到六祖慧能。[6]朝鲜半岛也有很多僧人曾经留学中国，并在六祖再传弟子门下学习禅法，后来形成的支脉包括九山禅派、太古宗派等。还有一些僧人直接继承了南宗法脉，例如继承沩仰宗仰山慧寂的顺支；继承曹洞宗疏山匡仁的庆甫；继承法眼宗道潜的玄晖等等。[7]这些流传越南、朝鲜半岛的禅宗宗派和中国的禅宗各派一样，也都把《六祖坛经》奉为最重要的宗经宝典。

《六祖坛经》在日本的传播，可以追溯到晚唐时期赴中国学习密宗的圆仁和圆珍。其中，圆仁以请益僧的身份于公元 838 年入唐，847 年返回日本；圆珍于 853 年入唐，858 年返回日本。他们返回日本所携带的书籍清单中，除了大量的密宗典籍外，也有《六祖坛经》的记录。几乎与圆仁和圆珍同时，马祖道一的再传弟子义空禅师在日本僧人慧锷的邀请下于公元 847 年来到日本京都，不久之后在檀林寺开始讲经说法，这被看做是中国南禅宗正式传入日本的标志。[8]传入日本的禅宗不断变化、发展并与本土文化融合，对日本的政治、经济、文化等各个方面都产生了巨大的影响。

由于与中国之间地理位置相隔遥远并且存在着巨大的文化差异，禅宗传

---

5 董群著，慧能与中国文化［M］，贵阳：贵州人民出版社，2001，第19-21页。

6 王焰安，慧贤编著，南禅宗海外传播史［M］，广州：暨南大学出版社，2013，第10页。

7 王焰安，慧贤编著，南禅宗海外传播史［M］，广州：暨南大学出版社，2013，第85-92页。

8 王焰安，慧贤编著，南禅宗海外传播史［M］，广州：暨南大学出版社，2013，第109-110页。

入美国的时间相对上述国家和地区要晚很多。关于禅宗传入美国的时间和途径，大致存在着"民间"和"宗教界"两种看法：前者认为禅宗是随着 19 世纪中后期亚洲移民大规模赴美而传入的；后者则认为禅宗传入美国应当以 1893 年在芝加哥召开世界宗教会议为标志，正是在这次会议上，铃木大拙（D. T. Suzuki，1870-1966）作为日本临济宗禅师释宗演的英文翻译，首次将因果、涅槃等名词用英文介绍给西方世界。[9]值得注意的是，以上这两种说法都没有对"佛教"与"禅宗"进行清晰的界定。早期在美国传播的"禅佛教"（Zen Buddhism）是一个比"禅宗"大得多的概念，或者可以说是对佛教的另一种称呼。

《六祖坛经》在美国的传播，随着佛教在美国的兴起而开始，但《坛经》的汉语或日语文本究竟于何时何地由何人带到美国，目前已经无从考证。英译《六祖坛经》的第一人是中国广东的黄茂林居士，他的译本 *Sutra Spoken by the Sixth Patriarch, Wei Lang, on the High Seat of "the Gem of Law"* 于 1930 年在上海有正书局出版。[10]1932 年，美国人德怀特·戈达德（Dwight Goddard）在佛蒙特州（Vermont）出版了《佛教圣经》（*A Buddhist Bible*），这本书的内容就包括戈达德在黄茂林译本的基础上改译而成的《六祖坛经》（*The Sutra of the Sixth Patriarch*），这是第一个由西方人改写的《坛经》译本。[11]从此以后，《坛经》逐渐在英语世界流传开来，其影响力也随着禅宗的传播越来越大。

从古至今，我国宗教界及学术界对《六祖坛经》的研究，主要集中在如下三个方面：一是对其中包含的禅宗思想及义理的解读与阐发；二是对不同版本的考据、校注和疏证；三是对慧能及其弟子生平、事迹的稽考。以上几个方面的研究著作和文章由唐代至今延绵不断，从数量上讲用"汗牛充栋"形容亦不为过。进入二十世纪以来，随着不同版本的古本《坛经》陆续被发现，这一领域的研究获得了不少新的原始文献，这些极具价值的材料刷新了《坛经》研究的传统格局，一些著名学者撰写的影响力巨大的著作也随之不断涌现。

相比上述几个方面的研究，当代中国学术界对《坛经》海外传播及影响

---

9　Ibid.，第 205-206 页。

10　Wong Mou-Lam. Sutra Spoken by the Sixth Patriarch, Wei Lang, on the High Seat of "the Gem of Law" (Dharmaratha) [M] Shanghai: Yu Ching Press, 1930.

11　Dwight Goddard. The Sutra of the Sixth Patriarch. In A Buddhist Bible [M]. Vermont: Thetford, 1932.

的研究要少得多。目前本领域现有研究多数着眼于日、韩和东南亚这些和中国文化基因相似的国家和地区。《坛经》在英语世界，尤其是在美国的翻译、传播、影响、研究情况目前还属于国内学术界涉足较少的领域。出现这种情况的原因包括：中华文化中心主义思想的桎梏，长期以来国内学界跨文化视野的缺失，佛学和英语两者兼通的学者稀少等等。

近些年来，不少国内学者开始关注英语世界中国文学和文化典籍的译介与研究。正如美国学者宇文所安指出的那样："许多年来人们陆续把石头搬来搬去，简直很难分清到底什么是他山之石、什么是本山之石了。就算我们把多样性的'中国'和多样性的'西方'分辨清楚，这样的区分和挑选，远远不如这么一件事来得重要：找到一个办法使中国文学传统保持活力，并且把它发扬光大。"[12]如果我们把《坛经》的英译、在美国的誉舆和研究看做一块"他山之石"，其"攻玉"的价值还远远没有被中国学术界所认识。有鉴于此，本书尝试对《六祖坛经》在美国的传播、影响、其英译以及在美国的研究情况做一个梳理和总结，以期拓宽国内该领域研究的学术视野。

## 第一节　本书研究的缘起与意义

典籍外译是中国文化对外传播的重要途径。中国人很早就开始了将本国文化经典译为域外语言的实践。据马祖毅、任荣珍所著之《汉籍外译史》，汉语典籍外译的历史可以上溯至北魏时期，在此期间，天竺僧人菩提流支曾将中国僧人昙无最解释佛教基本教义的汉文著作《大乘义章》译成梵文流行西域。其后又有北齐的刘世清将汉文《涅槃经》转译成突厥文，隋代的彦琮将汉文《舍利瑞图经》《国家祥瑞经》译成梵文。到了唐代，高僧玄奘还曾将《道德经》译成梵文。[13]可见，中国的典籍外译已经有1500年以上的历史。近些年来，在"文化走出去"成为国家战略的背景之下，中国文化的对外译介呈现提速的趋势。众所周知，儒释道三教是中国传统文化的三个重要组成部分，然而相比儒道两家典籍的外译，中国本土大乘佛教典籍的外译无论在范围，还是在数量上都落后不少。以《六祖坛经》为例，作为中国本土佛教思想的

---

12 ［美］宇文所安著，田晓菲译，他山的石头记—宇文所安自选集·自序［M］，南京：江苏人民出版社，2008年。

13 马祖毅，任荣珍著，汉籍外译史［M］，武汉：湖北教育出版社，1997年，第2-3页。

杰出代表，其文化价值是可以和《论语》《道德经》相提并论的。然而《坛经》直到 1920 年代末才被翻译成西方语言，其译本数量也比《论语》或《道德经》少很多。20 世纪中期以来，西方对大乘佛教的兴趣逐渐由学术界向民间延伸，以美国为例，越来越多的民众开始主动了解佛教教义，据罗伯特·伍斯诺和温迪·凯奇在 2004 年所作的研究，大约有 12% 的美国人认为佛教对他们有所影响。[14] 总体而言，佛教在美国影响力越来越大，因此无论是普通民众还是知识分子都对英译佛经有阅读需求。然而迄今为止无论是译成英语的佛经数量，还是国内外学术界对佛经英译的研究都非常欠缺。

在这样的背景之下，笔者选择《六祖坛经》的英译为研究对象，首先是因为佛典翻译领域具有极大的学术研究空间，而《坛经》的英译可以成为佛典翻译研究的一个有意义的样本。其次，目前国内学术界对《坛经》在美国传播及其影响的了解极其有限。在这一问题上的研究，可以提高我们对佛教典籍在域外被接受、吸收、改造等情况的认识水平。再次，不同系统、版本《六祖坛经》迄今为止已经有了水平参差不齐的十余个英语译本，翻译主体既有来自学术界的学者，也有来自宗教界或民间的人士。对这些译本进行对比和综合分析，有助于我们对这些译本的翻译质量进行评判，也有助于为日后更大规模的汉传大乘佛教文献英译积累经验。最后，对《六祖坛经》英译的研究，还涉及到宗教经典的跨文化辩读问题。出自不同文化背景译者之手的《坛经》英译文相对原文发生了多大程度的改变乃至变异，无疑具有独特的研究价值。

除了对《六祖坛经》的英译进行研究外，笔者在本书中还将对美国的《坛经》研究进行介绍和评述。之所以将研究范围限定在美国是因为：第一，有超过半数的《坛经》英译本出于美国译者之手，这些译者或是美国土生白人，或是生活在美国的华裔，他们为《坛经》在英语世界的传播做出了突出贡献。第二，最早将《坛经》介绍到西方世界的，是美国人戈达德。西方世界对《六祖坛经》的研究，应该从戈达德对黄茂林英译本的改写算起。此后，不同时代的美国人对《坛经》的译介与研究一直持续至今。可以说，美国是欧美各国《坛经》研究当之无愧的中心，其研究内容最为丰富，成果也最为显著。第三，在欧美诸国中，《坛经》对美国社会尤其是文学界的影响最为突出，这些

---

14 Robert Wuthnow & Wendy Cage. Buddhists and Buddhism in the United States: the Scope of Influence[J]. JSSR. Vol 34. Sep. 2004. p371.

影响既有实证性的，也有非实证性的。对《坛经》在美国所产生影响的研究，有助于对中国文化经典在异域影响生成机制的探讨。第四，欧美其他国家的《坛经》研究一般都比较零散，本领域的学者人数较少，而美国的《坛经》研究，在各个不同时代都曾涌现出一些杰出人物。第五，当今西方世界《坛经》研究的许多大家也都集中在美国。美国学术界重视实证和文献考据的研究方法在 20 世纪后期影响很大，许多其他国家本领域的学者都有在美国学习的经历。

总之，专门针对美国的《六祖坛经》研究进行介绍与评述，有助于我们集中视线将这一领域的探索引向深入。中美两国都是文化大国，一个是《坛经》的输出国，一个是除日本以外对《坛经》研究最为深入的国家。了解美国的《六祖坛经》研究情况，可以为中国的《坛经》研究提供一个独特的参照系，有助于中美两国学者研究的互识和互证，从而为日后两国学者该领域的学术交流与合作奠定基础。

## 第二节　文献综述

目前国内学术界的《坛经》英译研究相比其他中国古代经典的英译研究来说还不够充分，目前能够找到的资料只有一部专著中的部分章节和为数不多的几篇硕士学位论文、学术研讨会论文集中的文章以及期刊论文。与之类似的是，国内学术界对美国《坛经》研究情况的认知也极其有限。只有屈指可数的几位学者对美国的《坛经》研究有所了解，可供参考的文献极少。

在《坛经》的英译研究方面，1997 年香港学者高秉业在其论文《英译〈六祖坛经〉版本的历史研究》[15]中介绍了《六祖坛经》英译本的历史渊源，总结了《坛经》六个英译本。除此之外，这篇文章还特地将《六祖坛经》最早的一位英译者黄茂林居士及其赞助者狄平子居士两人的传记附在论文后面，这为后来的研究者了解《坛经》最初的英译本出版经过和译者生平提供了一份宝贵的资料。

2004 年台湾学者林光明在《杨校敦博本〈六祖坛经〉及其英译》一书的

---

15 高秉业, 英译《六祖坛经》版本的历史研究 [A], 见: 六祖慧能思想研究——"慧能与岭南文化"国际学术研讨会论文集 [C], 广州: 学术研究杂志社, 1997, 第54-65 页。

第四章"英译的心路历程"、第五章"各版本英译举隅与比较"、第六章"诸
本专有名词汉英对照"介绍他在敦博本《六祖坛经》英译过程中的一些感受,
同时将各个译本的差异进行了一些有针对性的比较。林光明在第四章"英译
的心路历程"中提出翻译原文本的选择是一个非常关键的问题。他在回顾自
己英译《坛经》过程时提出:"[敦博本]由于本身的可读性(指可以解读的
程度)与正确性原本就高,因此有些原来在[敦煌本]中意义不明的经文,在
此新英译本中就可比较正确的译出。"[16]林先生还特别指出了《坛经》英译的
一个特殊的困难:"汉字往往一字多义,再加上古文无断句点,因此一字(或
一词)有多种解释的可能性很大,翻译定稿时只能选择一个,因此不同译者
的译文有相当差异乃理所当然。"[17]由此出发,林先生在这一章中对各版本汉
语版《坛经》在某些细节上的差异做了相当细致的比对,进而将自己依据的
敦博本英译处理和其他版本英译进行比较以说明断句、文字上的差异对翻译
的影响。在第五章中,林光明先生列举了 33 个例子,给出了黄茂林、陈荣捷、
扬波斯基、陆宽昱、恒贤、柯利睿、马克瑞和他自己的译本对这 33 个例子不
同翻译处理,然后还对这些例子的翻译进行了译注。第六章则收录了 7 个译
者(译本),共计《坛经》中出现的 26 个专有名词的英译对照。这些专有名
词包括:善知识、獦獠、供奉、舍宅、一行三昧、两边、两足尊、三身佛、三
科法门、四相、五阴、六尘、三十六对法、无念、无住、无相、直心、有为无
为、有漏无漏、相、戒定慧、坐禅、真如、心地、真假动静偈、道场。通过对
这些专有名词英译的对照,可以直观地了解各个英译本的差异和共同之处。
可以说,林光明译本进行了非常细致的整理工作,为读者和研究者提供了很
大的便利。

　　2009 年湖南师范大学蒋坚松教授的论文《实践刘重德教授的译诗主张——
〈六祖坛经〉中偈、颂的翻译》主张践行刘重德教授以格律诗翻译格律诗
的原则。他以《六祖坛经》中的偈、颂英译为例论证此原则的可行性,同时还
提出实践这一主张的若干处理方法,包括在诗歌诸元素中寻求某种动态平衡、
优先保证意义和意象的传递、充分利用译语的诗歌资源等。从蒋坚松教授对

---

16 林光明,蔡坤昌等编译,杨校敦博本六祖坛经及其英译[M],台北:嘉豐出版社,
　　2004,第 318-319 页。

17 林光明,蔡坤昌等编译,杨校敦博本六祖坛经及其英译[M],台北:嘉豐出版社,
　　2004,第 323 页。

《坛经》中偈、颂的英译实践来看，他使用了英雄对偶句、押头韵、视韵、中间韵、跨行诗句押韵等多种翻译手段，至少在韵律和阅读的感觉上收到了比较不错的效果。[18]蒋坚松教授在偈颂翻译上追求形式对等的主张和他的翻译实践让我们看到了通过具体的翻译方法尽量还原原文美学价值的可能性，但从另一方面来看形式上的对等也可能成为译者翻译中的束缚和枷锁。因此，笔者认为蒋坚松教授的主张有其实现的可能，但这必须建立在译者具备高超的翻译技术以及对目的语语言文化纯熟掌握的基础之上。

2010年台湾师范大学翻译研究所研究生刘宜霖的硕士学位论文《〈六祖法宝坛经〉英译策略初探：以成观法师译本为例》是迄今为止国内可以查找到的唯一一篇专门对《六祖坛经》英译本进行总结和研究的学位论文。刘宜霖的论文首先对《六祖坛经》的诸版英译本进行了总结，其重点是对上述林光明总结的《六祖坛经》英译本进行补充和更正；其次，他的论文还对汉语佛典翻译的基本情况和翻译规范进行了回顾；最后，这篇论文的核心内容是对成观法师的英译本《六祖坛经》的研究，认为这个译本在自创词汇、典故和文化词的处理以及异教词汇使用等方面均有其独到的建树。刘宜霖分析了成观译本之所以大量使用"异化"方法的原因，他提出："成观之所以颠覆规范，其主要原因在于对现有译本的不满。他认为绝大多数英译本都过于通俗，达不到佛教经典应有的庄严，有些甚至出现谬译和误译，因此，该译著的语域都较之其他译本来得高。另外，他也深深感受到佛学界迫切需要一本汉英佛学词典，所以在决定翻译佛经典之前，即已决定在文字上下功夫，期盼未来能够从佛典汉英翻译实务中，逐渐产生一本能够利益学界教界的汉英佛学词典。为此，他在《坛经》翻译过程中，遣词用字尽量做到言简意赅，甚至是自创出许多几乎'字贴字'，甚至是可以回译的英译词，形成了译本极为异化的现象。"[19]从刘宜霖的这篇论文可以看出，他对成观法师的译本是比较推崇的。无可否认的一点是，成观法师的译本通过上述的一些方法确实达到了一种古雅、庄重的翻译效果，但也并非完美。根据笔者的考察，这个译本的译文在一些词汇的翻译上存在偏差，致使原文的很多文化内涵流失严重。

18 蒋坚松，实践刘重德教授的译诗主张——《六祖坛经》中偈、颂的翻译[J]，2009年1月，第6卷第1期，第90-94页。

19 刘宜霖，《六祖法宝坛经》英译策略初探：以成观法师译本为例[D]，台湾师范大学，2010，第86-87页。

在另外一些地方，这个译本的译文又极为晦涩，译者非常喜欢使用来自拉丁语的一些词源极为古早的词汇对译佛教术语，因此很多译文读起来显得有些佶屈。总的来说，成观法师的译本比较适合英文水准和对佛教的理解程度都比较高的读者，而不太适合于那些水平一般的读者。

2010年河南大学于海玲的硕士论文《德怀特·戈达德〈六祖坛经〉译本研究——突显视域冲突》是迄今为止大陆学术界可以找到的唯一一篇对《坛经》的单一译本进行研究的学位论文。该论文以伽达默尔提出的视域融合理论为依据，并在此基础上提出了一个视域融合的模型。根据论文作者提出的这一模型，"在视域融合过程中实际上取得了两种一致意见——即在译者和源文本共享的偏见之间取得的一致意见，和在两者冲突的偏见之间取得的伪一致意见。第一种一致意见会带来对源文本内容的忠实传递，第二种一致意见则会导致翻译中的创造性叛逆。最终形成的新视域中共享偏见与冲突偏见的比例由在翻译中起作用的社会历史及个人因素决定。"[20]从上述的理论思路出发，论文作者对戈达德的译本进行了分析，确定了哪些翻译是忠实传递，哪些是创造性叛逆。研究发现，创造性叛逆多于忠实传递，这一点表明，在最终形成的视域中，冲突视域占主导地位。由此，该论文提出："对戈达德生活经历、当时西方佛教解读传统及基督教和日本禅宗影响的分析将有助于解释这一现象。20世纪西方文化占主导地位，解读佛教的浪漫主义传统，以及铃木大拙等日本禅师的影响，都导致了戈达德对源文本的自由诠释。戈达德翻译《坛经》，并不是为了传播佛教，而只是因为其对本族文化和宗教危机有所意识而欲借助于亚洲传统以求改善。戈达德的作品是其所处时代的产物，同时也展示了译者在向国人介绍一种新的宗教时所体现的创造性。"[21]这篇论文对戈达德译本的研究是比较深入的，尤其是对戈达德译本创造性叛逆的分析，比较具有启示意义。

2011年于海玲在《〈坛经〉中比喻手段的使用及英译》一文中对比分析了1930年出版的黄茂林英译本、1953年出版的Christmas Humphreys译本及1996年湖南出版社出版的汉英对照本等三个译本《坛经》在比喻修辞方

---

20 于海玲，德怀特·戈达德《六祖坛经》译本研究——突显视域冲突［D］，河南大学，2010，中文摘要第IV页。

21 于海玲，德怀特·戈达德《六祖坛经》译本研究——突显视域冲突［D］，河南大学，2010，中文摘要第IV页。

面采取的翻译方法，认为这几个译本在比喻修辞的翻译方面做到了尽量对原文的尊重。[22]

2011年王敏在《从语境角度看反问句的识别、理解与翻译——以〈坛经〉为例》一文中对比了1996年湖南出版社出版的文白、汉英对照本《坛经》的汉语原文和英语译文，发现汉语原文中的多处反问句并未译成相应的英文反问句。作者认为，在翻译的过程中译者需要根据语境分析原文的言外之意，选用适当的目的语句型来传递这种意义。[23]

2012年耶鲁大学宗教学博士、前西来大学宗教系系主任依法法师的论文《西方学术界对惠能及〈六祖坛经〉的研究综述——以英文体系为主》对《坛经》的英译本进行了比较全面、细致的总结。这篇论文有许多值得称道的地方。首先，依法法师将她查找到的译本加以说明，并对译者和译本的特点进行了简单的介绍，为读者或后来的研究者提供了有用的信息和研究的便利条件。其次，依法法师的这篇论文还对《坛经》的英译提出了一些有价值的看法。例如，在各个译本的比较上，论文作者认为"学者的翻译就选字用词来说较审慎，也较精准，因为他们受过学术训练，翻译时尽可能符合字面原意，又有原始语文如汉语、日语、梵文的训练。就整体来看，西方学术界对佛教的写作与英文翻译从早期40年代到现代已有大幅度的进步，早期采用了很多基督教的用语如'Bible（圣经）'，后来使用'Scripture（经典）'到最近都已使用'Sutra（专指佛经）'……过去对汉字罗马拼音的（romanized）译法，有用广东拼音或伟教（Wade-Giles）拼音，或其他方式，而现今学术界翻译时统一采取'汉语拼音'，使汉字罗马拼音更能达到一致性，对读者有很大帮助。"[24]依法法师反对认为只要会中英文就能翻译佛经的看法，主张"译者必须要经过佛经文字与教义的训练。从过去中国译经史上来看，佛经翻译事业大多受宫廷的支持而且是由专业团队合作产生的，如鸠摩罗什与玄奘译作这么多流畅文雅的经典流传千古，都是精英翻译团队的产物……笔者深感经书的翻译最重于译者本身的条件：语言专精及佛学专业研究。翻译团队的成员，

---

22 于海玲，《坛经》中比喻手段的使用及英译[J]，和田师范专科学校学报，2011年7月第30卷第3期，第65-67页。

23 王敏，从语境角度看反问句的识别、理解与翻译——以《坛经》为例[J]，开封教育学院学报，2011年6月第31卷第2期，第75-78页。

24 释依法，西方学术界对惠能及《六祖坛经》的研究综述[A]，见《六祖坛经》研究集成[C]，北京：金城出版社，2012，第120-121页。

要各有以目标语言为其母语的人才，如中翻英团队，一方面要有以中国语言为其母语又通晓英语的人士，另一方面也要有以西方为母语也识得中文的人士。而来必须要有专业佛学研究的背景，也要有宗教体验，由此出发从事翻译，才能有用词精准的学术见解及注释，又不至于太过偏颇、有失公正。"[25]

2013 年宋伟华在《〈坛经〉黄茂林英译本与 Dwight Goddard 英译本比较》一文中通过建立汉英平行语料库，对《坛经》黄茂林译本与德怀特·戈达德译本从词汇、句子和篇章等层面的比较分析，发现两个译本均呈现不同程度的显化共性，但黄译倾向于忠实中文原本，而戈译则更多地体现了译者对文本的操纵。该论文认为译者不同的翻译目的以及身处的社会大环境是造成两个译本差异的主要原因。[26]

2013 年孙元旭在《黄茂林〈六祖坛经〉英译本翻译方法探析》一文中分析了 1930 年版黄茂林译本《坛经》的特点、翻译方法和存在的问题，提出佛经的英译是一项特殊的翻译工作，译者必须精通佛学教义，掌握大量佛学术语尤其是梵文术语，同时必须深入了解译入语文化，只有这样才能正确传达原文的意义。[27]这篇论文对从事佛经英译的译者应当具备哪些基本素质的论述是比较中肯的。

2014 年宋伟华的《语料库驱动的〈六祖坛经〉三译本比较》一文的和他本人 2013 年发表的《〈坛经〉黄茂林英译本与 Dwight Goddard 英译本比较》[28]一文除了在比较中加入了 Christmas Humphreys 译本之外，在研究思路、方法和结论上基本没有什么差别。

2015 年褚东伟撰写了《菩提之苦：禅宗佛教的语言哲学与〈六祖坛经〉中两首偈的英译》一文，发表于香港翻译学会出版的《翻译季刊》（2016 年第 76 期）。这篇论文以《坛经》本身对语言问题的重要论述为基础，从禅宗佛教语言哲学的角度，以《坛经》中神秀和慧能的两首心偈为例探讨了符合禅宗佛教语言观的翻译方法。这篇文章首先采取"回译"的方式对黄茂林译本、

---

25 Ibid., 第 121 页。

26 宋伟华，《坛经》黄茂林英译本与 Dwight Goddard 英译本比较［J］，中国科技翻译，2013 年 2 月第 26 卷 1 期，第 19-22 页。

27 孙元旭，黄茂林《六祖坛经》英译本翻译方法探析［J］，韶关学院学报社会科学版，2013 年 9 月第 34 卷第 9 期，第 124-127 页。

28 宋伟华，语料库驱动的《六祖坛经》三译本比较［J］，韶关学院学报社会科学版，2014 年 1 月，第 80-84 页。

宣化上人主持翻译的译本、柯立睿译本、马克瑞译本、扬波斯基译本、赤松译本在这两首偈颂英译上的差异和分歧进行分析，进而从禅宗佛教语言哲学的角度对各译本译文加以审视，他提出"总的来说，禅宗佛教的语言哲学所自然而然衍生出来的翻译观一定是主张意译的翻译观，主张多译本共存的翻译观。'随宜方便'既然是弘法的原则，当然也是佛经翻译的原则。连接原文和译文的是'法'，是真理和思想而不是那些细枝末节的文字。实际上，如果译者明白原文的意旨，又在译文中刻意贯彻这种意旨的话，因为译文文本的文字有一定的总体指向，局部发生一些偏差往往不至于影响大局，错误多的译文原文思想的味道淡一些，错误少的译文中原文思想的味道浓一些。从这种意义上讲，译文在读者的配合下具有自我愈合能力，这就是无论古今中外不完美的译品持续被阅读的原因。"[29]在这篇论文的第三部分，褚东伟综合上述各译本翻译神秀和慧能的两首心偈的优点及不足，提出了自己的译文。最后他提出"禅宗佛教所强调的离色离相，在语言上就是重意义而轻字面，在翻译上就是译意为主、译字为辅、以精神的顺利传达为要务。这样的翻译思想已经在包括宗教翻译在内的翻译史上被证明为正确的思想，在未来的佛典翻译工作中应该发挥主导作用。"[30]需要指出的是，这篇论文存在两个小小的瑕疵：第一，将德怀特·戈达德编辑的《佛教圣经》(*A Buddhist Bible*) 算到了铃木大拙的头上；[31]第二，81 页"旅美华人僧人恒印（音译）也翻译了《坛经》，依据的也是流行的《坛经》新本，而不是敦煌法海手抄本"一句中提到的"恒印"应为恒贤法师。这位法师也并不是旅美华人，而是一位土生土长的美国人，后来成为宣化上人的弟子，并参与翻译了许多佛教典籍。尽管存在这两个小问题，但褚东伟的论文提出以《坛经》中的禅宗思想来指导英译实践的看法，还是比较具有理论上的启示意义的。

　　2016 年湖南大学马纳克的博士论文《阐释学视角下的〈坛经〉英译研究》是为数不多的对《坛经》的英译进行理论性探索的博士学位论文。该论文首先梳理了《坛经》英译的历史，对不同阶段的英译特点进行了归纳总结。之

---

29 褚东伟，菩提之苦：禅宗佛教的语言哲学与《六祖坛经》中两首偈的英译［J］，翻译季刊 2015 年第 76 期，第 90 页。

30 褚东伟，菩提之苦：禅宗佛教的语言哲学与《六祖坛经》中两首偈的英译［J］，翻译季刊 2015 年第 76 期，第 99 页。

31 褚东伟，菩提之苦：禅宗佛教的语言哲学与《六祖坛经》中两首偈的英译［J］，翻译季刊 2015 年第 76 期，第 79 页。

后，以阐释学为视角，从词汇、语句、偈颂等方面对多个译本进行了比读，对语言层面的翻译技巧和原则进行了评析，并总结了翻译佛禅典籍时可以采取的方法和原则。该论文通过考察五位《坛经》译者的文化身份，对多译本背后的"主体性"因素进行阐释，进而提出"不同译者的不同译本合作构建了文化交往与互动，促进了世界整体文化的发展，而这一翻译活动的内涵正突显出文化交往活动中的'人'这一重要核心，这与阐释学的精神是一致的"[32]。该论文将阐释学方法引入《坛经》的英译研究，深入考察译者文化身份的主体间性、理解的历史性以及译者文化身份与"视域融合"的关系，深入挖掘了《坛经》这部经典文献的社会、文化和宗教意义。然而，该论文也存在着一定的不足，例如：第一，该论文只是简单地列举了16个出自不同译者或翻译团队译出的《坛经》英译本，缺没有对这些译本之间的相互关联以及各自的译者做成为深入的研究，同时也没有对两个系统（敦煌系与通行本）的《坛经》英译本进行清晰的划分与归纳；第二，论文在考察译者文化身份的部分只列举了五位译者，对译者主体性的归类似乎不够充分。

总结以上国内学者对《坛经》英译的研究我们可以做出以下的判断：

1. 总的来说，国内学术界对《坛经》的英译研究开始的比较晚，到1997年才有了第一个对《坛经》诸译本的总结。

2. 这一领域的研究者比较少，研究成果不多。论文方面只有数量稀少的几篇期刊、论文集中的论文，学位论文可以查找到的只有一篇。著作方面，只有林光明的《杨校敦博本六祖坛经及其英译》一部作品对《坛经》的一些英译本进行了比对和梳理。

3. 现有的这些研究在内容上比较零散，角度上比较片面，缺乏深度、宏观性和综合性。

4. 从目前的研究状况来看，港台学者的研究质量明显要优于大陆学者。上述三位港台学者在研究的细致程度上，是大陆学者目前没有达到的。

综上所述，《六祖坛经》的英译研究，比起《论语》《道德经》等儒道经典的英译研究明显不够充分，这和《六祖坛经》在中国思想史上的地位是不相称的。《坛经》的英译研究，还存在着极大的提升空间。

相比于对《六祖坛经》英译的研究，国内学术界对《坛经》在美国研究

---

32 马纳克，阐释学视角下的《坛经》英译研究［D］，湖南师范大学，2016，中文摘要第Ⅱ页。

状况的了解更为有限。在笔者掌握的材料范围之内，只有上文提到的依法法师对美国的《坛经》研究进行了一个概述性的总结。依法法师在《西方学术界对惠能及〈六祖坛经〉的研究综述——以英文体系为主》[33]一文中首先介绍了陈荣捷、扬波斯基、柯立睿、马克瑞等学者对不同版本《六祖坛经》的英译，之后简要介绍了一些美国学术界《坛经》研究的著名学者及其代表性的学术成果。

在论文集和著作方面，依法法师首先介绍了美国学术界《坛经》研究近几年的重要成果《坛经的研读》（*Readings of the Platform Sutra*. New York: Columbia University Press, 2012）。依法法师认为这部论文集"包括了惠能思想的形成、早期禅宗的沿革与传承、《坛经》的教法、哲理与仪式。这是西方对《坛经》的最新出版的书，但是对过去学者在《坛经》的研究的议题并没有突破，不过为西方大学生提供了有关《坛经》的很好的教科书。"[34]接下来，依法法师简要介绍了约翰·马克瑞（John McRae）所著之《北宗与早期禅宗的形成》（*The Northern School and the Formation of Early Ch'an Buddhism*, Honolulu: Hawaii University Press, 1986）与佛尔（Bernard Faure）所著之《正宗之志——批判研究禅宗北宗的谱系》[35]（*The Will to Orthodoxy: A Critical Genealogy of Northern Chan Buddhism*, Stanford: Stanford University Press, 1997）。这两部作品的共同特点是颠覆了以南宗为正宗的传统，转向以北宗的立场来看待早期禅宗的形成，或是引入解构的思想分析北宗由盛到衰的过程。

依法法师还介绍了一些美国学术界《坛经》与慧能研究领域较为重要的一些学术论文，例如：墨顿·史鲁特（Morten Schlütter）的《〈坛经〉的谱系与其演进》（"On the Genealogy of the Platform Sutra"），马克瑞的《惠能的传说与天命——一位目不识丁的圣人和天方夜谭的帝王》（"The Legend of Hui-neng and the Mandate of Heaven"），罗伯特·吉米罗（Robert Gimello）的《〈坛经〉在北宋禅宗的回响》（"Echos of the Platform Sutra in Northern Sung Ch'an"），戴维·恰波尔（David Chappell）的《〈坛经〉中的无相忏悔的比较研究》

---

33 释依法，西方学术界对惠能及《六祖坛经》的研究综述［A］，见《六祖坛经》研究集成［C］，北京：金城出版社，2012，第104-122页。

34 释依法，西方学术界对惠能及《六祖坛经》的研究综述［A］，见《六祖坛经》研究集成［C］，北京：金城出版社，2012，第113页。

35 大陆地区于2010年出版了佛尔的这部作品，译名为《正统性的意欲：北宗禅之批判系谱》，上海：上海古籍出版社，2010年。

（"Formless Repentance in Comparative Pespective"），刘易斯·蓝卡斯特（Lewis Lancaster）的《〈坛经〉中的名相》（"Terminology in the Platform Sutra"）等。

依法法师还特别关注了一些美国学术界从哲学角度对《坛经》进行研究的重要论文，例如：史蒂芬·列卡克的《心如镜与心的镜作用：佛教对西方现象学的反思》（"Mind as Mirror and the Mirroring of Mind: Buddhist Reflections on Western Phenomenology"），华裔学者郑学礼的《〈坛经〉中的心理学、本理论和解脱论》（"Psychology, Ontology and Soteriology in the Platform Sutra"），著名学者成中英的《〈坛经〉中的三十六对及其哲学意义》（"On Polarities in the Platform Sutra and Their Philosophical Significance"）等。

以上是依法法师对美国《六祖坛经》研究情况的一个简要介绍。依法法师对美国《坛经》研究的介绍也有一些欠缺之处。首先，她的梳理较为简略，还有相当大一部分研究没有介绍，因此显得不够完整；其次，依法法师的介绍缺乏系统性，她只是简单地列举了一些重要学者的代表性作品，而没有提供美国《坛经》研究历史发展情况的介绍；再次，依法法师对美国早期的《坛经》研究有所忽略，其关注的对象也仅限于美国学术界的研究，而没有涉及美国宗教界和民间对《坛经》的研究。最后，依法法师也没有说明美国的《坛经》研究存在何种发展趋势。即便如此，来自中国台湾地区的依法法师仍为国内学术界了解美国《六祖坛经》的研究状况提供了许多不可多得且极有价值的材料。大陆方面，邓文宽、杨曾文等几位学界前辈在他们的著作中对菲利普·扬波斯基的研究有所关注；近些年来，北京大学的李四龙教授和中山大学的龚隽教授在研究中涉及了一些对美国《坛经》研究的介绍。但总的来说，大陆学者们对美国《坛经》研究总体情况的了解极其有限，这方面还存在着巨大的研究空白。

## 第三节　研究思路、方法及创新点

本书以《六祖坛经》英译和美国的《坛经》研究为研究对象。首先，笔者将《坛经》的各种英译本和美国学术界《坛经》研究的各种学术专著、期刊论文和学位论文进行了详细的梳理。其次，笔者在前期的研究中通过对各个英译本的通篇对读、逐句对勘梳理了敦煌系和通行本《六祖坛经》各英译本存在的差异，分析了各英译本存在的误译、漏译、误读和其他类型的翻译变异产生的原因并给予其理论层面的解释。而后，本书概述了美国《六祖坛经》研究不同时期的成果，对美国《坛经》研究的特点和动向进行介绍，探究中美两国《六祖坛经》研究的共性与差别，最终寻找《六祖坛经》研究潜在的国际间合作的方法和路径。

本书主要采取以下研究方法：

1. 比较的方法，将敦煌系《六祖坛经》英译本和通行本《六祖坛经》英译本分别进行对勘，找到各译本译文中的主要差异，然后进行综合性的对比分析；将《六祖坛经》各英译本中的译文和原文相比较，找出译文相对于原文的各种变异之所在；将美国学术界的研究成果与中国的研究成果进行比较，以此凸显中美两国《坛经》研究的异同所在，并探究其背后的深层原因。

2. 文献学的方法，本书对敦煌系《六祖坛经》5 个译本的对勘中，也包含了对敦煌系三个原始文献，即敦煌本（又称斯坦因本）、敦博本、旅博本的合校。以此确定敦煌系《坛经》5 个译本的翻译准确性。除此之外，本书还将通行本（宗宝本）的各个不同版本进行比对，对一些由底本差异引起的英语译文差异进行回溯式的考证，以此确定通行本《坛经》各英译本可能依据的底本在内容和文字上存在的差异。

3. 比较文学变异学和译介学的方法，《六祖坛经》的英译由于种种原因发生了许多创造性叛逆及各种变异现象，本书在论述过程中运用比较文学变异学、译介学等方面的理论方法分析这些现象，探究其生成原因。

4. 梳理学术史的方法，本书对二十世纪三十年代以来的美国学术界《六祖坛经》的研究进行历史性的梳理，通过不同渠道收集并分析各种零散的《坛经》研究著述、论文及其他类型文献中的内容，考察不同历史时期美国《坛经》研究在研究特点、方法、内容、侧重点等多方面的变化趋势。

综上所述，本书以《六祖坛经》英译与美国的《六祖坛经》研究为研究内容，以两个系统《坛经》各英译本译文差异的评析和《坛经》英译中的各种变异现象以及美中两国《坛经》研究特点及异同比较为研究重点，采用的主要研究方法包括比较的方法、文献学的方法、变异学方法、以及梳理学术史方法等。

本书的主要创新点在于发现并深入挖掘新的材料。首先，通过对不同系统、版本《六祖坛经》各个英译本的收集整理，本书将不同国家、不同区域的译者对《坛经》的英译情况完整地呈现出来并加以归纳和总结。其次，本书较为完整地梳理了自 1930 年代至今的美国《六祖坛经》研究情况并加以分析和评述。此外，研究途径创新是本书的另一个创新之处。强调研究途径的多样性，将典籍翻译研究、文献研究与比较文学范畴下的流传学研究、影响研究和变异研究相结合，通过梳理学术史的方法了解《坛经》在美国的研究状况并进行中美两国研究之比较，这些都是本书在研究途径上的突出特点。通过对《六祖坛经》英译及其变异情况的介绍与总结，通过对美国《坛经》研究的历史性梳理并将其和中国的《坛经》研究相比较，笔者期待为日后更为深入的研究进行材料和方法的铺垫。

## 第四节 本书的结构与各章内容

本书由四个部分构成。第一部分是绪论，包括对研究对象的界定、选题的缘起、研究意义、文献综述、研究思路、研究方法、创新点以及对本书结构和各章内容的介绍。

第二部分是第一到第五章，这一部分是本书的主体，内容分为三个方面。第一方面内容是第一章。这一章是本书的导入部分，主要涉及《六祖坛经》在美国译介与流传的历史，禅宗与美国文学的关系以及《六祖坛经》对"垮掉派"诗人的影响。第二方面内容涉及第二章和第三章，这两章是对《六祖坛经》英译的研究。第二章首先对《六祖坛经》的汉语版本和谱系进行介绍，之后对《坛经》现有的英语译本进行总结和归纳并对各译本译者及其翻译特点进行介绍。本章的重点是最后一节，即对敦煌系和通行本两个系统《坛经》英译情况的综合述评。第三章是对《六祖坛经》英译变异问题进行的研究。首先，这一章梳理了佛经汉译和汉语佛经英译的历史及理论探索，而后论述了比较文学变异学对佛经英译的理论启示。本章的重点内容是对《坛经》英译变异类型及其原因的总结与分析。第三方面的内容涉及第四章和第五章，这两章是对美国《六祖坛经》研究情况的介绍以及中美两国《坛经》研究的比较。其中第四章首先阐明《坛经》英译与美国《坛经》研究之间的关系，之后依次介绍了美国《坛经》研究的发端以及两种不同类型的研究，最后关注了美国《坛经》研究的最新动向。第五章是对中美两国《六祖坛经》研究的比较，这一章首先总结了美中两国《坛经》研究各自的特点，之后对两国研究的异同之处进行了比较，最后论述了两国研究互识、互证与互补的重要意义。

本书的写作分为三个层级进行，第一级以章为单位，第二级以节为单位，第三级是某些节下面具体内容的详细论述。此外，笔者在某些章或内容较多的节后面以小结的形式进行了总结。

　　本书的第三部分是结语，这一部分对全书的研究进行总结，论述了《六祖坛经》英译研究对中国古代典籍外译研究的样本性意义，了解美国《坛经》研究对国内学术界本领域研究的重要性以及中美两国就《坛经》研究展开国际间交流与合作的必要性。

　　本书的第四部分是附录，在这一部分的笔者提供了大英博物馆、敦煌博物馆、旅顺博物馆等三个博物馆所收藏的三个敦煌出土写本《六祖坛经》的影印件，以及清末以来通行的刻本《六祖坛经》影印件。

# 第一章 佛心西行:《六祖坛经》在美国的传播及其文学影响

　　汉语佛教经典的大规模英译开始于 19 世纪后期,大部分的译者的身份都是传教士,其中又以英国人居多,例如翻译过《壹输卢迦论》的艾约瑟(Joseph Edkins),翻译过《四十二章经》《金刚经》《心经》等经典的萨缪尔·毕尔(Samuel Beal)以及翻译过《大乘起信论》的李提摩太(Timothy Richard)等等。与这种情况不同,《六祖坛经》的英译开始于中国译者的主动对外译介。第一位将《坛经》译为英文的是来自中国广东的黄茂林居士,他翻译的宗宝本《坛经》于 1930 年在上海出版,此后德怀特·戈达德(Dwight Goddard)对其进行改写,由此开始了在美国的流传。1950 年代以后,美国民间和学术界对禅宗的兴趣不断高涨,在此背景之下出现了好几个美国白人或华裔美国人翻译的《坛经》译本。这些译本的流传促进了美国人对《坛经》中所包含的禅宗思想的了解,许多美国知识分子都曾经受到过禅宗思想的影响,这种影响突出地表现在"垮掉派诗人"的诗歌创作中。

## 第一节 《六祖坛经》在美国的译介与流传

　　《六祖坛经》在美国的传播,最早要追溯到戈达德(Dwight Goddard)在 1932 年出版的 *A Buddhist Bible*。在这部作品中,戈达德介绍了早期禅佛教的历史和一些重要的经书,此外还收入了《金刚经》《般若波罗密多心经》和《六祖坛经》等三部佛教经典的英译本。1930 年,广东人黄茂林将宗宝本《六祖坛经》译成英文，这是中国人主动向英语世界译介《坛经》的第一次尝试。戈达德译本，正是在黄茂林译本基础上修改完成的。此后，铃木大拙于 1935 年出版的 *Manual of Zen Buddhism* 中收录了他本人根据敦煌本翻译的《坛经》部分内容（第 24 至 30 节、第 48 节）[1]，尽管他的译文不是完整译本，但却是将敦煌本《坛经》译成英文的肇始。1975 年，美国夏威夷大学主办的《东西方哲学杂志》对此前在美国本土出版的《坛经》各个译本（或内容包括了英译《坛经》在内的著作）进行了一个总结：

*The Diamond Sutra and the Sutra of Hui Neng.* By A. C. Price and Wong Mou-lam. 4th ed. Berkeley: Shambala Publications, 1969.

*A Buddhist Bible.* Edited by Dwight Goddard. Boston: Beacon Press, 1970.

*Manual of Zen Buddhism.* By D. T. Suzuki. New York: Grove Press, 1960).

*The Platform Scripture.* By Wing-tsit Chan. New York: St. John's University Press, 1961.

*Ch'an and Zen Teaching Series Three.* By Charles Luk. Berkeley: Shambala Publications, 1973.

*The Platform Sutra of the Sixth Patriarch.* Translated by Philip B. Yampolsky. New York: Columbia University Press, 1967.

*The Sixth Patriarch's Dharma Jewel Platform Sutra and Commentary* by Tripitaka Master Hsuan Hua. Translated by Heng Yin. (San Francisco: Sino-American Buddhist Association, 1971).[2]

这个总结表明，到 1970 年代，已经至少有七个《坛经》英译本在美国流传。值得一提的是，这七个译本中既有敦煌本的全译本（扬波斯基译本）和节译本（铃木大拙译本），也有通行本宗宝本的全译本。从译者身份来看，七个译本的译者既有佛教徒，也有纯粹的学校派学者。从译本数量、底本差异和译者身份的多样性这几点来看，当时《坛经》已经在美国有了较为广泛的传播。特别值得一提的是，扬波斯基对敦煌本《六祖坛经》的译介，为美国学术界对《坛经》更为深入的研究奠定了基础。

---

1　D. T. Suzuki. Manual of Zen Buddhism[M]. Kyoto: Eastern Buddhist Society, 1935.
2　Philosophy East and West, Vol. 25, No. 2 (Apr., 1975). P195.

到了 1990 年代之后，陆续又有几个英译本在美国出版、流传。这些译本包括柯立睿（Thomas Cleary）译本、马克瑞（John McRae）译本、赤松（Bill Porter）译本以及洛杉矶佛光出版社出版的佛光山翻译团队译本。其中，赤松选择的翻译底本是 1980 年代被再度发现的敦煌博物馆藏《坛经》写本。这说明美国译者已经对不同敦煌写本《坛经》之间的差异给予了关注。

各种《坛经》英译本在美国的流传，使得美国读者对《坛经》的熟悉程度不断提升。在这个过程中，很多知识分子对《坛经》思想的介绍，也起到了不小的作用，例如戈达德的《佛教圣经》（A Buddhist Bible）第一次以美国人熟悉的方式对《坛经》的思想进行了介绍，他对黄茂林英译本的改写，也为早期美国读者对《坛经》的理解提供了一些便利。到了 1950 年代，艾伦·瓦茨（Alan Watts）的《禅道》（The Way of Zen）风靡一时，在这部作品中，瓦茨以一种流畅、富于诗意的语言对《坛经》的"无念"、"自性本自清净"等思想进行了深入的介绍与阐释，对《坛经》在美国知名度的提升起到了不小的作用。到了 1960 年代以后，美国人对《坛经》的关注慢慢从民间和宗教界向大学和研究机构扩散，《坛经》也逐渐成为美国人较为熟悉的一部禅宗经典。

## 第二节　禅与美国文学

《六祖坛经》在美国的传播，有一个大的时代背景，那就是上世纪五六十年代美国社会兴起的禅佛教热潮。禅宗的支派临济宗和曹洞宗在十二、十三世纪东传日本，十九世纪末到二十世纪初，又由日本的佛教界人士传到美国并逐渐产生影响。最初，美国人并不太清晰佛教和禅宗的区别，他们往往将两者混为一谈笼统地称为"禅佛教"（Zen Buddhism）。1983 年，美国芝加哥召开了第世界宗教大会（World's Parliament of Religions），日本临济宗的宗演参加了此次会议并进行弘法演讲。此后，宗演的弟子佐佐木指月、千崎如幻、铃木大拙等人分别在美国各地传播禅宗思想，其中佐佐木指月（法名曹溪庵）于 1930 年在纽约成立美国第一禅堂（The First Zen Institute of America），千崎如幻在美国加州传教，而铃木大拙则将《大乘起信论》《楞伽经》《金刚经》等重要的佛教经典译为英文，此外还撰写了大量介绍佛教和禅宗的英文著作在美国出版。早期赴美国传播禅宗的这些日本佛教界人物与许多美国文人都有过接触。例如，千崎如幻在加州所收的日裔美国弟子埃布尔·西条就是"垮掉派"诗人中的一员，后来西条还曾经在 1958 年到 1959 年间向另外一些美国作家如加里·斯奈德、杰克·凯鲁亚克等人传授过打坐的经验。[3]又如，佐佐木指月的遗孀鲁思·佐佐木曾经在日本京都组织许多美国作家、学者进行佛教和禅宗文献的翻译工作，美国作家斯奈德、学者扬波斯基、汉学家华兹生等人都曾经参与其中。

1950 年代，禅宗开始在美国盛行，许多年轻人厌倦了美国的主流文化价值，他们对政府和学校的虚伪说教感到失望，从而转向禅宗寻求心灵的指引。学者钟玲指出："就像他们沉迷于迷幻药、性解放一样，禅宗在某种程度上而言，也成为年轻人用以对抗美国中产阶级价值观及基督教价值观的利器，然而对美国青年来说，禅宗思想比迷幻药、性解放更有益健康、更具有清醒与自主性，因此有强大的吸引力。"[4]在这样的时代背景下，许多美国作家开始把自己对禅学的体悟融入到文学创作中，我们在很多作品中都可以看到禅宗对美国作家的影响。

1950 年代以来，受禅宗影响比较明显的作家及其作品包括：艾伦·瓦茨的散文集《禅之道》（*The Way of Zen*，1957）和《自然、男人与女人》（*Nature, Man and Woman*, 1991）、凯鲁亚克的小说《达摩流浪者》（*The Dharma Bums*, 1959）、肯尼斯·雷克罗斯（王红公）的诗集《收集较短的诗》（*The Collected Shorter Poems*, 1966）与长诗《心之园园之心》（*The Heart's Garden The Garden's Heart*, 1967）、加里·斯奈德的散文集《地球家园》（*Earth House Hold: Technical Notes & Queries to Fellow Dharma Revolutionaries*, 1969）、罗伯特·普西格的小说《禅与摩托车维修艺术：有关价值的探究》（*Zen and the Art of Motorcycle Maintenance: An Inquiry into Values*, 1974）、玛丽安·曼顿的散文集《禅环境：坐禅的冲击》（*The Zen Environment: the Impact of Zen Meditation*, 1983）、肯特·约翰逊等人编辑的诗集《独月之下：美国当代诗歌中的佛教》（*Beneath a Single Moon: Buddhism in Contemporary American Poetry*, 1991）、比尔·波特的游记散文集《空谷幽兰》（*Road to Heaven: Encounters with Chinese Hermits*, 1993）、菲利普·沃伦的诗集《乘小舟游卡巴加溪：佛教徒诗歌 1955-1986》（*Canoeing*

---

3 David Meltzer, ed. San Francisco Beat: Talking with the Poets[M]. San Francisco: City Lights Books, 2001. p.342.

4 钟玲著，中国禅与美国文学［M］，北京：首都师范大学出版社，2009 年，第 33 页。

up Cabarga Creek: Buddhist Poems 1955-1986, 1995)、查理·弗雷泽的小说《冷山》(Cold Mountain, 1997)、简·赫斯费尔德的诗集《内心生活》(The Lives of the Heart, 1997)、詹姆斯·兰福斯特的诗集《一车的书卷:仿唐代诗人寒山诗百首》(A Cartload of Scrolls: 100 Poems in the Manner of T'ang Dynasty, 2007)等等。

1960 年代,一些美国学者开始对禅宗之于美国文学的影响有所关注。据钟玲教授总结,讨论美国文学中的禅学思想,或是将一些受禅学影响的美国诗人作品进行结集的作品有:罗伯特·艾伍德所编的论文集《美国生活与作品中的禅》(Zen in American Life and Letters, 1987),托马斯·巴金森(Thomas Parkinson)所编的《垮掉一代的案例录》(A Casebook of the Beat, 1961),肯特·约翰逊等人编辑的《同一个月亮下:美国当代诗中的佛教思想》(Beneath a Single Moon: Buddhism in Contemporary American Poetry, 1991),卡罗尔·唐金森编的《广天心意:佛教与垮掉的一代》(Big Sky Mind: Buddhism and the Beat Generation, 1993),安德鲁·西林编的《北美佛教智慧诗歌集》(The Wisdom Anthology of North American Buddhist Poetry)等。此外,许多美国高校的博士研究生禅宗对美国文学影响的问题,比较有代表性的博士论文包括:Robert Jordan Schuler 的《寻找初心之旅:加里·斯奈德的长诗》(Journeys towards the Original Mind: the Longer Poems of Gary Snyder, University of Minnesota 1989),Claudia Milstead 的《现代诗歌中的禅:禅语境之下的艾略特、斯蒂文斯、威廉姆斯解读》(The Zen of Modern Poetry: Reading Eliot, Stevens, and Williams in a Zen Context, the University of Tennessee 1998),Jane E. Falk 的《垮掉先锋,1950 年代与美国禅佛教的流行》(The Beat Avant-garde, the 1950's, and the Popularizing of Zen Buddhism in the United States, the Ohio State University 2002),Todd R. Giles 的《跨太平洋的超越:凯鲁亚克、加里·斯奈德、菲利普·沃伦的佛教诗学》(Transpacific Transcendence: the Buddhist Poetics of Jack Kerouac, Gary Snyder, and Philip Whalen, University of Kansas 2010)等等。

对于禅宗与美国文学的关系,许多国内学者也曾进行过论述。其中台湾的陈元音和香港浸会大学教授钟玲是比较有代表性的学者。陈元音的《禅与美国文学》《现代美国禅文学》两部著作从对东西方神秘主义的比较入手,采用平行研究与影响研究相结合的方法,既论述了禅与超验主义学的相似性,也论述了禅宗对王红公、斯奈德、塞林格等美国作家的影响。此外,陈元音还关注了禅宗思想与德里达解构主义之异同、禅宗的般若思想与天主教博爱思想之比较等问题。因此，他的研究还带有一定的比较哲学和比较宗教学之特征。与陈元音的研究方法不同，钟玲的《中国禅与美国文学》一书采用文学史与文本研究的方法，就中国禅流传美国的文化背景与历史、美国文学作品中的中国禅诗、中国禅诗之英译、美国文学与禅宗公案及佛教人物故事、美国文学与禅文化的问题展开讨论。其研究方式是以文本为中心，广泛地搜寻禅宗因素在美国文学作品中的各种体现，因此具有比较鲜明的实证研究之特点。

近些年来，大陆学术界论及禅宗对美国文学影响的文章也在不断涌现，其中比较突出的一些论文包括：张子清的《美国禅诗》、[5]耿纪永的《“道非道”：美国垮掉派诗人与佛禅》、[6]迟欣的《于“垮掉派”诗歌见东方佛禅品质》、[7]高子文的《华莱士·斯蒂文斯诗剧中的禅宗文化》[8]等。在所有“垮掉一代”作家中，加里·斯奈德被认为是和禅宗关系最为密切的一个，国内学术界对此的研究也最为丰富，专门论述禅宗对斯奈德影响的论文总数至少在20篇以上。

通过对上述国内外学者研究的总结，我们发现，禅宗对美国文学的影响主要集中在诗歌领域。首先，美国文学界对中国唐代以来禅宗诗僧作品的译介相当丰富，这些译作包括西顿编译的《浮舟：中国禅诗集》、比尔·波特和麦克·奥康纳编译的《云已知我心：中国诗僧》、彼得·哈里斯编译的《禅诗》（*Zen Poems*, 1999）、山姆·汉米尔与西顿共同编译的《禅之诗》（*The Poetry of Zen*, 2004）、保罗·汉森翻译的《九僧：北宋诗僧》（*The Nine Monks: Buddhist Poets of the Northern Sung*, 1988）等等。这些译作促进了文学界对中国禅宗僧人诗歌创作的了解。唐代以来的禅宗诗僧中，对美国文学影响最大的当属寒山。寒山的诗歌文字浅白，直指人的本性，同时又富有相当深邃的哲理。寒山诗歌的这种风格深受美国文学界的推崇，迄今为止，寒山诗的在美国出版

5 张子清，美国禅诗 [J]，外国文学评论，1998 年第 1 期。
6 耿纪永，“道非道”：美国垮掉派诗人与佛禅 [J]，解放军外国语学院学报，2006年 5 月第 29 卷第 3 期。
7 迟欣，乔艳丽，于“垮掉派”诗歌见东方佛禅品质 [J]，北京航空航天大学学报，2010 年 11 月第 23 卷第 6 期。
8 高子文，华莱士·斯蒂文斯诗剧中的禅宗文化 [J]，中国比较文学，2013 年第 2期（总第 91 期）。

的各种英译本至少有 6 种以上，美国的各种中国文学选集都将寒山诗纳入其中，从 1950 年代至今，一代又一代的美国文学家深受其诗歌的影响。凯鲁亚克的代表作之一《达摩流浪者》的扉页上，就题写有"献给寒山子"一句话。美国作家查尔斯·弗雷泽直接将其作品命名为 *Cold Mountain*（中文译为《冷山》，同名的奥斯卡获奖电影即据此书改编）并在卷首引用了"人问寒山道，寒山路不通"一句，这也和寒山诗的影响有关。

其次，在美国文学界，"垮掉派"诗人受禅宗的影响最大。迟欣认为："禅宗强调'见空性'，一切从本心出发，注重肉体挣脱尘网的束缚、万念俱空的瞬间彻悟和超越形相经验的内心顿悟。这一点与'垮掉派'所倡导的否定权威、目空一切似乎如出一辙。'垮掉派'诗人们追求的不再是社会的物质，而是人性的显露与张扬；他们的无政府主义倾向在佛禅那里找到了契合点。"[9]禅宗在美国传播的时间，恰好与美国战后一代青年人反传统、反主流文化思潮兴起的时间相重合。这一时期的年轻人通过阅读铃木大拙、戈达德、瓦茨等人的作品，获得了对禅佛教思想的初步认识，"垮掉派"诗人就是这些年轻人的代表，他们对禅佛教思想既有接受，也有充满美国特色的改造。

1950 年代以来，禅宗在美国获得了广泛的传播，至今为止已经形成了影响美国社会的一个重要的外来宗教文化因素。禅宗在美国社会的很多领域都产生了一定的影响，其中对美国文学的影响尤为显著。中国、日本两国的禅宗经典、僧人的禅诗、各种语录和公案不断地被美国作家、诗人们阅读、理解、吸收并表现在其文学创作中。"垮掉派"诗人，是受禅文化影响最为显著的一个文学群体。学者王欣在论述禅文化对"垮掉派"诗人的文学影响时指出："'垮掉一代'的文学创作和禅在美学境界、创作方式和语言表现等方面有着很大的相似性。它们的创作在情感特张上都直抒胸臆，在内容的价值取向上都具有非功利性，对物质的反思、对人性的关怀以及对自然的回归，都是通过直觉思维和非逻辑性语言得到了真诚的表达。"[10]总之，禅宗在美国的传播及其对美国作家的影响，是美国文学史 1950 至 1970 年代的一个重要事件，也是东西方文化交流、碰撞、融合中的一个值得研究的案例。

---

9 迟欣，乔艳丽，于"垮掉派"诗歌见东方佛禅品质［J］，北京航空航天大学学报，
  2010 年 11 月第 23 卷第 6 期，第 78 页。
10 王欣，20 世纪 60 年代禅佛教在美国的传播［D］，西北大学，2009 年，第 147 页。

## 第三节 《六祖坛经》对"垮掉派"诗人的影响

　　具体到《六祖坛经》对美国文学产生的影响，由于涉及的资料比较琐碎，收集不易，所以比较难以总结。但这并不意味着这种影响的缺失。实际上，国内外很多学者都曾经在研究中提及《坛经》对美国文学的影响。例如，学者钟玲在《中国禅与美国文学》一书中论及美国作家经常阅读、引用的佛经时就指出"早期比较常用的佛经英文译本是杜威特·格达（1961-1939，即德怀特·戈达德，笔者注）于 1932 年出版的《佛教圣经》（*A Buddhist Bible*）；其中包括以下经文之英译：《楞伽经》《金刚经》《心经》《坛经》。在 1950 年代、1960 年代，不少美国作家曾用心研读格达的译文，包括杰克·克洛厄（即杰克·凯鲁亚克）、盖瑞·史奈德（即加里·斯奈德）、卢·韦曲等。"[11]可见，凯鲁亚克和斯奈德等"垮掉一代"文学的代表人物对《坛经》是比较熟悉的。再如，日本学者儿玉英实通过研究也指出，加里·斯奈德读过的中国佛学经典可能包括《楞伽经》《华严经》《坛经》《心经》等[12]。中国学者毛明则直接指出，斯奈德选择禅宗作为其思想的重要组成部分，有关思想来源在书籍方面包括佛经（《坛经》《金刚经》等），禅宗公案，古代禅师的话语（包括古代日本禅师道元 Dogen），道家思想（庄子、老子），儒家思想（孔子、孟子），中国古诗（寒山诗、苏轼的诗、其他中国古诗）。[13]

　　《六祖坛经》对美国文学的影响可以从比较文学影响研究中的实证性和非实证性两个方面考察。曹顺庆先生指出："所谓实证性的国际文学关系研究，就是通过搜集材料，鉴别、考证，寻找文学影响、流传、接受和变化的事实证据。这种实证性的国际文学关系具有明晰性和事实确定性的特点……所谓影响的非实证性是指影响关系具有不明晰性、不确定性、不能完全通过事实材料予以证实的国际文学关系。有些影响是精神性的关系，比如在精神气质和审美倾向上的影响就很难进行事实考证"。[14]通过对各种

11 钟玲著，中国禅与美国文学［M］，北京：首都师范大学出版社，2009 年，第 298 页。

12 ［日］儿玉英实，美国诗歌与日本文化［M］，扬占武等译，西安：陕西教育出版社，1993，第 302 页。

13 毛明，野径与禅道：加里·斯奈德的禅学因缘——兼论"中国文化还是欧美'本土意识'成就了斯奈德"［J］，海外文坛，2014（1）。

14 曹顺庆，变异学视野下比较文学的反思与拓展［J］，中外文化与文论，2011 年第 20 辑，第 24-25 页。

文献材料的考察，我们可以确定的是，在美国文学界，《六祖坛经》的影响最为清晰地体现在加里·斯奈德、杰克·凯鲁亚克等"垮掉派"诗人的诗歌创作中。

　　例如，从实证性影响的角度看，斯奈德受《坛经》影响最直接的证据出现在他的作品集《地球家园》（*Earth House Hold: Technical Notes and Queries to Fellow Dharma Revolution*）中，这部作品回顾了他 1952-1953 年间担任森林防火员时的生活。在这段时间，斯奈德曾经研读了英译本的《金刚经》和《六祖坛经》。《地球家园》中一篇名为 *Cranite Creek Guard Station 9 July* 的短诗中有如下内容:

> The boulder in the creek never moves
>
> the water is always falling together!
>
> A ramshackle little cabin built by Frank Beebe the miner.
>
> Two days walk to here from roadhead.
>
> Arts of the Japanese: moon-watching
>
> Insect-hearing
>
> Reading the sutra of Hui Neng.
>
> One does not need universities and libraries
>
> One need be alive to what is about
>
> Saying "I don't care."[15]

> 溪中的磐石岿然不动
>
> 溪水却总是结伴而行！
>
> 一间由矿工弗兰克·毕比塔搭的
>
> 摇摇欲坠的窝棚。
>
> 从路口走到这里得花两天。
>
> 日本的艺术：观月
>
> 听虫
>
> 读惠能的佛经。
>
> 不需要大学和图书馆
>
> 只需要体悟周遭的一切

---

15 Gary Snyder. Earth House Hold: Technical Notes and Queries to Fellow Dharma Revolution[M]. New York: New Directions Publishing Corporation. 1969. P4.

一边说道'诸事随缘'

（蒋坚松译）[16]

"读惠能的佛经"一句，清晰无误地证明了斯奈德曾经读过《坛经》。蒋坚松认为，斯奈德习禅、传禅的经历深刻影响了其创作。他把禅学理念和感悟与自己的自然、生态思想融合，表现在自己的诗文中。[17]从斯奈德这首诗的具体内容来看，"溪中的磐石岿然不动/溪水却总是结伴而行"一句的创作灵感可能来源于《六祖坛经》的《真假动静偈》中对"动"与"不动"关系的论述。最后一节的"诸事随缘"则有可能来源于斯奈德对《坛经》中"无住为本"之思想的理解。从这首诗可以看出，斯奈德表达出的精神气质丝丝入扣地与《坛经》中的某些禅宗思想相吻合。实际上，斯奈德不仅在年轻时就曾读过《坛经》，他还曾于在1984年随美国作家代表团访问中国期间到广州光孝寺寻访过慧能的遗迹，并在《禅与中国》一文中记录了这段经历。[18]

另一位美国诗人山姆·汉米尔（Sam Hamill）也曾在一首题为《云中一条龙》（"A Dragon in the Clouds"）[19]的诗歌中直接提到过慧能的名字，这首诗的原文如下：

And now she has come closer

once again,

her head cocked,

surveying my naked body.

Her eyes are large

and wearied by their knowledge,

like Kawabata's eyes,

which knew

only sadness and beauty.

I close my book very slowly,

16 顾瑞荣，蒋坚松译，《坛经（汉英对照版）》[M]，长沙：湖南人民出版社，2012，前言第30页。

17 顾瑞荣，蒋坚松译，《坛经（汉英对照版）》[M]，长沙：湖南人民出版社，2012，前言第30页。

18 加里·斯奈德，禅在中国[J]，高寒梅译，当代，1990年9月，第63页。

19 Kent Johnson, et al. ed. Beneath a Single Moon: Buddhism in Contemporary American Poetry[M]. Boston: Shambhala Publications, 1991. pp. 122-123.

lay my head on my arms,

and look her in the eye:

she has become my lover

and my Dharma master.

Morris Graves says birds

inhabit a world without karma.

Thirty-one new yellow daffodils

bloom in the little garden.

Alder seed covers everything

which little flakes of rust.

A breeze through evergreens.

Distant bird-trills.

When Hui Neng tore up the Sutras,

his bones were already dust.

现在她来得更近了

又来一次,

她的头微侧,

仔细看我赤裸的身体。

她的眼睛很大

因其知识而烦恼,

就像川端康成的眼睛

只知道

哀愁和美丽。

我慢慢把书合上,

把头放在双臂上

望进她的眼中。

她已经成为我的爱人

又是我传法的老师。

墨理斯·格雷夫斯说鸟

住在一个没有业的世界中。

三十一朵新开的水仙花

在小花园中盛放。

桤木的种子，铁锈色

的小薄片，把一切覆盖。

微风穿过长青树木。

远处有鸟颤动地鸣叫。

当慧能把佛经都撕了，

他的骨头已经化为尘。

（钟玲译）

这首诗的结尾两句突兀地使用了六祖撕经的禅宗公案，钟玲教授对这个结尾的理解是，"以常理而论，当一个人如果仍能撕东西，不可能同一时间他已是化为尘的尸骨。因此此诗结尾的两句用了公案不合逻辑的思维……这首诗没有宣说任何佛理，而是在日常生活的细节中去体会禅，暗合慧能之不重文字，直指本性。"[20]且不论诗人到底在诗歌中引用慧能撕经的禅宗公案到底想要表达些什么，他显然是对慧能所代表的禅学思想有所了解。结合整首诗的内容，我们可以发现其语言的突兀与疏离背以及对逻辑的打破与《坛经》中"不执一念"的思想很有相似之处。可见，慧能或《坛经》对这首诗的作者汉米尔是存在影响的，否则就无法解释作者引用这个公案的原因。

《坛经》对美国"垮掉派诗人"的影响也可以从非实证性的角度进行讨论。例如，凯鲁亚克的长诗《金色永恒经典》（*The Scripture of the Golden Eternity*）除了表达他对《金刚经》的一些感悟之外，其某些内容也能出《坛经》对他的潜在影响。当然，《坛经》在很多思想上和《金刚经》是一脉相承的，我们要从凯鲁亚克的诗中分辨出那些属于《坛经》的影响并不太容易，但通过细读仍然能找到这种影响的蛛丝马迹。例如，下面的这段诗行：

Are you tightwad and are you mean, those are

the true sins, and sin is only a conception of ours,

due to long habit. Are you generous and are

you kind, those are true virtues, and they're

only conceptions. The golden eternity rests beyond

20 钟玲著，中国禅与美国文学［M］，北京：首都师范大学出版社，2009 年，第 260 页。

sin and virtue, is attached to neither, is attached

to nothing, is unattached, because the golden

eternity is Alone.[21]

你是否吝啬，你是否卑鄙，这些

就是真正的罪，罪不过是我们的一种概念，

由长久的习俗而产生。你是否慷慨，是否

仁慈，这些是真正的美德，它们也

只是概念。金色永恒存在于

罪恶与美德之外，不隶属于二者，

与无有关，金色永恒不隶属任何事物，

因为它是"独立"的。

（钟玲译）

　　这一段诗行清晰地表达了作者超越"罪"与"美德"的二元对立的思想。这种超越"善"、"恶"二元对立的思想在《坛经》中有非常多的表达。例如"不思善，不思恶，正与么时，哪个是明上座本来面目？"、"佛性非善非不善，是名不二"等等。钟玲认为："《坛经》把人的观念分成三十六对，可说是应用了二元分法，包括'邪与正对，痴与慧对，愚与智对，乱与定对，慈与毒对'等，但《坛经》接着说：'出入即离两边，自性动用。共人言语，外于相离相，内于空离空'。《坛经》中这两段可以说是解析《金刚经》中的'离一切相'，即《坛经》说要'离两边'。"[22]承认二元对立的存在，但却要超越二元对立，"出入即离两边"，这是《坛经》中重要的哲学思想。凯鲁亚克的这首诗，尽管没有直接说明是受到了慧能《坛经》哲学思想的影响，但根据诗歌的内容可以清晰地看到这种思想影响的存在。因此，我们可以认为这是一种"非实证性"的影响。

　　类似上述的《坛经》对美国文学的"实证性"影响或"非实证性"影响，由于相关的文献资料比较琐碎，不太好收集，但相信随着研究的深入，各种证据还能够不断地涌现出来。这些证据表明，《坛经》对美国文学的影响是客

---

21　Jack Kerouac, et al. The Scripture of the Golden Eternity. San Francisco: City Lights Books. 1996. p53.

22　钟玲著，中国禅与美国文学 [M]，北京：首都师范大学出版社，2009年，第312页。

观存在的，通过比较文学影响研究的方法对这种客观存在的影响加以考察，有助于我们了解《坛经》被美国文学界接受、加工、变异的种种过程。

# 小结

本章内容首先介绍了《六祖坛经》在美国译介的历史和流传情况。1930年代初，美国人德怀特·戈达德将黄茂林英译的《六祖坛经》改写之后在美国出版，这是英译本《坛经》在美国流传的开始。之后，铃木大拙、艾伦·瓦茨等人分别在其英文著作中对《六祖坛经》进行了介绍，从而提升了《坛经》在美国的知名度和影响。到了1970年代，已经有许多《坛经》的英译本在美国流传，之后又陆续有一些不同版本的《坛经》英译本问世。《六祖坛经》在美国的文学影响，和禅宗整体上对美国文学的影响密不可分。从1950年代开始，美国人对禅佛教的热情不断高涨，在这个背景之下，很多美国知识分子都主动地了解这种来自东方的古老宗教文化。禅宗对美国作家的文学创作产生了不小的影响，这种影响突出地表现在"垮掉派"诗人的诗歌创作中。具体到《坛经》本身对美国文学的影响，也可以从比较文学影响研究的角度进行考察。通过大量梳理"垮掉派"诗人的诗歌创作，我们发现《坛经》对"垮掉派"诗人既有能够找出例证的实证性影响，也有不太明晰、不太确定的非实证性影响，后者主要体现在一些诗人诗歌创作在精神气质与内涵上与《坛经》思想的相似上。

# 第二章 《六祖坛经》的版本、谱系及 其英译

　　研究《六祖坛经》的英译，必须了解清楚汉语原本及英文译本的详细情况。众所周知，《坛经》成书一千余年以来，各种版本层出不穷。在中国、日本、韩国等地都有不同版本的《坛经》流传于世。以 20 世纪 30 年代发现的惠昕系统《坛经》的几个不同版本为例，它们早在宋代就开始在日本的流传。20 世纪初，随着敦煌系统不同版本的再现于世以及其他各种相关文献材料的不断发现，《坛经》研究进入了新的历史阶段。值得注意的是，各种版本的《六祖坛经》汉语原本之间存在错综复杂的关系，而《坛经》英译本所依据的汉语原文本也多有不同。此外，对于《六祖坛经》的英译研究而言，更加复杂的问题是，近些年来仍有《坛经》的新英译本不断出现，而现存已知的英译本也并非都是彼此相独立区分的译本（有些译本是对其他先出译本的改写或修订）。因此，我们必须首先对《六祖坛经》的版本谱系、《坛经》英译历史以及其译本情况有一个清晰具体的了解，在这个基础上才能进行更进一步的研究。

## 第一节 《六祖坛经》版本、谱系概述

　　本节的内容是对《六祖坛经》各个汉语版本及其相互关系的介绍，目的在于理清《六祖坛经》的版本问题，为后续研究打下一个文献资料方面的基础。

　　首先，当代国内外学术界对《坛经》版本的研究，是以 20 世纪初以来一系列重要文献的发现为基础的。1916 年 6 月至 11 月以及 1922 年 12 月至 1923

年 7 月，日本学者矢吹庆辉两次赴英国伦敦大英博物馆调查、研究、并拍摄英国人斯坦因取自敦煌的各种文献，其中大部分是中国古代佛经的抄写本。据统计，矢吹庆辉拍摄的各种写本总数目达到七百余件，照片共计六千余幅。[1]在矢吹庆辉发现并拍摄的这些敦煌文献中，就包括《六祖坛经》的唐代写本（后称敦煌本）。这个发现被认为是六祖与《坛经》研究的近代开端。[2]1933年，著名学者铃木大拙在京都兴圣寺发现了晚唐（或说宋初）禅僧惠昕编纂的二卷十一门本《六祖坛经》古刻本（后称兴圣寺本）。1935 年，铃木大拙又在石川县大乘寺发现了另一个同属惠昕系统的《坛经》（后称大乘寺本）。在此之后，日本又陆续发现了天宁寺本、真福寺本、金泽文库本等多个惠昕系统的《坛经》写本或刻本。

中国大陆方面，自 20 世纪初以来也有各种不同《坛经》版本陆续被发现。其中许多版本和矢吹庆辉在大英博物馆发现的版本同属于敦煌系统。由于这些版本都有"兼受无相戒弘法弟子法海集记"的题记，故而又称"法海本"。其中，陈垣先生在 1920 年代发现了原北京图书馆藏的敦煌本《坛经》残本；1943 年学者向达在敦煌收藏家任子宜处发现一个《坛经》的古代抄本，1986年周绍良先生在敦煌县博物馆再次发现了这个抄本（后称敦博本）；1996 年方广锠先生在原北京图书馆发现了仅存五行七十七个字的敦煌本《坛经》残片；2009 年旅顺博物馆研究员王振芬从古籍库房中发现了 1910 年代初期日本大谷探险队在敦煌掠取并放置于旅顺博物馆的敦煌本《坛经》写本（后称旅博本）。这些不同版本《坛经》的发现，为《坛经》的版本研究提供了相当丰富而又宝贵的材料。

除了上述这些二十世纪新发现的《坛经》写本或刻本外，还有许多自元明以来就流行于世或者入藏刻印的《坛经》版本，例如：德异本、明南藏本、明北藏本、房山石经本、清藏本、正统本、曹溪原本、真朴再梓本、径山本、鼓山本、恒照本、金陵刻经处本等等。以上这些版本大多源于宋代高僧契嵩改编的《坛经》版本或者和这个版本属于同一系统，多数书名全称为《六祖大师法宝坛经》。

---

1 陆庆夫，王冀青主编，中外敦煌学家评传［M］，兰州：甘肃教育出版社，2002 年，第 194-195 页。

2 哈磊，大陆地区惠能及《六祖坛经》研究综述［A］，见《六祖坛经》研究集成［C］，北京：金城出版社，2012，第 18 页。

以上三个系统《坛经》的划分，主要根据是南京大学洪修平教授和中国社会科学院杨曾文教授的研究。洪修平认为："根据我们的研究，现有《坛经》真正有代表性的其实只有敦煌本、惠昕本和契嵩本三种，因为德异本和宗宝本实际上都是属于契嵩本系统的。"[3]杨曾文在《〈坛经〉敦博本的学术价值和关于〈坛经〉诸本演变、禅法思想的探讨》一文中所示之"《坛经》演变示意图"[4]也支持了洪修平的看法。学者白光继承了三个系统《坛经》的划分并提出，"这三类《坛经》分别对应惠能南宗发展的三个重要阶段：法海集记《坛经》对应惠能南宗的早期发展，即以神会系、无住系及法海至悟真系为代表将惠能南宗竖立为'顿教法'的时期；惠昕所述《坛经》对应惠能南宗的中期发展，即以马祖系、石头系及神会至宗密为代表将惠能南宗转化为'见性法'的时期；契嵩校勘《坛经》对应惠能南宗的后期发展，即以延寿系及契嵩系为代表推动惠能南宗进一步加强'禅教融合'（或'三教融合'）的时期。"[5]白光将《坛经》版本的演变和禅宗南宗的发展相联系，考察两者之间的互动关系，这不仅富有见地，而且具有相当的启发性。总之，以上即是有关《六祖坛经》的版本及其相互关系的概况。

关于各种不同版本《坛经》的数目，日本学者石井修道曾总结了十四种；宇井伯寿在《禅宗史研究》中归纳了二十种；杨曾文曾表列近三十种；柳田圣山所编的《六祖坛经诸本集成》收集了中日两国十一个不同版本；白光在其专著《〈坛经〉版本谱系及其思想流变研究》一书中罗列了 22 种。[6]以下是对与本书研究关系最为密切的几个《坛经》版本的详细介绍。这几个版本的影印件可见于本书的附录部分。

## 敦煌本（斯坦因本）

1907 年，英国人斯坦因通过不光彩的手段从敦煌千佛洞骗购了多达六千余卷中国古代写本经卷，后来这些经卷收藏于大英博物馆。1922 年至 1923

3 洪修平，关于《坛经》的若干问题研究 [J]，世界宗教研究，1999 年第 2 期，第 76 页。

4 杨曾文校写，新版敦煌新本六祖坛经 [M]，北京：宗教文化出版社，2001，第 314 页。

5 白光著，《坛经》版本谱系及其思想流变研究 [M]，北京：宗教文化出版社，2013 年，导言：第 13-14 页。

6 白光著，《坛经》版本谱系及其思想流变研究 [M]，北京：宗教文化出版社，2013 年，第 3 页。

年，日本学者矢吹庆辉第二次赴英国伦敦大英博物馆调查并拍摄这品敦煌文献时发现了众多的禅宗典籍，其中就包括编号为 S5475 的写本《坛经》。后来矢吹庆辉在《鸣沙余韵解说》（岩波书店 1933 年出版）中对这个敦煌本《坛经》做了如下说明：

> 一〇二、一〇三、南宗顿教最上大乘摩诃般若波罗蜜经 六祖惠能大师于韶州大梵寺施法宝坛经一卷、大正藏经四八之三三七—三四五。

> 斯坦因本（三七七），标记书题之次行，举出集记者之名，为"兼受无相 戒弘法弟子法海集记"。与普通的卷子本异，为厚纸四十六张的折子，即每张由中间折而为二，取方册型状。影印缩写的大小相当于原本的三分之一，四十六张全部收入。书体可推测为唐末之宋初，本文脱误颇多，其内容为现存坛经最古本。（中略）敦煌本不分篇章，不分卷。（中略）原本可推定为六祖灭后二十余年后，由某年而成的。[7]

在此之后，著名学者铃木大拙对这个版本的《坛经》进行研究，并参照铃木本人在 1933 年发现的兴圣寺本对其进行校订，把全书分为五十七节，命名为《敦煌出土六祖坛经》并于 1934 年由日本森江书店出版。铃木对敦煌本《坛经》的校订和分节工作，是其对《坛经》研究的一大贡献。后来美籍华裔学者陈荣捷和另一位美国学者扬波斯基各自英译的两个敦煌本《六祖坛经》，都继承了铃木五十七节的分节方法。

作为被各国学者普遍认可的迄今最古老的《坛经》版本，敦煌本的抄写较为杂乱，讹错、脱漏之处甚多。杨曾文先生就曾在《中日的敦煌禅籍研究和敦博本〈坛经〉、〈南宗定是非论〉等文献的学术价值》一文中指出："敦煌本抄漏三行 68 字，使得前后文句不连贯，而敦博本有此三行，只要稍作校正即可连成完句。"[8][9]杨先生还在同一文章中指出了其他多处敦煌本中存在的

---

7 陈继东，日本对六祖惠能及《六祖坛经》的研究综述［A］，见《六祖坛经》研究集成［C］，北京：金城出版社，2012 年，第 147 页。

8 杨曾文，中日的敦煌禅籍研究和敦博本《坛经》《南宗定是非论》等文献的学术价值［J］，世界宗教研究，1988 年第 1 期，第 45 页。

9 对于杨曾文"敦煌本抄漏三行 68 字"的看法，台湾学者黄连忠持不同意见。他经过详审两个版本的原文后发现敦煌本相对于敦博本《坛经》并非漏抄"三行68"字，而是漏抄了"五段98字"。详见黄作《敦博本六祖坛经校释》，台北：万卷楼图书股份有限公司，2006 年 5 月初版，276-279 页。

错误，此处不再赘述。对于敦煌本的错漏之处，有些人据此认为此本是一个劣本，但也有人认为敦煌本的不完善反而说明此本是最早的本子，其逻辑是后出的版本往往更加详细、完善。对于这两种看法，徐文明教授认为："敦煌本的错失还可能是由于记录不完善、抄写者所见的底本是一简本、并且抄写者的水平不高所致。如果把这一错误百出的本子当作《六祖坛经》的原本，那么六祖的宗旨便大可怀疑了，禅宗后来几乎一统天下的盛势便很难解释了。"[10]尽管敦煌本并没有标注书写的年代日期，但根据日本京都大学人文科学研究所藤枝晃教授的判断，这个写本的书写年代在公元 830 年至 860 之间。美国学者扬波斯基认为，根据这个写本本身呈现出的错误类型来看，它是某一个更早版本的抄写本，后者可能在 820 年前后写成。[11]

对敦煌本《坛经》的校释方面，比较有影响力的著作是大陆学者郭朋的《坛经校释》、李申合校、方广锠简注的《敦煌坛经合校简注》、台湾学者潘重规的《敦煌坛经新书》以及印顺法师的《精校敦煌本坛经》等。在英语世界，最著名的著作是美国人扬波斯基的《敦煌写本六祖坛经译注》（*The Platform of the Sixth Patriarch, the Text of the Tun-Huang Manuscript, with Notes*），邓文宽先生在其所列的当代人对敦煌本《六祖坛经》整理工作的十二种著作中，将其列为第三种，并给予其相当高的评价。邓先生认为，扬波斯基"工作水平确实非常高，当然也有错误，但是作为一个洋人能做到那样的程度确实令人赞叹。"[12]扬波斯基的这个译注本，也是本书着力研究并参考的重要英文文献之一。

## 敦博本

1935 年 4 月敦煌收藏家任子宜在千佛山之上寺发现并收藏了四个敦煌文献。1943 历史学家向达到敦煌考察，在任子宜的藏品中发现上述文献，并在《西征小记》（此文收入向达先生的《唐代长安与西域文明》一书于 1957 年出版，后于 2001 年再版）中对这次发现做了详细的记录：

---

10 徐文明著，中土前期禅学思想史 [M]，北京：北京师范大学出版社，2004 年，第 285 页。

11 Philip B. Yampolsky. The Platform Sutra of the Sixth Patriarch[M]. New York: Columbia University Press. 1967. 第 90 页。

12 （唐）惠能著；邓文宽校注，六祖坛经 [M]，沈阳：辽宁教育出版社，2005 年，第 136 页。

又梵夹式蝶装本一册，凡九十三叶，计收《菩提达磨南宗定是非论》《南阳和上顿教解脱禅门直了性坛语》《南宗顿教最上大乘坛经》及神秀门人净觉《注金刚般若波罗密多心经》，凡四种，只《定是非论》首缺一叶十二行，余俱完整。[13]

对于这些文献的成书年代和学术研究价值，向达先生认为：

任君所藏，当是五代或宋初传抄本，每半叶六行，尚是《宋藏》格式也。《南宗定是非论》，英、法藏本残缺之处可以此本补之。《南阳和上语录》首尾完整，北平图书馆藏一残卷。《六祖坛经》可与英、法藏本互校。净觉注《心经》，首有行荆州荆原作全，误。长史李知非序，从知此注作于开元十五年。净觉乃神秀门人，书为《大藏》久佚之籍，北宗渐教法门由此可窥一二。四者皆禅宗之重要史料也。[14]

向达先生的对这一发现的报道，曾引起国内外学者的极大关注，但自1944年后这些文献就下落不明。直到1986年，学者周绍良应敦煌吐鲁番学会之邀请赴敦煌访问期间，在敦煌县博物馆的展柜中发现一本《坛经》，经细检之后，认定其就是任子宜在1935年发现的藏本，此后学术界称这个版本为敦博本。之后，中国社会科学院的杨曾文教授在周绍良所提供的敦博本《坛经》照片的基础上对其进行校写，于1993年出版《敦煌新本·六祖坛经》（2001年再版）。

敦博本共四十二叶（八十四页），中间对折，用线作蝴蝶装册。每页有六行，每行有25字左右。关于这个版本的总字数，几位学者的研究结果有一些出入。杨曾文先生的统计是一万两千字左右；台湾学者黄连忠的统计是11617字[15]；大陆学者白光的统计是11672字。[16]相比敦煌本，敦博本错抄、漏抄的地方较少，抄写相当工整，字体清晰秀丽，具有较高的艺术水准。杨曾文先生经过对比研究，发现敦博本与敦煌本《坛经》在题目、编排形式、内容方面

---

13 向达著，唐代长安与西域文明 [M]，石家庄：河北教育出版社，2001年，第360页。

14 向达著，唐代长安与西域文明 [M]，石家庄：河北教育出版社，2001年，第360页。

15 黄连忠，敦博本六祖坛经校释 [M]，台北：万卷楼图书股份有限公司，2006年，276-279页。

16 白光著，《坛经》版本谱系及其思想流变研究 [M]，北京：宗教文化出版社，2013年，第24页。

几乎是完全一样的，甚至某些明显错误的字句也一样。据此，杨先生认为二者抄自同本《坛经》。[17]白光的研究也支持了杨先生的看法。他将敦博本和敦煌本经过逐字逐句的比对后得出的结论是，"敦博本与英博本虽然存在一定差异（8%），但是其主体是相同的（92%），所以他们源自共同的祖本，这个祖本以学术习惯可称为'敦煌原本'"，[18]进而提出两个版本的差异是随着禅宗的发展变化产生的。

对于敦博本《坛经》的学术价值，黄连忠做了如下总结：

第一，敦博本《坛经》是目前发现最古老的写本之一，以其与敦煌本漏抄 5 段 98 字的情形对照，敦博本《坛经》是最古最完整的一个写本。在旅博本重新发现之前，这也是最好的一个敦煌写本。

第二，敦博本《坛经》是敦煌写本中的精抄本，不仅抄写工整，字体秀丽清晰，细检之下可以发现网格线井然有序。

第三，敦博本《坛经》保留了晚唐五代时期的生活语言及俗写文字的原貌，这对《坛经》的形成，晚唐五代禅宗口语传播留下了重要的研究素材，不仅可以与其他敦煌写本对照比较，也可以藉此考查从广东流传到敦煌一带的河西方音之变化。

第四，敦博本的抄写书手颇有文人字的手迹，此点对于敦煌写本书手的考述与唐代写经生及其书法艺术的相关问题，具有启发后续研究的意义。

第五，敦博本《坛经》中的朴实样貌，虽然曾经如同敦煌本一样被认为是另一个"恶本"，但是保存了《坛经》早期的结构与形式，这与后来惠昕本以降的诸本《坛经》大量改动增修文字，甚至乖离了《坛经》的原来意旨，敦博本在文献学上更显得其意义非凡。

黄连忠的总结全面而又具体地展现了敦博本《坛经》在各个方面的学术研究价值，他的评价应该说是非常客观公允的。在对敦博本坛经的校释方面，比较有影响力的著作是杨曾文先生的《敦煌新本·六祖坛经》、邓文宽先生的《六祖坛经：敦煌坛经读本》及与荣新江合著的《敦博本禅籍录校》[19]、黄连

---

17 杨曾文校写，新版敦煌新本六祖坛经［M］，北京：宗教文化出版社，2001，第222页。

18 白光著，《坛经》版本谱系及其思想流变研究［M］，北京：宗教文化出版社，2013年，第18页。

19 邓文宽，荣新江录校，敦博本禅籍录校［M］，南京：江苏古籍出版社，1998年。

忠的《敦博本六祖坛经校释》等。此外，美国学者赤松（Red Pine，原名 Bill Porter）在 2006 年出版了《六祖坛经读解》(*The Platform Sutra: the Zen Teaching of Hui-neng*) 一书，内容主要有两个方面：一是对《坛经》的英译；二是对《坛经》内容的读解。这部著作也是依据敦博本完成的。

## 旅博本

旅博本于 2009 年重现于世，这是《六祖坛经》版本研究最近的一次重大发现。在目前已知的敦煌本《坛经》的五个写本（前文已经介绍）中，旅博本是发现最早、公布最早的一个。

1911 年至 1912 年间，大谷探险队成员吉川小一郎和橘瑞超到达敦煌，两人获得汉文、藏文敦煌遗书 700 余件，分两批带回了日本。1914 年由于出现债务问题，大谷探险队的组织者大谷光瑞辞去日本西本愿寺的第二十一代法主一职，于 1916 年携带大量收集品到达旅顺。这些收集品起初寄存在关东厅博物馆，1929 年起正式登记成为该博物馆的藏品，其中就包括《六祖坛经》等敦煌出土文献。1945 年日本投降之后，苏联政府接管了关东厅博物馆（后更名为旅顺博物馆）并将这批藏品保存下来，后于 1951 年移交中国政府。

旅顺博物馆所藏的这个敦煌写本曾出现在三个大谷收集品的整理目录中，分别是最早的《关东厅博物馆一览·古经类目录》(1920 年)、《新西域记》附录中的《关东厅博物馆大谷家出品目录》和《大谷光瑞氏寄托经卷目录》。其中《大谷光瑞氏寄托经卷目录》附有这个敦煌写本《坛经》的三张照片。1989 年，日本龙谷大学的几位学者在《旧关东厅博物馆所藏大谷探险队将来文书目录》中公布了龙谷大学所保存的这三张照片，引起了世人的注意。但这个写本全本的下落一直是个谜团。直到 2009 年，旅顺博物馆为加强基础建设，对馆藏文物进行清点摸底的过程中，才由研究员王振芬在书画库中幸运地发现了这个写本。经过方广锠先生的鉴定后，确认这个写本就是几十年来寻之不见的旅博本《六祖坛经》无疑。

旅博本《坛经》的重新发现者王振芬在《旅顺博物馆藏敦煌本六祖坛经的再发现及其学术价值》一文中对这个版本的描述如下：

> 旅博藏敦煌本《坛经》为缝缋装，外观呈长方形，宽约 14.3cm，纵约 27.4cm 强，厚约 1.15cm。所用纸张厚实坚挺，每纸纵 27.1-27.8cm，宽 28.6-29.2cm（其中有一页稍窄，为 23.7cm），共计二十

七张。大体每四至七纸为一迭，共计五迭。累迭穿线缝制成册。每纸对折，形成两个半叶，五十四折。每半叶大多书写文字七行，也有八行、九行者，个别有六行的，行二十字左右。有乌丝栏。封面保存完好，封底破损严重。[20]

在旅博本重新发现之前，学术界只能凭借上文提到的三张照片对其进行研究，难免有极大的缺憾。旅博本的重现于世改变了这一局面，为国内外学者更加全面的研究提供了最为宝贵、丰富的原始资料。经过旅顺博物馆的王振芬等学者对旅博本和其他敦煌写本的初步比对后发现，旅博本是五个敦煌本《坛经》中文字脱漏最少，错误最少的一个。[21]此外，旅博本结尾处的题记中有"显德伍年己未岁三月十五"的字样（后经许多学者指出，己未年应为显德六年，即公元959年）。对书写年代有明确记录，这是五个敦煌写本《坛经》中唯一一个。不仅如此，旅博本还是目前为止几个敦煌写本《坛经》中唯一一个有分段和断句记号的文本。对于这个写本的学术价值，方广锠先生在《旅顺博物馆藏敦煌本六祖坛经》的前言中做了如下评价：

> 在目前已经发现的五号敦煌本《坛经》中，旅博本研究价值最高。关于这一点，王振芬所撰《旅顺博物馆藏敦煌六祖坛经的再发现及其学术价值》（见本书）已经介绍，此不赘述。在此补充的是，旅博本通卷有硃笔分段符号及断句，尽管站在今天的立场上，它的分段符号及断句颇有可商榷处，但无论如何，这些符号与断句告诉我们古代的部分敦煌僧人怎样为文献标注各种符号并对这符号进行修订、怎样理解阅读《坛经》，具有无可替代的研究价值。此外，对照斯坦因本与旅博本，现在完全可以肯定，旅博本是斯坦因本的直接底本。也就是说，当年斯坦因本就是依据我们今天所看到的旅博本抄出的。所以，凡斯坦因本与旅博本不同的文字，除斯本有意订正外，均应以旅博本为准。[22]

方广锠先生提出，旅博本硃笔分段符号及断句对研究古代敦煌僧人如何

---

20 郭富纯，王振芬整理，旅顺博物馆藏敦煌本六祖坛经［M］，上海：上海古籍出版社，2011年，第13页。

21 郭富纯，王振芬整理，旅顺博物馆藏敦煌本六祖坛经［M］，上海：上海古籍出版社，2011年，第15页。

22 郭富纯，王振芬整理，旅顺博物馆藏敦煌本六祖坛经［M］，上海：上海古籍出版社，2011年，方广锠《前言》第3页。

用各种符号对文献进行修订非常重要。而旅博本的断句和分段也对其他敦煌写本《坛经》的进一步校对工作提供了参考，这也是一个重要的学术价值。对于敦煌本和旅博本的关系，学术界尚存在着不同的看法，例如白光就认为旅博本后于英博本（敦煌本）而早于敦博本，是英博本（敦煌本）向敦博本过渡的中间环节。[23]这个问题还有待进一步的研究来解决。

总之，旅博本的发现对于《坛经》研究的重要意义，正如方广锠先生做的如下之总结：

敦煌藏经洞发现至今已经一百余年，汉文敦煌遗书的调查也基本进入尾声。根据我至今为止的调查，敦煌遗书中所藏《坛经》只有上述五号。当然，说有容易说无难，我不敢担保将来不会出现新的敦煌本《坛经》，就好比几年前谁也不敢保证旅博本《坛经》还会重新面世。但应该讲，将来出现新的敦煌本《坛经》的几率，已经微乎其微了。如果上述结论可以成立，则这一次旅博本的再发现与正式公布，将是敦煌本《坛经》研究史上具有划时代意义的大事。也是禅宗研究史、中国佛教研究史上的一件大事。[24]

目前，由于完整版旅博本《坛经》公布的时间还不算太长，更加深入的研究还有待进一步的展开。现阶段比较有代表性的研究是台湾学者黄连忠的论文《旅博本六祖坛经的学术价值及其录文整理研究》[25]和白光在《坛经版本谱系及其思想流变研究》一书中对法海集记《坛经》的旅博本与英博本、敦博本的谱系研究。[26]至于对旅博本《坛经》进行校释的著作，目前还比较缺乏。

## 宗宝本

宗宝本是明代以后流传最广的一个《坛经》版本，全书分为十品，共计两万字出头。明代嘉兴藏中收录的宗宝本的编排如下：

23 白光著，《坛经》版本谱系及其思想流变研究［M］，北京：宗教文化出版社，2013年，第31页。
24 郭富纯，王振芬整理，旅顺博物馆藏敦煌本六祖坛经［M］，上海：上海古籍出版社，2011年，方广锠《前言》第4页。
25 黄连忠，旅博本六祖坛经的学术价值及其录文整理研究［A］，载明生主编，禅和之声，2011-2012广东禅宗六祖文化节学术研讨会论文集上［C］，广州：羊城晚报出版社，2013年，第14-36页。
26 白光著，《坛经》版本谱系及其思想流变研究［M］，北京：宗教文化出版社，2013年，第28-32页。

正文前有：德异撰写之《六祖大师法宝坛经序》、契嵩撰写之《六祖大师法宝坛经赞》

正文："行由第一"至"付嘱第十"各品

附录：《六祖大师缘起外记》、历朝崇奉事迹、柳宗元撰写之《赐谥大鉴禅师碑》、刘禹锡撰写之《大鉴禅师碑》、刘禹锡撰写之《佛衣铭并序》、宗宝跋文。

其中，在宗宝的跋文中有如下一段话：

> 余初入道，有感于斯，续见三本不同，互有得失，其板亦已漫灭。因取其本校雠，讹者正之，略者详之，复增入弟子请益机缘。庶几学者得尽曹溪之旨。按察使云公从龙，深造此道。一日过山房，睹余所编，谓得《坛经》之大全。慨然命工锓梓，颛为流通，使曹溪一派不至断绝……至元辛卯夏，南海释宗宝跋。

从这段文字中可以判断，宗宝将三个《坛经》版本合在一起，经过校正并加入"弟子请益机缘"（宗宝本《坛经》机缘品第七中主要的内容：笔者注），编订成了一个新的版本。这个版本以《六祖大师法宝坛经》为题名，之后被编入明代大藏经（南藏、北藏），《房山石经》《嘉兴藏》《龙藏》《缩刻藏》《频伽藏》《卍字藏》等藏经中所收入的也都是宗宝本。目前日本大正藏经中的《六祖大师法宝坛经》，就是依据明北藏本编入的。对于宗宝合本校订的是哪三个版本的《坛经》，佛教界的高僧印顺法师根据宗宝跋文中的"至元辛卯夏"这一信息判断，他至少是依据了元代《坛经》的另一个版本——德异本。德异本的序文中有如下一段内容：

> 《坛经》为后人节略太多，不见六祖大全之旨。德异幼年，尝见古本。自后遍求三十余载，近得通上人寻到古本，遂刊于吴中休休禅庵……至元二十七年庚寅岁中春月叙。

印顺法师提出：第一，德异本刊于吴中，时间"至元二十七年庚寅春"即 1290 年春；而宗宝本刊于南海，时间"至元辛卯夏"即 1291 年夏。距离遥远的两个地区几乎同时刊出内容与结构形式一致的两个版本，实在过于巧合。第二，宗宝说自己增入了"弟子机缘"部分，但是这些内容在德异本中已经存在，故而宗宝的说法就显得可疑。第三，在宗宝本中，德异的序被刻在前面，宗宝自己的跋文在后，这就说明了宗宝本的编校依据了德异本。据以上三点，印顺法师断定，"宗宝本的刊行，应该迟多少年。跋文说'复加入弟子机缘'，'至元辛卯夏'，只是为了隐蔽依据德异本的事实，故弄玄虚！"[27]学者杨曾文和印顺法师的判断大体相同，而且进一步推测了宗宝所见的三个版本，他认为："所说三本，也许就是契嵩本、德异再刊本、惠昕本。到底如何，已难确证……如果德异本即为契嵩本的再刊本，那么，宗宝本所用的底本应是契嵩本。这样，对于宗宝本内容与德异本基本相同，宗宝本前既有德异的序，又有契嵩的《坛经赞》（有的只有郎简的序）的事实，就可以得到理解。"[28]

尽管按照印顺法师和杨曾文的看法，宗宝的编校大多依据德异本，但这种编校和完善无疑是成功的。宗宝本的出现，标志着《坛经》版本的最终定型，这个版本因其内容上的丰富和完整成为日后流行于世的通行本，以后的版本，再也没有发生变化。因此，这个版本也成为读者最多，流传最广的版本。

但是，随着 20 世纪初敦煌本的重见天日，《坛经》的版本问题引起了极大的争议。各种争议甚至演变成了一场旷日持久、规模宏大的学术争论。这场争论中最先开火的是著名学者胡适，他从 20 世纪三十年代起的一系列对《坛经》的研究中得出结论，认为契嵩、宗宝等后出版本当中增补的内容皆为编造，完全不是慧能时代禅宗思想的反映。认同胡适观点的一派学者还包括杨鸿飞、郭朋、史金波、周绍良等。以郭朋为例，他在《坛经校释》的前言中旗帜鲜明地对惠昕本、宗宝本等后出的《坛经》版本加以贬斥：

> 愈是晚出的《坛经》，就篡改愈多，就愈多私货！读者从校释正文中将会看到，即使在被公认为"最古"的法海本《坛经》里，也已经有了不少为后人所加进去的东西，更何况乎晚出的《坛经》！古本《坛经》尚且有假，晚出《坛经》反而皆真，这难道是可能的吗？当然，比较起来，法海本《坛经》，基本上确可以说是慧能语录（因而确实可以把它当做慧能的思想"实录"来看待）。至于惠昕以后的各本《坛经》，从"慧能的《坛经》"这一角度（如果它不是"慧能"的《坛经》而是"禅宗的《坛经》"，自然另当别论）说来，就不能不说它们在不少方面同慧能的思想是颇不相同的。其原

---

27 印顺著，中国禅宗史 [M]，贵阳：贵州大学出版社，2012，第 249 页。

28 杨曾文校写，新版敦煌新本六祖坛经 [M]，北京：宗教文化出版社，2001，第 313 页。

因，就是由于惠昕、特别是契嵩、宗宝等人，对《坛经》进行了肆意的篡改！[29]

但也有人持不同的意见。例如净慧法师就曾以"拾文"为笔名在1982年《法音》第二期撰文发表了截然不同的意见，他指出：

> 《坛经》的发展演变并不像中外许多学者所指出的是一个由简到繁的过程，即敦煌本——惠昕本——契嵩本——宗宝本等；而是一个由繁到简，又由简复原的过程，即古本（或曹溪原本）——惠昕本（或类似之本）——敦煌本（或类似之本）——契嵩本（复原本）。[30]

净慧法师在《坛经》本身的流传的历史记载中找到正证，又从宋代以前的禅宗历史文献中寻找旁证以支持自己的看法。例如，他以《景德传灯录卷二十八》载南阳慧忠（卒于775年）所述"聚却三五百众，目视云汉，云是南方宗旨，把他《坛经》改换，添糅鄙谈，削除圣意，惑乱后徒，岂成言教？"和韦处厚《兴福寺内供奉大德大义禅师碑铭》所载"在洛者日会，得总持之印，独耀莹珠。习徒迷真，橘枳变体，竟成《坛经》传宗，优劣详矣"两处记载为根据，判定慧能逝世后不久即有《坛经》行世，而在《坛经》行世后不久就有人对其"削除圣意"，致使"橘枳变体"。

也有其他一些学者通过严谨的学术研究论证宗宝本的价值。例如，哈磊将宗宝本中增补的内容和同敦煌本关系较近的属于惠昕系统的日本大乘寺本做了比对研究，把宗宝中每一处增补内容都查明了具体出处，他发现"除《机缘品》之外的材料，多数都有其禅宗灯录之外的材料佐证，有些材料或者可以确定地说，就是古本《坛经》所有的内容，只不过没有在敦煌、大乘寺本等存世《坛经》版本中体现出来。有的材料的来源，还需要进一步核实。《机缘品》的材料，大体来说，出于《景德传灯录》，也有部分材料，是宗宝本前的《坛经》版本中本来就有的，宗宝本或加以增补，或原样照录了。这样说来，宗宝本增加的部分，大部分还是可靠的，有价值的。我们不能因为它不同于敦煌本、惠昕本，就将它视作俗本，或伪造而加以漠视。"[31]另

29 （唐）慧能著；郭朋校释，坛经校释［M］，北京：中华书局，1983年，序言第14页。

30 拾文，《敦煌写本坛经》是"最初"的《坛经》吗？［J］，法音，1982年第2期，第44页。

31 哈磊，宗宝本的材料来源和价值[A]，禅和之声——广东省"六祖文化"节（2009）学术研讨会论文集［C］，北京：宗教文化出版社，2010年，第438页。

一位学者潘蒙孩从思想内容的角度强调了宗宝本的价值，他认为"《坛经》所要表达的真心一元论、明心见性、见性成佛的佛性论、无住、无念、无相的心性论、刹那成佛的顿悟论，在敦煌本和宗宝本都是一致的。尽管敦煌本与宗宝本的主题内容是一致的，但比较而言，宗宝本的文字更为通顺，对上述主体内容的表述更为详尽和全面。因此，从思想性上看，宗宝本比敦煌本更能代表《坛经》的禅学思想，这是因为宗宝本经过历代不同版本的修改以后，把绝大多数禅派所能接受的禅学思想固定下来，因此最能代表禅宗公认的思想，能够完整地反映禅学的面貌。"[32]对于宗宝本的价值，学者程东也持相似的看法，他认为"通行本并没有作伪，是一个极为优良的版本，发现敦煌本后产生的争议，其实是不足为据的，不过是在大江流行中掀起的一个波浪而已，终会平息。"[33]

总而言之，尽管宗宝本《坛经》的地位受到了一些质疑，但它仍然是迄今为止在中国民间流传最为广泛的一个版本，也是为广大佛教信众所信奉、诵持的版本，它的影响力是巨大的。多数的《坛经》英译本都选择宗宝本作为底本，也从一个侧面说明了宗宝本的影响。

## 小结

本节首先对《六祖坛经》的版本和谱系进行了概括性的梳理。进入 20 世纪以来，一方面随着敦煌文献研究的兴起，矢吹庆辉、陈垣、周绍良、方广锠、王振芬等中日两国学者陆续发现了同属于敦煌写本系统的敦煌本（或称英博本、斯坦因本）、北图本（陈垣和方广锠各自发现的两个残本）、敦博本、旅博本、西夏文本（残本）等不同的《坛经》版本。另一方面，铃木大拙等学者在日本发现了兴圣寺本、大乘寺本、天宁寺本、真福寺本、金泽文库本等等晚唐至宋代的多个《坛经》写本或刻本。加上自元明以来就流行于世或刻印入藏的各种版本，目前已知的各种《坛经》版本总数达到近 30 种（据杨曾文先生的统计）。从彼此之间的亲缘关系和谱系构成来看，洪修平、杨曾文、白光等学者认为这些《坛经》版本可以归纳为敦煌本、惠昕本、契嵩本三个

---

32 潘蒙孩著,《坛经》禅学新探 [M]，北京：宗教文化出版社，2012 年，第 26 页。

33 程东，究竟无证:《坛经》谛义 [M 页]，汕头：汕头大学出版社，2012 年，前言第 6 页。

系统。除了对《坛经》的版本和谱系进行梳理之外，本节还着重介绍了敦煌本、敦博本、旅博本和宗宝本的基本情况及一些著名学者对它们的研究，之所以选择这四个版本进行详细介绍是因为：第一，目前大部分的《坛经》英译本均以宗宝本、敦煌本和敦博本为底本。[34]第二，由于完整的旅博本被重新发现距今时间较短，国内外还没有这个版本的英译本，但旅博本的意义在于可以和敦煌本及敦博本形成内容上的互证互勘，因而对敦煌系统《六祖坛经》的比对研究具有重要的参考价值。

## 第二节 《六祖坛经》英译本的总结与归纳

对《六祖坛经》英译进行研究的首要问题是要搞清楚迄今为止到底有多少个《坛经》的英译本，这些译本是由哪些译者在何时翻译的，不同的译本在哪些地方流传等问题。因此，对《六祖坛经》英译本的总结与归纳必不可少。[35]目前已知的各版本《六祖坛经》英译本总数有二十个左右。这些译本中出版年代最远的可以追溯到 1930 年代，最近的则有 2016 年新出的译本。从出版地和译者身份来看，也是既有国内又有国外。

国内学术界最早对《坛经》英译本进行总结的是 1997 年香港学者高秉业的论文《英译〈六祖坛经〉版本的历史研究》"。[36]这篇论文总结了六个英译本，分别是：

"*Sutra Spoken by the Sixth Patriarch Wei Lang on the High Seat of The Treasure of The Law*" Translated by Wong Mou Lam. (《六祖慧能法宝坛经》黄茂林译，上海佛教净业社出版，公元 1930 年)。

"*The Altar Sutra of the Sixth Patriarch*" Translated by Upasaka Charles Luk (Lu Kuan Yu).《六祖坛经》陆宽昱译 Published by Rider & Co. London Collected in "Chan & Zen Teachings" Series.

"*The Platform Scripture*" (Tun Huang Text), Translated by Prof. Wing-Tsit

---

34 各英译本所参照的《坛经》原本的具体情况见本章第三节。

35 本节大部分内容，来自拙作《六祖坛经英译本的总结与归纳》一文，发表在《中外文化与文论》2016 年第一期（总第 32 辑），第 204-214 页。

36 高秉业，英译《六祖坛经》版本的历史研究［A］，见：六祖慧能思想研究—"慧能与岭南文化"国际学术研讨会论文集［C］，广州：学术研究杂志社，1997，第 54-65 页。

Chan, Published by St. John's University Press, U. S. A (1963). 陈荣捷教授英译，美国圣约翰大学出版社印行，《坛经》敦煌抄本。

"*The Sutra of the Sixth Patriarch on the Pristine Orthodox Dharma*", Translated by Drs. Paul F. Fung & George D. Fung. Published by Buddha's Universal Church, U. S. A (1964)《六祖法宝坛经》，冯氏兄弟英译，美国三藩市 Buddha's Universal Church 出版。

"*The Platform Sutra of the Sixth Patriarch*" (1967) (Tun Huang Text) Translated by Prof. Philip. B. Yampolsky. Published by Columbia University Press, New York.《六祖坛经》敦煌抄本英译，任普斯基教授英译，纽约哥林比亚大学印行。

"*The Sixth Patriarch's Dharma Jewel Platform Sutra*" Translated by Bhiksuni Heng Yin (1977) Published by The Buddhist Text Translation Society (San Francisco U. S. A).《六祖法宝坛经》恒贤比丘尼译（1977），佛典翻译会印行，美国三藩市。

另一位对《坛经》英译本进行总结的是台湾学者林光明，其 2004 年出版的《杨校敦博本六祖坛经及其英译》对《坛经》的各个英译本做了一个更为细致的总结：[37]

| 编号 | 作　者 | 编辑者或题序者 | 成书年代 | 书　名 | 出版者 |
|---|---|---|---|---|---|
| 1 | 黄茂林（Wong Mou-lam） | 自序 | 1930 | Sutra Spoken by the Sixth Patriarch Wei Lang on the High Seat of The Treasure of The Law | Yu Ching Press, Shanghai |
| 1. a | 黄茂林（Wong Mou-lam） | Dwight Goddard | 1938 | A Buddhist Bible | Beacon Press, Boston |
| 1. b | 黄茂林（Wong Mou-lam） | | 1944 | The Sutra of Wei Lang (or Hui Neng) | Luzac and Company, London |
| 1. c | 黄茂林（Wong Mou-lam） | Rev. Kong Ghee | 1957 | Sutra Spoken by the Sixth Patriarch on the High Seat of the Treasure of the Law | H. K Buddhist Book Distributor Press |

---

37 林光明，蔡坤昌等编译，杨校敦博本六祖坛经及其英译［M］，台北: 嘉豐出版社，2004，第 5 页

| | | | | | |
|---|---|---|---|---|---|
| 1. d | 黄茂林（Wong Mou-lam） | W. Y. Evans-Wentz & Christmas Humphreys | | The Diamond Sutra & The Sutra of Hui Neng | Shambhala |
| 1. e | 黄茂林（Wong Mou-lam） | | 1992 | 六祖惠能大师法宝坛经（中英对照） | 香港佛教流通处 |
| 1. f | 黄茂林（黄维楚修定） | 狄平子 | 1994 | 六祖法宝坛经 Sutra Spoken by the Sixth Patriarch (Hui Neng) on the High Seat of "the Gem of Law" (Dharmaratha)（中英对照） | 上海佛学书局 |
| 1. g | 黄茂林（黄维楚、虞莉、顾瑞荣修定） | 顾瑞荣 | 1996 | The Sutra of Hui Neng | 湖南出版社 |
| 2 | 铃木大拙（D. T. Suzuki） | Christmas Humphreys | 1960 | Manual of Zen Buddhism | Grove Press |
| 3 | 陆宽昱(Charles Luck） | 自序 | 1962 | Ch'an and Zen Teaching (The Altar Sutra of the Sixth Patriarch) | Samuel Weiser, Inc. |
| 4 | 陈荣捷（Wing-Tsit Chen） | Paul K. T. Shih | 1963 | The Platform Scripture, The Basic Classic of Zen Buddhism | St. John's University Press |
| 5 | George D. Fung, Paul F. Fung | | 1964 | The Sutra of the Sixth Patriarch on the Pristine Orthodox Dharma | Buddha's Universal Church |
| 6 | Philip. B. Yampolsky | WM. Theodore de Bary | 1967 | The Platform Sutra of the Sixth Patriarch | Columbia University Press |
| 7 | 恒贤（Heng Yin） | 自序 | 1971 | Sixth Patriarch's Sutra | The Buddhist Text Translation Society |
| 8 | 扬维连 | 曹仁山 | 约1980 | 六祖坛经 the 6th Patriarch's Altar Sutra | 佛教法轮讲堂 |
| 9 | Thomas Cleary | 未见 | 1998 | The Sutra of Hui-Neng Grand Master of Zen | Shambhala |
| 10 | John McRae（马克瑞） | 自序 | 2000 | The Platform Sutra of the Sixth Patriarch | Numata Center |

| 11 | 恒贤法师 | Heng Ch'ih | 2002 | The Sixth Patriarch's Dharma Jewel Platform Sutra: with the Commentary of Tripitaka Master. Hua | The Buddhist Text Translation Society |
| 12 | 林光明　蔡坤昌　林怡馨 | Biswadeb Mukherjee（穆克纪）（扬曾文） | 2004 | The Mandala Sutra and Its English Translation（中英对照） | Mantra Publisher |

  在上述材料中，林光明总结了 12 种共计 19 个版本的《坛经》英译本，但是他的总结并非没有遗漏或偏差之处。例如，1d 中 Shambhala 出版的 The Diamond Sutra & The Sutra of Hui Neng 不知为何没有标出版年。据笔者查证，其第一版出版的时间应该是 1985 年。又如，铃木大拙英译《坛经》最早出自其 1935 年出版的 *Manual of Zen Buddhism*。[38]再如，恒贤法师翻译的《坛经》2002 年译本和其 1971 年翻译出版的译本在内容上并没有什么不同之处，没有必要单列出来。

  2010 年，台湾师范大学硕士研究生刘宜霖在其学位论文《〈六祖法宝坛经〉英译策略初探》中对林光明的总结进行了补充。刘宜霖所补充的两个新译本是成观法师依据宗宝本翻译的 *The Dharmic Treasure Altar-Sutra of the Sixth Patriarch (the Altar Sutra)* 和赤松（比尔·波特）依据敦博本翻译的 *The Platform Sutra: the Zen Teaching of Hui-neng*。刘宜霖的论文还认为："铃木大拙的版本并不是完整的翻译本，所以不能当做一个译本"。[39]他的看法是，"从林光明列出之 12 种 19 个英译版本，减去铃木大拙译本，加上译师（指成观法师：笔者注）译本和赤松居士之版本，加总共有 21 个，或者说 13 种《坛经》译本"。[40]对于这篇论文将铃木大拙译本排除在外的做法，笔者持有不同意见。首先从翻译的时间上看，铃木的英译早在 1935 年就已经出版，是除黄茂林的译本外最早的《坛经》英译本；其次，铃木大拙作为具有世界影响力的宗教家，其译本尽管是节译本（敦煌本 24 节至 30 节、48 节），但他翻译的这两部分涉及《坛经》中最为重要的一些核心思想，因此同样具有较高

---

38 D. T. Suzuki. Manual of Zen Buddhism[M]. Kyoto: Eastern Buddhist Society, 1935.

39 刘宜霖，《六祖法宝坛经》英译策略初探：以成观法师译本为例［D］，台湾师范大学，2010，第 16 页。

40 刘宜霖，《六祖法宝坛经》英译策略初探：以成观法师译本为例［D］，台湾师范大学，2010，第 22 页。

的研究价值，可以视作一个独立的译本。

最近一次对《坛经》英译本进行总结、综述的是曾任美国西来大学宗教系系主任的依法法师。她在《西方学术界对惠能及〈六祖坛经〉的研究综述——以英文体系为主》[41]一文中总结了 12 种《坛经》英译本，并以出版时间为顺序对这些译本进行了整理介绍。她的总结如下：

1. 黄茂林（Wong, Mou-lam）英文书名为 *Sutra Spoken by the Sixth Patriarch Wei Lang on the High Seat of the Gem of Law*. Shanghai: Yu Ching Press, 1930.

2. 铃木大拙（D. T. Suzuki）收录于他自己的《禅佛教手册》（*Manual of Zen Buddhism*, Publishing in Motion, 2011; first edition in 1935）。

3. 陆宽昱（Charles Luk），英文名为 *The Altar Sutra of the Sixth Patriarch: the Supreme Zen Sutra of the Hui Neng*. Samul Weiser, Inc. 1962.

4. 陈荣捷（Chang, Wing-tsit），英文书名为 *The Platform Scripture: the Basic Classic of Zen Buddhism*, St. John's University Press, 1963.

5. 冯氏兄弟（George D. Fung and Paul F. Fung），英文书名为 *The Sutra of the Sixth Patriarch on The Pristine Orthodox Dharma*. San Francisco: Buddha's Universal Church, 1964.

6. 扬波斯基（Philip B. Yampolsky），其英文书名 *The Platform Sutra of the Sixth Patriarch: the Text of the Tun-huang Manuscript with Translation, Introduction, and Notes*. New York: Columbia University Press, 1967.

7. 宣化版本，其英文书名 *The Sixth Patriarch's Dharma Jewel Platform Sutra*. Buddhist Text Translation Society, 1971.

8. 柯利睿（Thomas Cleary），其英文书名 *The Sutra of Hui-neng: Grand Master of Zen*, Boston: Shambhala, 1998.

9. 马克瑞（John R. McRae），其英文书名 *The Platform Sutra of the Sixth Patriarch*. BDK English Tripitaka. Berkeley: Numata Center for Buddhist Translation and Research, 2000.

10. 林光明等（Lin, Tony; Kunchang Tsai and Josephine Lin），英文书名 *The Mandala Sutra and Its English Translation: The New Dunhuang Museum Version Revised by Professor Yang Zengwen*. Taipei: Jiafeng Publisher, 2004.

---

41 释依法，西方学术界对惠能及《六祖坛经》的研究综述［A］，见《六祖坛经》研究集成［C］，北京：金城出版社，2012，第 104-122 页。

11. 赤松（Red Pine, 本名 Bill Porter），英文书名 *The Platform Sutra: the Zen Teaching of Hui-neng.* Emeryville: Shoemaker & Hoard: Distributed by Publishers Group West, 2006.

12. 星云大师（Hsing Yun），英文书名 *The Rabbit's Horn: a Commentary on the Platform Sutra.* Los Angeles: Buddha's Light Pub., 2010.

除了总结上述译本外，依法法师还对黄茂林译本的编校再版情况进行了下述说明。华人世界对这个译本的再版有：1993 年黄维楚再编，上海出版社印；1996 年顾瑞荣编校，湖南出版社出版。由西方人出版再版的有收录于德怀特·戈达德《佛教圣经》（*A Buddhist Bible: The Favorite Scriptures of the Zen Sect; History of the Early Zen Buddhism, Self-realization of Noble Wisdom, the Diamond Sutra, the Prajnaparamita Sutra, the Sutra of the Sixth Patriarch.* Thetford, VT, 1938）中的英译，此书又于 1999 年再版；黄茂林的原版译本于 1944 由伦敦的 Luzac and Company 再出版；1953 年由 Christmas Humphreys 校对出版；1966 年再版；1969 年由 W. Y. Evans-Wentz & Christmas Humphreys 编校，由波士顿的 Shambhala 出版，2005 年再版。[42]依法法师对黄茂林译本各个修订再版版本的整理十分准确、清晰，理清了这些版本之间在时间上的先后顺序及彼此之间的关系，其细致的工作是值得赞赏的。

依法法师还对一些不易找到或者尚未出版的译本做出了说明："如林光明书中第九页提到，杨维连翻译 *The 6th Patriarch's Altar Sutra* 由佛教法轮讲堂出版，可能是流通于个别团体并不普遍。另外有位大陆的褚东伟教授有未出版关于六祖惠能的翻译，他的提案出书基本上有三个部分：第一，顿悟的教义；第二，惠能传记跟碑铭；第三，超越宗教的惠能智慧，为根据敦煌本所作的翻译。"[43]对于杨维连译本，由于出版数量较少，且当年的出版团体已经解散，根据上文提到的刘宜霖的研究，目前所了解到的情况仅仅是在加拿大东莲觉苑图书馆网站上可以检索到这本书的信息。依法法师提到的褚东伟教授计划中的翻译，经过笔者的查证，迄今为止这个译本也还没有出版问世。

上述几位学者都没有谈及的一个译本是大陆学者蒋坚松翻译，湖南人民出版社于 2012 年出版并收入在《大中华文库》中的《坛经》（*Tan Jing: the Sutra*

---

42 释依法，西方学术界对惠能及《六祖坛经》的研究综述［A］，见《六祖坛经》研究集成［C］，北京：金城出版社，2012，第 105-106 页。

43 Ibid.，第 109 页。

*of Huineng*)。除此之外，《六祖坛经》最新的一个英译本是收录在广东四会六祖寺策划发起，北京华文出版社于 2016 年 1 月出版的多语种《六祖坛经》中的英译本。然而，经过笔者的认真比对后，发现这个译本绝大部分内容和黄茂林在 1930 年代翻译的译本没有区别，只是对黄译本做了一些局部的修改。因此不能算是一个独立的译本。

至此，在上述几位学者的基础上，经过校对和补充，基本可以确定 1930 年代至今能够找到的出版信息完整，出自不同译者之手且彼此间存在明显差异的各种《六祖坛经》译本共计有 15 种。如下表所列：

| 编号 | 译 者 | 英文书名 | 出版者 | 出版年（初版） |
|---|---|---|---|---|
| 1 | 黄茂林（Wong, Mou-lam） | Sutra Spoken by the Sixth Patriarch Wei Lang on the High Seat of the Gem of Law | Shanghai: Yu Ching Press | 1930 |
| 2 | 铃木大拙（D. T. Suzuki） | Manual of Zen Buddhism | Eastern Buddhist Society | 1935 |
| 3 | 陆宽昱（Charles Luk） | The Altar Sutra of the Sixth Patriarch: the Supreme Zen Sutra of the Hui Neng | Samuel Weiser, Inc. | 1962 |
| 4 | 陈荣捷（Chan, Wing-tsit） | The Platform Scripture: the Basic Classic of Zen Buddhism | St. John's University Press | 1963 |
| 5 | 冯氏兄弟（George D. Fung and Paul F. Fung） | The Sutra of the Sixth Patriarch on The Pristine Orthodox Dharma | San Francisco: Buddha's Universal Church | 1964 |
| 6 | 扬波斯基（Philip B. Yampolsky） | he Platform Sutra of the Sixth Patriarch: the Text of the Tun-huang Manuscript with Translation, Introduction, and Notes | New York: Columbia University Press | 1967 |
| 7 | 恒贤法师（宣化版本） | The Sixth Patriarch's Dharma Jewel Platform Sutra | Buddhist Text Translation Society | 1971 |
| 8 | 杨维连 | The 6th Patriarch's Altar Sutra | Taipei: 法轮杂志社 | 1983 |
| 9 | 柯利睿（Thomas Cleary） | The Sutra of Hui-neng: Grand Master of Zen | Boston: Shambhala | 1998 |
| 10 | 马克瑞（John R. McRae） | The Platform Sutra of the Sixth Patriarch | Berkeley: Numata Center for Buddhist Translation and Research | 2000 |

| 11 | 林光明等（Lin, Tony; Kunchang Tsai and Josephine Lin） | The Mandala Sutra and Its English Translation: The New Dunhuang Museum Version Revised by Professor Yang Zengwen | Taipei: Jiafeng Publisher | 2004 |
|---|---|---|---|---|
| 12 | 成观法师（Cheng Kuan） | The Dharmic Treasure Altar-Sutra of the Sixth Patriarch (the Altar Sutra) | Taipei: Vairocana Publishing Co., Ltd. | 2005 |
| 13 | 赤松（Red Pine, 本名 Bill Porter） | The Platform Sutra: the Zen Teaching of Hui-neng | Emeryville: Shoemaker & Hoard: Distributed by Publishers Group West | 2006 |
| 14 | 星云大师（Ven. Master Hsing Yun） | The Rabbit's Horn: a Commentary on the Platform Sutra | Los Angeles: Buddha's Light Pub | 2010 |
| 15 | 蒋坚松 | Tan Jing: the Sutra of Huineng | Changsha: Hunan People's Press | 2012 |

在上述 15 种译本以外，上文提到的六祖寺发起，华文出版社出版的多语种《六祖坛经》系列[44]中署名为释大光和释大观共译的英文本以及戈达德和 Christmas Humphreys 的改写、修订本，都属于对黄茂林译本的改造，这种改造并不是整体性的，而只是局部或细枝末节性的。因此，这三个版本都无法视为独立的译本。以黄茂林的原译本的开头一段为例，将其和上述三个译本的翻译进行一个比对，就能很好地说明这个问题：

**《行由品第一》**

时，大师至宝林，韶州韦刺史与官僚入山，请师出。于城中大梵寺讲堂，为众开缘说法。师升座次，刺史、官僚三十余人，儒宗学士三十余人，僧尼道俗一千余人，同时作礼，愿闻法要。

**黄茂林译本**

Once, when the Patriarch had arrived at Pao Ling Monastery, Prefect Wei of Shiu Chow together with other officials went thither to ask him to deliver public lectures on Buddhism in the hall of Tai Fan Temple in the City. There were assembled (in the lecture hall) Perfect Wai; government officials and Confucian

---

44 广东四会六祖寺方丈大愿法师发起，组织各国学者历时三年，将《六祖坛经》译成 11 种外文，于 2016 年 1 月正式出版。

scholars, about thirty persons for each group; and Bhikkhu, Bhikkhuni, Taoists and laymen, altogether numbered about on thousand. After the Patriarch had taken his seat, they altogether paid him homage and asked him to preach the fundamental Dharma of the Buddhism.

戈达德改写本

Once when the Patriarch had come to Pao-lam Monastery, Prefect Wai of Shiu-chow and other officials came there to invite him to deliver publich lectures on Buddhism in the hall of Tai-fan Temple in the city (Canton). When the time came, bhikshu, bhikshuni, Taoists and laymen, nearly a thousand in all. After the Patriarch had taken his seat, the congregation in a body paid him homage and asked him to speak on the fundamental truths of Buddhism.

Humphreys 修订本

Once, when the Patriarch had arrived at Baolin Monastery, Prefec Wei of Shaozhou and other officials went there to ask him to deliver public lectures on Buddhism in the hall of Da Fan Temple in the city (of Guangdong). In due course, there were assembled (in the lecture hall) Prefect Wei, government officials and Confucian scholars, about thirty each, and Bhikkhus, Bhikkhunis, Taoists and laymen, to the number of about one thousand. After the Patriarch had taken his seat, the congregation in a body paid him homage and asked him to preach on the fundamental law of Buddhism.

大光、大观本

When the Patriarch had arrived at Treasure Forest Monastery (Bao Lin Si), Governor Wei of Shaozhou and other officials went there to ask him to deliver public lectures on Buddhism in the hall of the Great Brahma (Da Fan Si) Temple in the City of Guangzhou. One thousand people gathered to hear the Patriarch speak, including Governor Wei, government officials and Confucian scholars Bhikkhus and Bhikkhunis, Taoists and laymen. After the Patriarch had taken the high seat, the assembly bowed in homage and asked him to speak on the fundamental laws of Buddhism.

根据上面的对比，我们可以做如下之总结：

第一，后三个译文和黄茂林的译文在句式结构完全一致，所使用的名词、动词等词汇基本也没有什么差异。

第二，几个译本中，相对黄译本差异最小的是 Humphreys 修订本，差异最大的是大光、大观本。但即使是大光、大观本，也只是做了局部的改变。例如，"宝林寺"和"大梵寺"采用意译加音译的方式翻译、把 Prefect Wei 改作 Governor Wei 等。

第三，黄茂林译本中有争议的译文，在后三个译本中也没有做任何改变。例如："僧尼道俗一千余人"中的"道俗"，学术界普遍认为并非是指"道士"，而是指与出家修行的"僧尼"不同，在家修行的佛教信众。黄茂林译本将"道俗"译为 Taoists 是一个有问题的译法，但后三个译本也和黄茂林译本一样将其翻译成 Taoists。

综合以上几点，我们可以做这样的总结：戈达德改写本、Humphreys 修订本和大光、大观本相对黄茂林译本而言，都不能算独立的译本，只能算是黄茂林译本的不同变体。实际上，在戈达德在其改写本的前言中，已经非常明确的提到"黄茂林先生非常慷慨地允许编者对原译文做一些改变……由于黄先生为了将来的翻译事业而远赴锡兰进修，编者没有机会就这些改变和他面谈。因而编者完全对这些改变负责。"[45]Humphreys 也在其修订本的前言中明确说明他对黄译本的改造是为了更好地适应英语读者。只有大光和大观译本（六祖寺译本）没有说明其译文和黄译本的关系，但经过笔者逐字逐句地比对后确认，他们的译本确实也只是对黄译本的改译，诸如将黄译本中的旧式音标用汉语拼音的方式标注，将黄译本中某些复杂的表达简单化，或是将某些梵文音译做意译的处理等等。大部分的内容和黄译本是没有区别的。因此，这个译本也不能算作一个独立的翻译版本。

## 小结

经过本节的梳理，基本可以确定，到目前为止已经出版的各种《坛经》英译本、改译本、再版本总数为 25 个。在这 25 个版本中，经笔者考察并证实，彼此独立的《坛经》英译本只有上述 15 种。在这 15 种《坛经》英译本中，除杨维连的译本目前还没有获得途径之外，其余 14 个译本笔者已经收集齐备，笔者的《坛经》英译研究就建立在这 14 个译本的基础之上。在本书之

---

45 Dwight Goddard. A Buddhist Bible[M]. Boston: Beacon Press. 1932. P216.

前，高秉业、林光明、刘宜霖、依法法师等 4 位来自港台或美国的学者对《坛经》的英译情况做过总结，这 4 位学者或为出家法师，或为在家居士，或为有佛教信仰的青年，他们的工作为笔者的进一步研究提供了可贵的参考。

## 第三节 《六祖坛经》诸英译本译者及其译本特点简介

在对《六祖坛经》现有的各种英译本进行归纳和总结的基础上，本节将收集到的这 14 个英译本的译者信息及其译本特点做如下之介绍：

**译本 1. 黄茂林译本**

《六祖坛经》最初的一个英译本译者是原籍广东、出生于香港的黄茂林居士。1928 年，黄茂林在著名佛教人士狄平子居士的邀请之下，花费了一年半的时间于 1929 年末将《坛经》翻译完毕，1930 年初由有正书局出版。这个译本的英文全称是 *Sutra Spoken by the Sixth Patriarch Wei Lang on the High Seat of the Gem of Law*，根据丁福保居士笺注的宗宝本译出。

对于黄茂林居士的生平，根据《佛教大辞典》《中国近代高僧与佛学名人小传》以及论文《英译〈六祖坛经〉版本的历史研究》等文献中提供的资料，我们可以掌握如下一些信息：

黄茂林祖籍广东顺德，1897 年生于香港。23 岁时（1919 年）毕业于香港皇仁书院，之后任职于新界沙田警署从事翻译工作，之后逐渐形成对佛教的信仰。1926 年，黄茂林携家人离开香港移居上海。最初的两年，黄茂林在上海的邮局工作，期间时常与沪上许多知名的佛教界人士有所交往，（据任继愈《佛教大辞典》，黄曾从太虚法师学法）后正式皈依佛教并受五戒，成为虔诚的在家居士。1930 年，黄茂林英译的《六祖坛经》一经出版，就产生了较大的影响，"外国人购阅者甚多，终于使中国禅宗的典籍远播国外。当时英国伦敦佛教会曾购买百数十部，在英国销售一空，并将其内容摘要，载入英国《佛教杂志》"。[46]除了《坛经》之外，黄茂林还陆续将《金刚经》《阿弥陀经》《妙法莲华经普门品》等佛教典籍译成英文，之后又创办英文《中国佛教杂志》，为我国佛教的宣扬与传播做出了不小的贡献。

由于黄茂林译本是第一个《坛经》英译本，此前并没有太多可供参考的

---

46 高振农，刘新美著，中国近代高僧与佛学名人小传［M］，上海：华东师范大学出版社，1990，第 243 页。

类似译文资料。即便如此，这个译本仍然保持了较高的水准。黄茂林译本最大特点是译文详尽，信息量大。译者有明确的翻译目标，即为读者提供尽可能多的信息以协助其理解。从译文语言的角度看，黄译本力求简单、通畅、易懂，经常将复杂的佛教术语转化为英语读者可以接受的说法；从翻译风格上看，黄译本译文较为灵活、自由，经常打破原有语序对原文内容进行加工或重组。例如，《般若品第二》中"善知识，后代得吾法者，将此顿教法门，于同见同行，发愿受持，如事佛故，终身而不退者，定如圣位，然须传授，从上以来，默传分付，不得匿其正法"一句，黄译本译为"In the future, if an initiate of my school should make a vow in company with his colleagues and fellow-disciples to devote his whole life without retrogression to practice and commemorate the teachings of this 'Sudden' School in the same spirit as that for serving Buddha, he will reach without failure the path of Holiness (i.e. Bodhisattvahood and Buddhahood). (To the right men), he should transmit from heart to heart the intructions handed down from one Patriarch to another; and no attempt should be made to conceal the orthodox teaching."首先，译文将原文的若干片段式短句组合成条理清晰的两个长句，这样英语读者可以比较容易地了解原文想表达的内容；其次，在对原文结构的处理上，译者打破原有语序，将"发愿受持"和"终身不退"调整在前面翻译以符合目的语的表达习惯；最后，译文还添加了一些解释性的信息以帮助读者理解。在黄译本中，类似的例子是随处可见的。

自1930年面世以来，黄茂林译本《六祖坛经》多次再出版，一些西方学者还在不同时期对这个译本进行改写和编校，可见其受欢迎的程度。黄译本是诸多《六祖坛经》英译本中流传最广，影响最大的一个。译文简易、流畅、信息量大这些特点都是黄译本得以成功地被读者接受的原因。

**译本2. 铃木大拙节译本**

1935年，日本著名学者铃木大拙出版了英文版《禅佛教手册》（*Manual of Zen Buddhism*）一书，其中包括了基于铃木自己和公田连太郎所校订《敦煌出土六祖坛经》（日本东京森江书店1934年出版）基础上翻译的"敦煌本"第二十四节至三十节以及第四十八节内容。从时间上算，这个译本是《六祖坛经》的第二个英译本。

这个译本的译者铃木大拙在二十世纪佛学研究领域声誉卓著，学术界对他进行研究的文献相当多。此处只把他生平的概况以及在西方世界宣扬佛学和英文著述情况介绍一二，所用材料主要来自于日本学者秋月龙珉所著、邱祖明翻译的《铃木大拙的生平与思想》一书。秋月龙珉曾师从铃木二十年，尤其是在铃木晚年的九年间，秋月几乎每周都拜访老师，亲受指导。因此，秋月对铃木的了解，应该是深入的。

根据秋月龙珉的记述，铃木大拙于明治三年（1870 年）生于日本石川县，其父既精通西洋医学，又长于儒学，是当时金泽地区一流的知识分子。在铃木五岁时，其父去世，之后家道逐渐衰落。铃木自幼就对佛教有所接触，这主要来自其母的影响。明治十六年，铃木考入石川县专门学校附属中学，学习期间逐渐展露出在写作和英语方面的超卓天分，并在此地与日后成为著名哲学家的西田几多朗结下终身的友谊。明治二十二年，铃木在兄长的推荐下，成为一名教授英语的小学教员。两年之后，铃木大拙前往镰仓圆觉寺参见今北洪川老师，在其感召之下，铃木决定将来以成为禅者为己任。今北洪川去世后，其法嗣释宗演接掌圆觉寺，于是铃木跟随宗演继续参禅。明治 26 年（1893 年），美国芝加哥举行了万国宗教大会。宗演作为日本宗教界的代表之一前往美国参加此次会议，并发表题为《佛教的要旨及因果法》的演讲。宗演的演讲稿，正是由铃木完成了出色的英译。此后几年，铃木回到日本全心关注于坐禅修行，并获得了禅悟的体验。

1897 年，铃木大拙再次赴美国，在芝加哥的 Open Court 出版社担任校对员，在美国生活、工作了 11 年之久，期间将《大乘起信论》（*Awakening of Faith*）译成英文，并完成了英文著作《大乘佛教概论》（*Outlines of Mahayana Buddhism*）的写作。明治四十二年（1909 年）四月，铃木返回日本，同年 10月担任东京大学文科讲师，并从此开始漫长的学术研究生涯。据桐田清秀主编的《铃木大拙研究基础资料》[47]，铃木大拙有关佛学研究的英文著作和译著总计有将近 20 种之多。其中著名的作品包括：《禅论文集》三卷（*Essays in Zen Buddhism Vol.1-Vol.3*）、《禅与日本文化》（*An Introduction of Zen Buddhism*）、《禅佛教手册》（*A Manual of Zen Buddhism*）、《禅天禅地》（*A Zen Life: D.T. Suzuki Remember*）、《禅的生活》（*Living by Zen*）等等。铃木以其卓越的工作在美国收获了巨大的影响，"在美国，有很多美国学者们、精神病理学家们、哲学家、小说作家和艺术家们曾接受铃木博士之指导。举例说：一位很有声

---

47 桐田清秀主编，铃木大拙研究基础资料［M］，松岗文库，2005 年。

望的精神病理学家 Erich Fromm，最近写了一本《爱之艺术》，该书确实是受到了佛教的深刻影响。"[48]

铃木大拙所译的《六祖坛经》节译本依据的是他本人校订的敦煌本《坛经》，敦煌本《坛经》最早被英国人斯坦因在敦煌发现，后带回英国收藏于大英博物馆。1922 年至 1923 年矢吹庆辉在大英博物馆考察期间再度将其发现，并将其影印照片公布在《鸣沙遗韵》之中。据日本青山学院教授陈继东撰写的《日本对六祖惠能及〈六祖坛经〉的研究综述》一文，1933 年"铃木大拙又一鼓作气地将上述的《神会录》《兴圣寺本六祖坛经》以及敦煌本《坛经》三本合集一帙，与公田连太郎共同校订，并对每一种资料撰写了解说，附上目录，共四册，于 1934 年由森江书店出版发行"。[49]铃木对敦煌本《坛经》最大贡献是点校和分节的工作。"因原本自始至终，连续书写下来，意义斟酌上颇为困难，故铃木的校订本将全篇分为五十七项，目的在于使其意义易晓，也便于和兴圣寺本相比较。其次是对于误字、脱字、借字，铃木尽可能做了校订"。[50]铃木大拙的点校和分节，为后来者的研究奠定了一个相当好的基础，之后的许多学者都将铃木的点校本当做《坛经》研究的重要资料。例如，陈荣捷和扬波斯基的译本，都参考了铃木大拙点校的《敦煌出土六祖坛经》。

铃木的节译本选取的是第二十四至三十节，第四十八节两部分进行英译。虽然不知何故，铃木并没有将全部的敦煌本《坛经》完整地翻译出来，但目前的这个节译本所包含的内容涉及《坛经》中慧能大师二度讲授"般若波罗蜜法"以及和弟子告别说"真假动静偈"的关键部分，因此这两部分的英译对于《六祖坛经》的英译研究来说，同样具有重要的文献价值。铃木的这个节译本虽然不长，但仍体现出如下一些特点：

1. 身兼学者和宗教家两重身份的铃木大拙，在译文中除了普通词汇翻译力求准确外，也追求宗教词汇意义的准确表达。例如，第二十四节中"修行者法身与佛等也"一句，铃木将"修行者"译为"Yogin"这个不太常见的词语。"Yogin"也写作"Yogi"，其词意除了"修习瑜伽的人"或"瑜伽信奉

---

48 慧海，美国佛教之一瞥［A］，张曼涛主编，现代佛教学术丛刊之八十四：欧美佛教之发展，台北：大乘文化出版社，1978，第 284 页。

49 陈继东，日本对六祖惠能及《六祖坛经》的研究综述［A］，见《六祖坛经》研究集成［C］，北京：金城出版社，2012，第 152-153 页。

50 陈继东，日本对六祖惠能及《六祖坛经》的研究综述［A］，见《六祖坛经》研究集成［C］，北京：金城出版社，2012，第 153 页。

者"外,还表示"沉思默想或神秘莫测的人"。可见这个词具有特定的宗教含义,并比较接近"禅修者"的原始意义,而"禅"的原始意义,确实和"瑜伽行"有关。铃木使用这个词,反映出他对佛教术语的精确把握。

2. 铃木的翻译重视提供给读者足够的信息,在一些地方提供了解释性的内容。例如,第四十八节的"真假动静偈",铃木大拙没有按字面意义翻译,而是将其译为"On the Absolute",并在脚注中做出了如下的解释:"The title literally reads: 'the ture-false moving-quiet'. 'True' stands against 'false' and 'moving' against 'quiet' and as long as there is an opposition of any kind, no true spiritual insight is possible. And this insight does not grow from a quietistic exercise of meditation"。铃木使用 On the Absolute 作为标题概括原偈的内容,实际上是借用了哲学概念。The Absolute 这个概念,在西方哲学中的意义近于"本源"、"本体"、"逻各斯",也有人认为它等同于"神"或者"上帝";在东方哲学中,这个词相当于印度教的"超梵"。如果从现代哲学的角度看,这个词则基本上等同于黑格尔所说的"绝对精神"。铃木在下面的注解中,还对他使用的这个概念进行了进一步的解释:"That is, the Absolute refuses to divide itself into two: that which sees and that which is seen","'Moving' means 'dividing' or 'limiting'. When the absolute moves, a dualistic interpretation of it takes place, which is consciousness"。透过铃木的解释,我们基本上可以确定,铃木所说的 the Absolute 即指佛教中超越"二边"的"中道"。像这样的判断,只能建立在拥有充分信息的基础之上,因此铃木提供的解释性信息是非常必要的。

3. 铃木的这个译本在学术上也是比较严谨的,同时能反映出他的某些学术观点。首先,凡是铃木所认为的关键性术语,都会标出其汉语发音或者相应的梵文拉丁转写。例如,第二十四节"此法须行,不在口念"一句,铃木的译文是"This Truth (dharma=fa) is to be lived, it is not to be [merely] pronounced with the mouth";又如,第二十七节"用智慧观照,于一切法不取不舍"一句,铃木的译文是"When all things are viewed in the light of wisdom (chih-hui=prajna), there is neither attachment nor detachment"。两个句子中的关键性术语,铃木都标注了汉语发音和梵文拉丁转写。其次,铃木的译文还提供了和其他版本《坛经》互证的信息,这些信息可以反映出他的一些学术观点。例如,"故知一切法,尽在自身中"一句,铃木的翻译是"Therefore, we

know that all multitudinous objects are every one of them in one's own mind"，并在脚注中注明，"The text has the 'body', while the Koshoji edition and the current one have 'mind'"。铃木在译文中依照兴圣寺本将"身"改成了"心"，在敦博本和旅博本中，此处作"一切万法尽在自身心中"；而在北图本则作"一切万法尽在自身中"。由此可以明显看出，铃木认同兴圣寺本"一切法尽在自心中"这个表述，他在译文中明确地表达了自己的学术观点。

4. 铃木的译文有一定的灵活度。铃木认为有些重复或者无关主旨的内容，均将其删去不译。例如，第二十六节"善知识！摩诃般若波罗蜜，最尊最上第一，无住无去无来。三世诸佛从中出，将大智惠到彼岸，打破五阴烦恼尘劳。最尊最上第一，讚最上最上乘法，修行定成佛。无去无住无来往，是定惠等，不染一切法。三世诸佛从中出，变三毒为戒定慧"一段。铃木的译文是"Good friend, Prajnaparamita is the most honoured, the highest, the foremost; it is nowhere abiding, nowhere departing, nowhere coming; all the Buddhas of the past, present, and future issue out of it. By means of Great Wisdom (ta-chih-hui=mahaprajna) that leads to the other shore (paramita), five skandhas, the passions, and the innumerable follies are destroyed. When thus disciplined, one is a Buddha, and the three passions [i.e. greed, anger, and folly] will turn into Morality (sila), Meditation (dhyana), and wisdom (prajna)"，这段英译在不影响整体翻译效果的前提下，将二度出现的"最尊最上第一"、"无住无去无来"、"三世诸佛从中出"三句全部删去不译，避免了译文重复冗长而影响翻译效果。同时，我们也注意到，铃木将原文的"是定惠等，不染一切法"也做了删去不译的处理，这个处理是铃木的有意为之还是无意漏译，不得而知。

以上是铃木译本的一些特点，总体来看，这个译本的译文通顺、流畅，具有很强的学术性和宗教性。铃木并没有将全部的《坛经》内容翻译完，这不能不说是学术界的一个遗憾。因为，可以预见的是，以铃木的学术地位和对《坛经》的理解，如果能提供完整的译本，必将会对英语世界尤其是美国的《坛经》研究产生较大的影响。

### 译本 3. 陆宽昱

陆宽昱译本是《六祖坛经》的第三个英译本，也是继黄茂林译本之后第二个依据通行的宗宝本译出的《坛经》译本。关于其译者陆宽昱，《佛光大辞典》和任继愈主编的《佛教大辞典》中的介绍都比较简略。其中《佛教大辞典》"陆宽昱"这一条目的内容如下：

> "陆宽昱（1898-1979）中国现代佛教居士、学者。广东人。初礼西康之呼图克图为师，从学藏密。后师事虚云和尚学习禅法。生平以将汉文佛典译成英文为职志，致力于向西方传布佛法。晚年定居香港弘法。译著主要有《禅的教义》（*Chan and Zen Teachings*, 1972）、《维摩诘经》（*The Vimalakirti Nirdesa Sutra*, 1972）、《楞严经》（*The Surangama Sutra*）、《中国禅定的秘密》（*The Secrets of Chinese Meditation*）等。"[51]

根据其他方面文献提供的信息，早在 1930 年代中期，陆宽昱就曾远赴伦敦拜访英国佛教协会（The Buddhist Society），寻求该组织的帮助以向西方传播中国正宗的禅宗佛教思想。但是由于当时英国佛教协会对铃木大拙的作品及其代表的日本禅宗更加感兴趣，因而陆宽昱的想法并没有得以实现。1949 年以后，陆宽昱定居香港直至去世。除了上述的译著外，陆宽昱的译著还包括 *The Transmission of the Mind*（《教外心传》）、*Empty Cloud: The Autobiography of a Chinese Zen Master*（《虚云大师自传》）、*The Diamond Perfection of Wisdom Sutra*（《金刚经》）、*The Altar Sutra of the Sixth Patriarch: the Supreme Zen Sutra of the Hui Neng*（《六祖大师法宝坛经》）、*The Heart Sutra*（《心经》）以及道家文献 *Taoist Yoga: Alchemy and Immortality*（《道教瑜伽炼金术与长生不老》）等。可以说，陆宽昱一生都在致力于向西方介绍中国的佛教文化，他英译的这些文献，为中国佛教文化在西方的传播做出了突出的贡献。

陆宽昱译本最大的特点是力求忠实、详尽，是一个信息量极其丰富的译本。对于《坛经》涉及到的佛教术语，这个译本使用严格标音梵文拉丁转写词，同时提供了大量的注释来帮助读者了解特定内容。例如，《机缘品第七》中法达向六祖大师求法的部分中"又经说三车，羊鹿牛车与白牛之车，如何区别？"一句，陆译本的译文是"The sūtra also mentions the three carts, drown by a goat, a dear and an ox; how do they differ from the white-bullock cart?"对于没有一定佛学知识背景的普通英文读者来说，"羊"、"鹿"、"牛"与"白牛"等词语代表的特定意义是无法理解的，即使是给出"羊"、"鹿"、"牛"（代指"声闻乘"、"缘觉乘"、"大乘者"）相应的梵文拉丁转写翻译"Śrāvakas-vehicle"、"Pratyeka-vehicle"、"Bodhisattva-vehicle"，一

---

51 任继愈主编，佛教大辞典［M］，南京：江苏古籍出版社，2002，第 700 页。

般读者也未必能理解其意义。陆宽昱在此页的脚注中添加了非常详细的解释如下：

"1. The goat-cart: the vehicle used by Śrāvakas, or hearers, disciples of Buddha who understood the four dogmas, rid themselves of the unreality of the phenomenal and entered the incomplete nirvāṇa.

2. The deer-cart: the vehicle used by Pratyeka Buddhas who lived apart from others and attained enlightenment alone, or for themselves, in contrast with the altruism of the Bodhisattva principle.

3. The ox-cart: the Bodhisattva-vehicle."

通过上述注解，读者起码可以获得一个比较清晰的理解。总的来说，陆宽昱译本翻译态度认真、严谨，漏译和错译的情况极少出现，是一个质量较高的译本。

**译本 4. 陈荣捷译本**

《六祖坛经》的第四个英译本出自著名美籍华裔学者陈荣捷教授之手，他的这个译本是第一个完整的敦煌本《六祖坛经》英译本。方克立主编《中国哲学大辞典》中对陈先生的介绍如下：

"陈荣捷（1901-1994）美籍华人中国哲学史家。广东开平人。1924 年毕业于岭南大学。旋即赴美留学于哈佛大学，1927 年、1929 年先后获哲学硕士、博士学位。1929 年归国受聘为岭南大学教授，翌年出任岭南大学教务长。1936 年再度赴美，先后执教于夏威夷大学、达慕思学院和彻淡慕学院，并兼任哥伦比亚大学教授。1982 年以 81 岁高龄从彻淡慕退休。半个多世纪以来他孜孜矻矻于为学，或述或作或译，在西方思想界大力阐扬中国哲学，特别是中国传统儒学。1939 年发起创设东西哲学家会议。1946 年在麦克莱尔主编《中国》一书中撰写《新儒学》一章，是为西方研究新儒学之始。1953 年出版《现代中国宗教之趋势》一书，后被译为英文、西班牙文、日文、德文等多种文字。该书着力介绍了以熊十力为代表的现代新儒学，认为"体制性儒学"已无可亦无需挽救，惟"理知性儒学"则另有生命历程。强调"儒学中许多部分死了，但也有许多部分仍然活着，并且会继续生存"。他多次执笔《大英百科全书》中国哲学部分。1966 年八大巨册、五百万言的《哲学百科全书》编委会聘他为中国哲学之主编，推进了中国哲学的世界化。他勤于著述，至 1984 年计有英文专著十四种，中文专著三种，论文一百四十余篇。主要著作有《现代中国宗教之趋势》《中国哲学历史图》《中国哲学资料书》，英译《传习录》《老子》《六祖坛经》等。其学术成就广受推崇，被欧美学界誉为"介绍东方哲学文化思想最完备周详之中国哲人"。[52]

陈荣捷译本特点是兼具学术性和信息性。从结构上说，这个译本延续了铃木大拙的五十七节分法，而且提供了经陈荣捷点校的敦煌本原文，但他在对敦煌本《坛经》的点校上却和铃木大拙的版本有些细微的差别。柳田圣山在《六祖坛经诸本集成》的说明中曾指出在铃木大拙的点校，在很多地方参考了兴圣寺本和《神会语录》，而在宗教界人士依法法师看来，陈荣捷的翻译则"比较接近《大正藏》经号 2007 的'敦煌本'"。[53]以第八节为例，铃木大拙本的点校如下（铃木本和陈荣捷的译本均为繁体竖排，此处保留繁体，改为横排，括号内原为小字标注）：

> 有一童。（大正本童下有子字。）于碓房边过。唱诵此偈。惠能一闻。知未见性。（大正本性作姓。）即识大意。能问童子言。（原本大正本无言字。）适来诵者是何偈。（原本大正本何下有言字。）童子答能曰。儞不知大师言。生死事大。（原本大正本事作是）。欲传于法。令门人等各作一偈来呈看。悟大意即付衣法。禀为六代祖。（原本大正本祖做褐。）有一上座名神秀。忽于南廊下书无相偈一首。五祖令门人尽诵。（原本祖做褐。）悟此偈者。即见自性。（原本大正本性作姓。）依此修行。即得出离。

陈荣捷译本的点校如下：

> 有一童子于碓坊边过，唱诵此偈。惠能一闻，知未见性即识大意。能问童子，"适来诵者是何偈?"童子答能曰，"你不知大师言生死事大? 欲传衣法。令门人等各作一偈来呈看。悟大意即付衣法，禀为六代祖。有一上座名神秀忽于南廊下书无相偈一首。五祖

---

52 方克立主编，中国哲学大辞典［M］，北京：中国社会科学出版社，1994，第391-392 页。

53 释依法，西方学术界对惠能及《六祖坛经》的研究综述［A］，见《六祖坛经》研究集成［C］，北京：金城出版社，2012，第 107 页。

令诸门人尽诵。悟此偈者，即见自性。依此修行，即得出离。”

陈荣捷译本提供的汉语点校和铃木大拙的点校至少存在如下一些差异：首先，铃木点校本的"知未见性。即识大意。"、"儞不知大师言。生死事大。"、"有一上座名神秀。忽於南廊下书无相偈一首。"三处，陈荣捷省略了中间的断句。其次，铃木点校本的"有一童。"一处，陈荣捷本从大正本作"有一童子"；"能问童子言。"一处，陈荣捷本从大正本作"能问童子"。陈本和铃木点校本的这两处差异都印证了上文依法法师的看法。陈本和铃木点校本类似的差异还很多，此处不再一一列举。

和陆宽昱的译本相类似的是，陈荣捷译本也添加了相当多的注释以帮助读者进行理解，并尽可能多的向目的语读者提供原文包含的文化信息。但和陆本有所不同的是，这个译本中译者认为应该添加注释的地方，都采用尾注而不是脚注的方式标注出来。尾注列表中共计有 279 处注释，标注的内容包括对专有名词的解释；和其他译本的不同观点；某些词语的汉语发音和相对应的英文意义；对原文某些校对的依据等等。总的来说，陈荣捷的这个译本致力于向西方读者介绍中国的佛教文化，"他可以被视作文化信息的提供者，因为他长期致力于将中国的文化经典介绍给西方。"[54]

**译本 5. 冯氏兄弟译本**

1964 年美国旧金山的佛教会礼教堂出版了由冯氏兄弟（Paul F. Fung and George D. Fung）翻译的《六祖法宝坛禅经》（*The Sutra of the Sixth Patriarch on The Pristine Orthodox Dharma*）。这个译本的译者冯氏兄弟，目前可以获得的信息极其有限，仅能通过这个译本的前言知道冯氏兄弟两个人都获得过博士学位，他们以宗教信徒的身份花费了十年的时间才将这个译本翻译完毕的。在前言中他们还提到，这个译本是"第一个简单易懂的现代英语译本"[55]。

冯氏兄弟的译本依据的是宗宝本《坛经》。这个译本在每一品之后列出一个注释列表，但总得来说，这个译本的注释从数量上不及陆宽昱译本，也没有陈荣捷译本提供那么多的文化信息，基本上都是对佛教术语和专有名词的解释。这个译本的结尾部分提供了两个词汇列表：第一个词汇列表是中文词汇、英文词汇（或梵文拉丁转写词汇）以及天城体梵文词汇的对照表（在所

---

54 Carl Beielefeld & Lewis Lancaster. T'an Ching: Review[J]. Philosophy East and West, Vol. 25, No. 2 (Apr., 1975)., p. 204.

55 The Sutra of the Six Patriarch on the Pristine Orthodox Dharma[M]. tr. George D. Fung and Paul F. Fung. San Francisco: Buddha's Universal Church. 1964. Preface.

有的《坛经》英译本中，只有这个译本列出了《坛经》所涉及到的佛教词汇的天城体梵文列表）；第二个词汇列表是按照汉字笔画顺序排列的中文词汇和英文词汇（或梵文拉丁转写词汇）。两个词汇列表所列出的词汇多有重合。以上是这个译本在体例上的一些特点。

从语言表达上看，这个译本的译文确实比较简单易懂，适合普通的英文读者，但却存在不少错译、漏译或者不恰当的翻译。例如：《般若品第二》中的"世界虚空，能含万物色像"一句，"万物色像"是指"万事万物，各种现象"；而这个译本却将"万物色像"译成"ten thousand things of every shape, form, and symbolism"，莫名其妙地多出了"symbolism"这个表示"象征主义"或者"象征"的词语，这是一个明显的误译。又如，《行由品第一》中"以后佛法，由汝大行。汝去三年，吾方逝世。汝今好去，努力向南，不宜速说，佛法难起。"一段，冯氏兄弟的这个译本漏译了"汝去三年，吾方逝世。"再如，《般若品第二》中的"使六识出六门，于六尘中无染无杂"一句，冯氏译本对"六识"、"六门"、"六尘"的翻译分别是"six senses"、"six orifices"、"six qualities"。这三处翻译均不太恰当。首先，"识"在佛经中的基本意义是指"一切精神现象"，在大多数佛经英译中均作"consciousness"，"sense"主要表示"感觉"，因此离这个意义比较远因此；而"orifice"这个词表示"外孔、外口"，可用来表示人体的"口、鼻"，也用在机械领域，跟原意更是相去甚远；而将"六尘"译作"six qualities"，也缺乏依据。以上是冯氏译本误译、漏译和不恰当翻译的几个例子，类似的例子，在这个译本中还可以找到很多。因此可以说，从翻译的角度上看，这个译本并非一个完善的译本。

### 译本 6. 扬波斯基译本

扬波斯基译本是第六个《六祖坛经》英译本，这个本子的英文全称是 *The Platform Sutra of the Sixth Patriarch: the Text of the Tun-Huang Manuscript with Translation, Introduction, and Notes*，中文名可译为《敦煌本六祖坛经译注》。如其标题所示，这个译本也是依据敦煌本译出。译者菲利普·扬波斯基是当代美国学术界杰出的佛教学者，也是中国禅宗和日本禅宗研究领域最为知名的研究者之一。根据墨顿·史鲁特（Morten Schlütter）在这个英译本再版本的前言中对扬波斯基生平的介绍，以及奈德·沃尔什（Ned Walsh）在扬波斯基去世后所撰写的纪念性文章，菲利普·扬波斯基的生平情况大致如下：

　　菲利普·扬波斯基（1920-1996），著名的中国与日本佛教研究者，以其对禅宗典籍的翻译而闻名于世。1920 年，扬波斯基出生于纽约，他的外祖父是杰出的人类学家弗兰茨·博厄斯（1858-1942）（Franz Boas，也译作法兰兹·鲍亚士，现代人类学的先驱之一，被认为是"美国人类学之父"，同时也是美国语言学研究的先驱）。在二战期间，扬波斯基曾经在卡罗拉多州的海军语言学校学习日语，并接受翻译训练。他作为海军联合情报中心的一名翻译人员，参与了美军的硫磺岛战役，并因其出色的工作被授予铜星奖章。1954 年至 1962 年，扬波斯基在富布莱特奖学金的资助下赴日本研究佛教。在此期间，扬波斯基参加了鲁思·富勒·佐佐木（Ruth Fuller Sasaki）[56]组织的禅学研究团体，是当时这个团体中"垮掉一代"学者里面的活跃分子[57]，并与柳田圣山、入矢义高等日本学者过从甚密。1962 年，扬波斯基返回美国哥伦比亚大学继续其研究。1965 年，扬波斯基进入哥大东亚图书馆工作，并取得博士学位，1968 年起任该图书馆馆长。此后一直从事研究和日语教学工作直到1990 年退休。

　　扬波斯基一生翻译的禅宗文献甚多，其中重要的译作有《六祖坛经》（*Platform Sutra of the Sixth Patriarch*）（1967）、《白隐禅师作品选》（*The Zen Master Hakuin: Selected Writing*）（1971）、《日莲作品选》（*Selected Writing of Nichiren*）（1990）、《日莲书信集》（*Letters of Nichiren*）（1996）等等。

　　扬波斯基译本最大的特点就是极强的学术性，或者也可以说，这个扬波斯基的翻译是一种不折不扣的研究型翻译（scholar's translation）。在这个总页数为 200 多页的作品中，导论部分居然占据了 121 页内容，远远超过了译文本身（只有 62 页）。扬波斯基的这篇导论名为《八世纪的禅宗》（Ch'an in the Eighth Century），内容包括四个部分：1. 传说的形成：楞伽宗，神会；2. 六祖的诞生：慧能传；3.《坛经》的形成；4.《坛经》的内容分析。整篇导论完全可以看做是一篇关于 8 世纪中国禅宗、慧能及《六祖坛经》的学术性极强的论文。围绕着上述四个部分，扬波斯基进行了相当深入的研究，而这些研究都建立在他对各种禅宗文献的精密解读基础之上。扬波斯基的这篇导论，对美国学术界的中国早期禅宗研究、慧能研究和《六祖坛经》研究具有标杆

---

56　（1892-1967），日本赴美国创立佛教协会的临济宗禅师佐佐木指月的遗孀。

57　当时美国赴日本学习禅学的"垮掉一代"学者还包括加里·斯奈德和巴顿·沃森等人。

式的意义。

回到这个译本的译文部分，我们也可发现扬波斯基的研究意识无处不在。扬波斯基的研究意识，主要体现在他对译文所作的注释方面。扬氏的注释采用连续式的脚注，总计有 291 处。这些注释内容包括对术语的解释、对其他学者学术观点的引用、敦煌本《坛经》和其他版本及禅宗文献的互证、对人名地名等专有名词的考证、与其他英译本之间差异的列举、扬氏自己对原文点校的依据等等。

扬波斯基特别注意引用其他学者的研究佐证自己的观点，他的引用所涉及的学者有胡适、矢吹庆辉、铃木大拙、宇井伯寿、入矢义高等等。其中，对胡适一个人研究的引用就将近 20 处。扬波斯基的《六祖坛经》英译，建立在对敦煌本《坛经》深入研究的基础之上。他并非单纯的翻译，而是首先注重了对敦煌本和其他版本《坛经》的之间差异的辨析，并由此出发对敦煌本的甚多问题或者模糊不清之处进行了仔细的校正。他的研究所涉及的其他版本《坛经》包括兴圣寺本、大乘寺本、宗宝本等等，除此之外，还使用了《神会语录》《历代法宝记》等大量禅宗文献。扬波斯基的翻译，经常体现他的学术观点。例如，敦煌本第二十九节的最后一句话，"能修此行，即与般若波罗蜜经本无差别"，无论是在兴圣寺本，还是在宗宝本中，"般若波罗蜜"之后都有"经"字。陈荣捷和陆宽昱等译者均认为"般若波罗蜜经"即指《金刚经》，但扬波斯基却认同宇井伯寿在其著作《禅宗史研究》提出的看法，认为"般若波罗蜜"之后不应有"经"字，故而在译文中将其省略。[58]类似反映扬波斯基学术观点的注释还有很多。扬波斯基还注意将自己的译本和其他的译本相比较，将自己译文和其他译文的差异呈现给读者。例如，他在注释中列出的与陈荣捷译本的显著差异就有 10 处。此外，扬波斯基对很多处他不太确定该如何翻译，或对译文的准确性有所担忧的地方，均以"tentative"（暂定）或"translation tentative"（译文暂定）注出，这体现了扬氏诚实、严谨的学术作风。

可以说，扬波斯基译本的出现使《六祖坛经》的翻译和研究进入了一个全新的境界。依法法师对这个译本的评价甚高，她认为"作为学者的扬波斯基对文字的翻译考究谨慎，同时为禅学的翻译也立了一个里程碑，因此美国

---

58 Philip B. Yampolsky. The Platform Sutra of the Sixth Patriarch[M]. New York: Columbia University Press. 1967. 第 150 页，脚注 132。

学者谈到惠能及《坛经》时，全都倾向参考 Yampolsky 的翻译，甚至到 2012 年最近出版的《坛经的研读》（*Readings of Platform Sutra*），也采用扬波斯基的翻译，此翻译也因而晋身为英文《坛经》翻译的代表作。"[59]总之，扬波斯基译本《六祖坛经》的问世，不只标志着美国《六祖坛经》研究走向成熟，也成为研究型翻译的一个典范式代表。

**译本 7. 宣化版本**

由已故名僧宣化上人（1918-1995）主持的美国加州万佛城佛典翻译社翻译，于 1971 年出版的《六祖法宝坛经》（*The Sixth Patriarch Dharma Jewel Platform Sutra*）是《六祖坛经》的第七个英译本，也是第一个由佛教社团翻译的完整译本。这个版本后来在 1977 年和 2001 年两度再版。主持翻译这个译本的宣化上人被称为"在美国建立三宝的第一人"，宣化上人 1962 年赴美国旧金山弘法讲经，此后建立万佛城，对佛教在美国西部的发扬有很大的贡献。宣化上人 1968 年发愿将三藏十二部经译成西方语言，为了实现这一理想，他在 1973 年成立国际译经院，到目前这一团体已经将百余部佛典译成英文。宣化版本《六祖坛经》采用团队合作翻译的方式，具体的工作主要是由恒贤法师主导。对于恒贤法师，目前能够查找到的资料十分有限，只知道这位法师是宣化上人在美国弘法早期度化的外籍弟子之一，于 1975 年获得加州大学梵文博士学位，并曾在加州大学教授印度文化史，后协助宣化上人建立和发展法界大学。

宣化版本最突出的特点就是宗教性。这个译本的目标读者主要是佛教信众，翻译目的是为了方便信众理解《坛经》的内容。在这个译本的译文正文之前，除了有宣化上人的生平介绍和翻译前言外，还按照传统佛经的体例添加了释迦摩尼佛、中土禅宗初祖菩提达摩大师、二祖慧可大师、三祖僧璨大师、四祖道信大师、五祖弘忍大师、六祖慧能大师的画像，以及汉语佛经通常都有的开经偈"无上甚深微妙法，百千万劫难遭遇，我今见闻得受持，愿解如来真实义"的英文翻译 "The unsurpassed, profound, and wonderful Dharma/ Is difficult to encounter in hundreds of millions of eons/ I now see and hear it, receive and uphold it/ And I vow to fathom the Tathagata's true meaning"。随后还有对《六祖法宝坛经》标题，以及慧能之前禅宗五祖的简介。在译文

---

59 释依法，西方学术界对惠能及《六祖坛经》的研究综述［A］，见《六祖坛经》研究集成［C］，北京：金城出版社，2012，第 107 页。

正文部分，这个译本的做法是，每译出一段经文，就给出一段相应的宣化上人对这段经文通俗易懂的讲解。最后，译本结尾提供了一个以字母顺序列出的词汇检索表和一个人名、地名索引表。在翻译方法方面，这个译本主要采用了直译的方式，译文极其简练，单刀直入。这样做也许是为了追求一种宗教性的"信度"，但过度的直译，让这个译本的译文显得有些生硬，晦涩。因此，美国加州大学的路易斯·兰卡斯特教授（Lewis Lancaster）认为"这个译本的译者采用了过度直译的方式，从而造成译文佶屈聱牙，使英文读者无法获得意义的清晰理解"。[60]宣化版本中这样的例子很多，例如这个版本将"严父"翻译成"stern father"，"严父"或"家严"只是对自己父亲的一种谦称，并不具有"严厉"的意思，此处的英译太过僵化。又如，《疑问品第三》中"心常轻人，吾我不断，即自无功"一处，宣化译本将"吾我不断"译为"do not cut off 'me and mine'"。这里的"吾我"是指"自我的执念"而非简单的代词意义。像此处翻译这样严格的字面对应，虽然出于对原文的尊重乃至宗教性的敬畏，但会对读者造成理解上的困惑，反而收不到好的效果。

**译本 8. 柯立睿译本**

1998 年，香巴拉出版集团（Shambhala Publications）在其推出的介绍东亚宗教文化的"龙系列"图书（Shambhala Dragon Editions）中出版了柯立睿（Thomas Cleary）英译的宗宝本《六祖坛经》，这个译本是《六祖坛经》的第八个译本。译者柯立睿生于 1949 年，获得过哈佛大学东亚语言文化博士学位和加州大学伯克利法学院的法学博士学位。柯立睿从 18 岁起就开始进行翻译方面的尝试，他的语言天赋极强，掌握的语言达到 8 种，除了汉语、日语、古孟加拉语、阿拉伯语等东方语言，他还精通凯尔特语等西方语言。他对各种文化中的不同类型的典籍进行翻译，是一位多产的翻译家，一生的译作超过了 80 种。其中主要译作包括：《孙子兵法》（*The Art of War*）、《孔子要义》（*The Essential Confucious*）、《老子奥义：神秘之解读》（*Further Teachings of Lao-Tzu: Understanding the Mysteries*）、《易经》（*I Ching*）、《可兰经要义》（*The Essential Koran*）、《侍魂的训练：武士道的起源》（*Training the Samurai Mind: A Bushido Sourcebook*）等等。除了上述这些译作之外，柯立睿翻译了大量的佛教和禅宗典籍，如《华严经》（*Avatamsaka Sutra*）、《禅宗公案》（*Zen Koan*）、

---

60 Carl Beilefeld & Lewis Lancaster. T'an Ching: Review[J]. Philosophy East and West, Vol. 25, No. 2 (Apr., 1975)., p. 207.

《碧岩录》（*The Blue Cliff Record*）等等。从幼年时代起，柯立睿就对佛教产生了兴趣，曾有过净土宗的修行经历。他对佛教典籍的翻译热情也许正来源于此。

柯立睿译本最突出的特点就是语言简易、通俗易懂。首先，他的这个译本并非学术研究型的译本，这和扬波斯基的译本形成了鲜明的对照。不同于扬氏译本提供大量注释、背景信息和研究观点，柯立睿的译本从头至尾没有一条注释，也没有提供任何词汇列表和索引，全文涉及的拉丁转写梵文也都没有严格标音，所提供的有关禅宗的背景知识也只有一个对慧能生平的简要介绍。在结构上，这个译本打破了原文分为十品的结构，将《护法品第九》和《付嘱品第十》合在一起翻译，命名为 The Imperial Summons，这或许是因为原文第九品太短的缘故。这种结构的重新安排，反映了柯立睿翻译的灵活性，同时也说明他对《坛经》并没有宗教译者那样的敬畏。从翻译策略上说，柯立睿主要倾向于使用"归化"策略，即把原文本提供的文化信息做本土化的处理，即使是许多专有名词的翻译，柯立睿也采用了这样的方式处理。例如，在这个译本中"菩提"一词，柯立睿在多数情况下将其意译成"enlightenment"，而不是像其它许多译本那样译成"bodhi"；又如"宿业障重"，柯立睿也没有如其它某些译本那样使用梵文拉丁转写翻译"Karma"，而是翻译成"the barrier of my existing habits are manifold"；再如，《行由品第一》中的"若识自本心，见自本性，即名丈夫、天人师、佛"一句中的"天人师"一词原本是佛陀的十个称号之一，其意义实际指"六道之师"，"天人"用来做"六道"的代称。柯立睿将其翻译成（a teacher of human and angels），用"angel"来翻译"天"，这是一种典型的归化翻译方法。这个译本中类似的例子极多，似乎有一种去宗教化的倾向，这又和宣化译本保留原文宗教文化信息的译法形成了鲜明的对照。从译文表达上看，柯立睿的译文注重自由和流畅，力求简约。例如"于一切时中，念念自见，万法无滞，一真一切真，万境自如如。如如之心，即是真实"，柯立睿的译文是"When you see yourself at all times, moment to moment, with no lingering over any thing at all, as one is real all are real—myriad objects are themselves suchness as is. Consciousness of suchness as is is real truth."在对这句话的翻译处理上，柯立睿的翻译是所有译本中最为简练的一个。总之，柯立睿的译本是一个将归化的翻译策略和简约的译文表达发挥到极致的译本，因此这个译本在众多的《六祖坛经》英译本中字数最少篇幅最短也就不足为奇了。

### 译本9. 马克瑞译本

美国学者马克瑞（John McRae）依据大正藏第48册，经号为2008的宗宝本翻译的《六祖大师法宝坛经》是本书研究所涉及的第九个英译本。值得指出的是，这个译本不仅翻译了宗宝本《坛经》正文的内容，而且将正文前面元代高僧德异撰写的《六祖大师法宝坛经序》、宋代高僧契嵩撰写的《六祖大师法宝坛经赞》、正文后的《六祖大师缘记外记》《历朝崇奉事迹》、柳宗元撰写的《赐谥大鉴禅师碑》、刘禹锡撰写的《大鉴禅师碑》、令韬撰写的《佛衣铭》以及宗宝撰写的跋也都一并译成英文。马克瑞的这个译本是最完整的宗宝本《六祖坛经》英译本。

这个译本的译者马克瑞博士毕业于耶鲁大学，曾师从斯坦利·威斯坦因教授学习，后由扬波斯基教授介绍，在富布莱特奖学金的资助下赴日本京都跟随柳田圣山教授继续其对禅宗的研究，返回美国后曾在康奈尔大学、印第安纳大学等地任教。马克瑞是神秀和神会研究方面的专家，他学术代表作《北宗禅与早期禅宗的形成》（*The Northern School and the Formation of Early Ch'an Buddhism*）对早期禅宗的历史和北宗禅做了一个相当细致而又缜密的研究。和扬波斯基译本相类似，马克瑞所译宗宝本《坛经》也带着一种研究的性质，尽管没有扬波斯基那么强烈、鲜明的学术性。开头部分的译者序中就表达了译者自己在《坛经》和慧能研究方面的一些学术观点。例如，马克瑞认为"这部重要作品中出现的人物都是文学的创造、虔诚的伪作。如果从新闻记者的角度看，整部书交织着各种谎言"[61]；马克瑞还认为"可以确定的是，书中迷人故事的所有细节几乎都是不真实的，但却被中国若干世纪以来的佛教徒所接受。这说明它体现了中国人各种最深刻的宗教感情，这样的宗教感情使真实准确的解释败下阵来"。[62]关于慧能，马克瑞认为"没有任何可靠证据能够证明他被他的老师黄梅弘忍指定为唯一的继承者，或者弘忍曾传衣钵给他"。[63]马克瑞还对慧能与神秀之间"心偈"的比试提出了质疑，他认为"慧能和

---

61 The Platform Sutra of the Sixth Patriarch[M]. translated by John R. McRae. Berkeley: Numata Center for Buddhist Translation and Research. 2000. p2.

62 The Platform Sutra of the Sixth Patriarch[M]. translated by John R. McRae. Berkeley: Numata Center for Buddhist Translation and Research. 2000. p3.

63 The Platform Sutra of the Sixth Patriarch[M]. translated by John R. McRae. Berkeley: Numata Center for Buddhist Translation and Research. 2000. p3.

弘忍并没有在同一时间段内出现在黄梅，因而两个人之间'心偈'的比试是不可能发生的"，[64]这个看法也来自于他在《北宗禅与早期禅宗的形成》中产生的观点。[65]和扬波斯基相似，马克瑞译文中的注释也体现了他对《坛经》的深入研究，尽管在数量上他的注释没有扬波斯基那么多，但也达到了184个。另外，和扬波斯基不同的是，马克瑞译文的注释多数是对专有名词以及其翻译方式的解释，不像扬波斯基那样加入了那么多自己的学术观点。这个译本的结尾列出了一个佛教术语的词汇表，随后的参考文献中列出了宣化上人主持翻译的《坛经》译本、陈荣捷译本、《坛经》德语译本、法语译本、黄茂林译本及扬波斯基译本。这表明马克瑞在翻译中参考了多位译者多种语言的翻译。除此之外，这个译本的附录部分还给出了一个按字母顺序排列的词汇索引和日本佛教促进会出版的第一批英文三藏佛典列表。这个列表共列出了31种英文佛典的名称，对英文佛经的研究有比较重要的参考价值。

### 译本 10. 林光明译本

台湾嘉丰出版社 2004 年出版，林光明等编译的《杨校敦博本六祖坛经及其英译》（*The Mandala Sutra and Its English Translation: The New Dunhuang Museum Version Revised by Prof. Yang Zengwen*）《坛经》的第十个，也是第一个依据敦博本译出的英译本。根据这个译本 36 页提供的编译者简历，主要译者林光明 1949 年出生于台湾台东县，毕业于台湾师范大学化学系、中国文化大学应用化学研究所，曾任职于台湾奇美集团和美商陶氏化学公司，又曾担任（或现任）汉功企业公司总经理、中国社会科学院佛教研究中心特邀研究员、北京大学世界现代化进程研究中心客座研究员、佛光大学宗教研究所佛教研究中心副主任、中国玄奘研究中心理事、嘉丰出版社总经理等研究机构或企业的多种职务。可见林光明先生是一位身兼学者、企业家、出版人等多重身份的人物。除此之外，根据互联网上公布的材料他对密宗的咒语也颇有研究。林光明先生编著的作品包括《新编大藏全咒》《梵汉大辞典》《真言事典》《房山明咒集》等等。这个译本的另两位译者蔡坤昌和林怡馨分别毕业于台湾东吴大学英文系和英国格林威治大学商学研究所。

64 The Platform Sutra of the Sixth Patriarch[M]. translated by John R. McRae. Berkeley: Numata Center for Buddhist Translation and Research. 2000. p3.

65 John McRae. The Northern School and the Formation of Early Ch'an Buddhism[M]. Honolulu: Hawaii University Press. 1986. Introduction: p 6.

　　林光明译本的特点是内容丰富、综合性强。这本书不只将铃木大拙校正的《敦煌本《六祖坛经》和杨曾文教授校正的敦博本《六祖坛经》相对照并给出敦博本的英译，还包括了"六祖相关事迹文字简介"、"六祖相关事迹图片"、"敦煌系统本六祖坛经的背景"、"《坛经》的结构分析与导读"、"英译心路历程"、"各版英译举隅与比较"、"诸译本专有名词与汉英对照"等的内容。这些内容不仅提供了相当多的关于佛教、禅宗、六祖慧能生平及等多方面的背景知识，也为读者了解《坛经》的结构、要义提供了便利，同时也为《坛经》英译的研究提供了很多材料和方法的参考。从翻译方法上看，林光明的译本偏于直译，追求忠实地传达原文意义，这或许和译者宗教信徒的身份有关。从译文表达的角度看，这个译本多使用散句，句法结构和语序相对原文也很少有大的调整。翻译效果上，这个译本的可读性和流畅程度虽然有不如陈荣捷和扬波斯基两个人译本的地方，但总体上讲还是较为通顺的，漏译和明显的误译也不多。林光明的这本书也带有一定的研究性质，这主要体现在对不同版本《坛经》的比较，对勘以及各个版本的英译差异分析方面。林光明在研究中比较注意对各个版本断句的差异、不同译本对某些特殊词汇的理解和翻译方法差异的分析。学术界对这个译本最大的争议出现在对《坛经》名称的翻译上。多数译本将"坛经"译作"Platform Scripture"或"Platform Sutra"也有个别译本译作"Altar Sutra"或者直接采取音译的形式，只有林光明对《坛经》名称的英译最特殊，译作"Mandala Sutra"。"Mandala"一词的梵文原意为"圆形"，出现在佛典里主要指"坛"或者"坛城"。林光明使用这个词的原因是他认为这种译法有点像以前所谓的五不翻原则，让人们念起来有神秘及高雅的感觉。[66]对此，依法法师的不同看法是，"Mandala 英文此字虽是梵文'坛场'的意思，但《坛经》是中国的产品，无需再还原到梵文，而且 Platform Sutra 在西方已广为接受，Sutra 已经成为一个专指佛经的英文字了。"依法法师的看法还是比较有道理的。

　　**译本 11. 成观译本**

　　成观法师英译，台北毗卢印经会 2005 年出版的《六祖法宝坛经》(*The Dharmic Treasure Altar-Sutra of the Sixth Patriarch (the Altar Sutra)*）是《坛经》的第十一个英译本，也是继宣化版本之后第二个由佛教界人士翻译的完整英

---

66 林光明，蔡坤昌等编译，杨校敦博本六祖坛经及其英译 [M]，台北：嘉豐出版社，2004，第 318-319 页。

译本。这个译本同样是依据宗宝本译出。译本附录部分提供的英译者简介，成观法师 1947 年出生，原籍台北，成观法师毕业于国立台湾师范大学英语系，后曾先后在台湾大学外文研究所和美国德州克里斯汀大学英研所学习。1988 年 7 月于美国纽约庄严寺披剃，同年于台湾基隆海会寺受三坛大戒。成观法师现任台湾大毗卢寺住持、美国遍照寺住持，同时，是台湾政府立案公益信托"新逍遥园译经院"基金创办人。另外成观法师还是日本高野山真言宗第五十三世传法灌顶阿阇梨、贤首宗兼慈恩宗第四十二世法脉传人。[67]成观法师佛学造诣深厚，又精通英文，翻译了很多佛教经典。主要译作有: *The Sutra of Forty-two Chapters Divulged by the Buddha*（《佛说四十二章经》）、*The Diamond Prajna-Paramita Sutra*（《金刚般若波罗蜜经》）、*The Dharmic Treasure Altar-Sutra of the Sixth Patriarch*（《六祖法宝坛经》）、*The Heart Sutra*（《心经》）、*The Sutra of Consummate Enlightenment*（《圆觉经》）、*The Sutra of Terra-Treasure Pusa's Primal Vows*（《地藏菩萨本愿经》）等。

成观译本的最大特点就是突出宗教性，对原文本极为忠实。成观法师在谈及他翻译《六祖坛经》的初衷以及对其他译本的看法时，曾经明确地表达出他对《六祖坛经》作为佛教经典的一种崇敬和维护之情。根据刘宜霖对成观法师的访谈，"法师在翻译《六祖坛经》之前，也希望能够参考前人的译著，但当他翻阅了几页由陆宽昱（Charles Luk）*Ch'an and Zen (The Altar Sutra of the Sixth Patriarch)* 之后，发觉对他几乎没有任何帮助；另外翻阅了几页的 *The Sutra of Hui-Neng*，更是觉得彻底的失望，感慨佛典翻译，品质竟是如此粗略，无怪乎西方人对佛教、佛典的误解如此之深。再说，法师更觉得，直呼六祖姓名，实在是一种大不敬: 以 *The Sutra of Hui-Neng* 作为经题，不但不适切，更是一种轻慢的行为！"[68]由此可见成观法师对待原文本的态度。

成观法师译文力求忠实于原文的具体做法是: 第一，在翻译方法上多采用直译，译本中的直译几乎是字字对应原文。和宣化译本类似，成观译本在句式和语序上相对原文也是尽可能不做任何调整。第二，为了追求一种"古雅"、"庄严"的翻译效果，这个译本经常使用一些不常见或者生僻的词汇。例如，《宣召第九品》中，"明喻智慧，暗喻烦恼。修道之人，倘不以智慧照

67 The Dharmic Treasure Altar-Sutra of the Sixth Patriarch[M]. Translated and Annotated by Ven. Cheng Kuan. Taipei: Vairocana Publishing Co., Ltd. 2005. pp 179-180.

68 刘宜霖，《六祖法宝坛经》英译策略初探: 以成观法师译本为例 ［D］，台湾师范大学，2010，第 97 页。

破烦恼，无始生死凭何出离？"一句中的"无始生死"，相对于其他几个译本中比较简单地将其译作"beginningless birth and death"，成观法师将其译作"Incipientless Nascence-Demise"。这个翻译方法使用了更庄重、典雅的"incipient"、"nascence"、"demise"三个词语，从词源学的角度看，其中前两个词的词源均为古拉丁语，而 demise 的词源则来自中古时代的法语。像这样的用词方式，在这个译本中比比皆是，成观法师似乎有意识地使用"典雅体"（Elegent style）来实现其所追求的"古雅"、"庄严"的效果。第三，或许是因为上面提到的对其他译本《坛经》不甚满意，再加上成观法师有编辑译本佛教术语词典的想法，这个译本中出现了大量的自创词，根据刘宜霖的统计，整个译本中出现的自创词总数量达到了 110 多个。[69]这个译本中形成自创词的方式有加后缀、前缀，复合构词等。最后，成观译本突出宗教性的特点还体现在注释方面。整个译本的注释数量达到了 377 处，是所有译本中注释数量最大的一个，其中绝大部分的注释都是对佛教术语的解释。

在译本的附录部分，成观法师还提供了一个佛教梵文术语拉丁转写、英式转写和汉语翻译的对照表，具有很强的工具性和参考价值。除此之外，最后部分还有按字母顺序排列的词汇表和索引，给读者和研究者都提供了便利。

### 译本 12. 赤松译本

由 Shoemark & Hoard 出版社于 2006 年出版，赤松（Red Pine，本名 Bill Porter）英译的《六祖坛经解读》（*The Platform Sutra: the Zen Teaching of Hui-neng*）是《坛经》的第十二个译本，也是依据敦博本译出的第二个英译本。这个译本的译者赤松是美国当代作家、翻译家和著名的汉学家。赤松出生于 1943 年，在美国六七十年代的"嬉皮士运动"中开始接触禅宗，艾伦·瓦茨的《禅之道》（*The Way of Zen*）对他有很大的影响。[70]1972 年，赤松来到台湾开始佛教的学习和修行生活，在此期间，他翻译过三百多首中国唐代僧人寒山的诗歌，完成了英语世界第一部完整的寒山诗译本。从 1989 年开始，赤松在中国的各地游历并把他的经历记录在《空谷幽兰》（*Road to Heaven: Encounters with Chinese Hermits*）、《禅的行囊》（*Zen Baggage: A Pilgrimage to China*）等作品

---

69 刘宜霖，《六祖法宝坛经》英译策略初探：以成观法师译本为例［D］，台湾师范大学，2010，第 42-46 页。

70 华程，墨岩，比尔·波特：寻找中国禅的行者［J］，佛教文化，2015，（第 3 期），第 56 页。

中。这两部作品，尤其是前者，出版之后广受海外读者的欢迎，让无数人产生了对中国文化的好奇与热情。作为翻译家的赤松，主要译作有《寒山诗集》（*Cold Mountain Poems*）、《石屋山居诗集》（*Mountain Poems of Stonehouse*）、《金刚经》（*Diamond Sutra*）、《老子道德经》（*Lao-tzu's Taoteching: Translated by Red Pine with Selected Commentaries from the Past 2000 Years*）、《楞伽经》（*The Lankavatara Sutra: Translation and Commentary*）等。

赤松译《六祖坛经》的特点是译文自由而不拘泥于原文，从而具有较好的可读性。这个译本既不是学术研究性的译本，也不同于强调"宗教式"的信度宣化译本和成观译本，而是采用灵活多变的翻译方法，追求译文的通顺流畅，有时甚至会对原文有所改变。赤松自己也提到过，他的翻译工作更多地着眼于诗句本身的意蕴，并不在某些词眼上作过分的纠结。[71]他的译文中，灵活自由的翻译例子很多。例如，第四十六节"自性上说空，正语言本性不空"一句，赤松将其译为"You can say their nature is empty, but the nature of truth is not empty"，将原文的"正语言"译成"truth"，这是赤松自己对原文的理解。又如，第四十六节"自性居起用对有十九对"，赤松注意到了实际的对数是二十对，所有没有按照原文翻译，而是将其译成"Twenty pairs"，这也体现了赤松译本的灵活性。但这种灵活性在个别地方也导致译文太过随意。例如，第二十六节的"不修即凡。一念修行，法身等佛"一句中的"不修即凡"四字，赤松译本译作"Those who don't practice it are fools"。用"fool"翻译"凡"，这明显是一个不恰当的过度翻译。从译文风格上看，这个译本的译文相当简易，尽量避免使用生僻词，内容读起来有一种日常口语的感觉。

赤松译本的另一个突出特点是他对敦博本《坛经》的读解。这部分内容出现在敦博本《坛经》全文英文翻译的后面，除了对佛教术语、专有名词和某些人名地名的解释之外，还"列出了各版本的明显差异，并把宗宝本中未见于敦煌本的段落翻译出来，以便读者了解文本的演变历程。"[72]最后的附录部分，赤松提供了一个人名、术语、文献和地名的中英文对照列表，之后是

---

71 华程，墨岩，比尔·波特：寻找中国禅的行者［J］，佛教文化，2015，（第3期），第58页。

72 ［美］比尔·波特著，吕长清译，《六祖坛经》读解［M］，海口：南海出版公司，2012，第6页。

敦博本《坛经》的汉语全文，这些内容对读者都是非常有帮助的。

**译本 13. 星云译本**

美国佛光出版社 2010 年出版，由星云大师主持下的佛光山翻译团队所翻译的《六祖坛经讲话》（*The Rabbit's Horn: A Commentary on the Platform Sutra*）是《坛经》的第十三个译本。这个译本的内容除了宗宝本《坛经》英译文之外，还在每一品英译文的后面附上星云大师对《坛经》内容的讲解，讲解的内容是根据星云大师《六祖坛经讲话》所做的翻译。星云大师是闻名海内外的佛教高僧大德，他 1927 生于江苏江都，12 岁在南京栖霞山出家，是禅宗临济宗的第四十八代传承人。1949 年星云大师到达台湾，主编《人生杂志》《今日佛教》等刊物，1967 年创建佛光山，致力于佛教教育、文化、慈善、弘法的事业。几十年来，星云大师一直致力于佛教走向现实人间、走向世界，为传统佛教的现代化转型做出了突出的贡献。

星云译本最大的特点就是有明确的翻译目的。导言部分开宗明义地指出，"《坛经》的这个译本以'修行者的译本'为翻译原则。因此，对《坛经》的翻译力求使用清晰易懂的语言以匹配惠能大师质朴的风格。但另一方面，译文也注意尽力让读者接近原文，即便是原文那些不好理解的部分。我们尽力让读者了解翻译中的难点和问题以及不同的可能性解读，而不是用阐释把那些晦涩难懂的段落遮蔽起来。我们希望这个译本既具有引导意义，也有助于人们的思考，同时希望这个译本能够启发读者按惠能的教法去修行。"[73]也许正是以这样的原则为指引，星云译本相对于宣化译本和成观译本才显得更为流畅。另外，由于是以方便宗教信徒的修行为翻译目的，这个译本并不突出学术性。整个译本中注释的数量并不多，基本上都是对人名、文献名和一些佛教术语的解释。附录部分包括如下一些内容：慧能大师的生平年谱，《坛经》中所涉及的地名和寺庙现在的地理位置以及禅宗的传承谱系。总的来说，这个译本误译和漏译的地方都极少，是一个忠实性和可读性兼具的译本。

**译本 14. 蒋坚松译本**

湖南人民出版社于 2012 年出版，收入在《大中华文库》中的蒋坚松译本是《六祖坛经》的第十四个英译本。这个译本依据的是以通行本宗宝本为参照的德异本。译者蒋坚松教授是湖南师范大学博士生导师，长期从事英美文

---

73 Venerable Master Hsing Yun. The Rabbit's Horn: A Commentary on the Platform Sutra[M]. Los Angeles: Buddha's Light Publishing. 2010. Introduction.

学、典籍英译和文学翻译研究。这个译本在体例上的特点是同时给出《坛经》原文和现代汉语译文以及英译文的对照，这对能阅读现代汉语但不懂古文汉语的英语读者来说也许是个便利。在翻译理念上，蒋坚松教授提出："鉴于《坛经》不但充满深刻的佛教思想和教义，蕴含丰富的佛教文化和中国传统文化，而且具有鲜明的汉语佛经的散文和韵文的文体特征，为了反映其原貌，在传达文本的字面意义的同时，力争在可能的范围内传达文化内涵，再现文体特征。文本、文化、问题——这就是翻译这部佛典的三重关注。"[74] 在具体的翻译方法上，蒋教授对他的译文做了如下说明，"字面意义的传达以直译为主。有时原文因为过于简约而含义太丰富，对应的译文无法清楚地传达原文的意思，则在对应的译文之外加释义，作为译者对文本的一种阐释，聊备一说。"[75]对于文化内涵的处理，蒋教授的译本主要采用加注的方式，也有在译文中用增词、加括号等方式提供必要背景知识的地方。蒋坚松译本最鲜明的特点体现在偈颂的翻译上。这个译本借助英语的诗歌形式和技巧，追求与原文中的偈颂相近的形式效果，具体的方法有头韵、尾韵、行内韵、视韵、英雄对偶体等等。在所有的《坛经》英译本中，像这样追求偈颂翻译的美学再现，蒋坚松译本是唯一的一个。总的来说，这个译本既非学术性译本，也有别于几个宗教团体或者个人译本，应将其归类为以中国传统文化的海外传播和推广为目的的译本。

## 小结

　　本节内容为对各个版本《六祖坛经》的英译本译者及译本特点进行的一个较为细致的介绍与总结。在上述的 14 个英译本中，共有 9 个译本以宗宝本《坛经》为底本，3 个译本以敦煌本为底本，另有两个译本以敦博本为底本。对《坛经》英译本译者的生平经历、文化及学术背景乃至宗教信仰等各方面的情况进行介绍，有助于我们认识这些译者对《六祖坛经》这一特殊文本的态度，从而在进一步的研究中分析他们采用各种不同翻译策略及技巧的影响性因素。同时，了解译者个人情况，也有助于我们研究《六祖坛经》英译中与

---

74　Tan Jing: the Sutra of Huineng[M]. Translated by Jiang Jiansong. Changsha: Hunan People's Publishing House. 2012. Introduction: p33.

75　Tan Jing: the Sutra of Huineng[M]. Translated by Jiang Jiansong. Changsha: Hunan People's Publishing House. 2012. Introduction: p33.

译者主体性相关的若干问题。对《六祖坛经》各个英译本特点的介绍，有助于我们研究《坛经》英译的差异性问题。通过逐一的分析和总结，我们可以发现《坛经》的这些英译本表现出了不尽相同的特色：有些译本突出学术性，译者在译文中添加了各种各样的注释信息，很多信息都直接的反映了译者个人的某些学术观点；有些译本则强调通俗易懂，注重译文与目的语文化相适应，其译文追求简洁直白的效果；有些译本侧重原文信息的表达，采取各种解释性翻译方法，努力向西方读者提供足够多的各种文化信息以帮助英语读者理解原文；还有一些译本则看重《坛经》作为禅宗经典文献的庄严性，它们或者在内容表达上力求忠实原文，或者在风格再现上力求古雅、庄重。总之，《六祖坛经》诸英译本在特点上表现出的种种差异，是一个值得研究且非常有趣的问题，本章第四节和本书第三章还将重点分析这个问题。

## 第四节 《六祖坛经》英译的总结与评述

　　本节内容是对《六祖坛经》英译情况的总结与评述，关注的焦点在于各译本译文的差异及其产生原因。本节的总结与评述，以《六祖坛经》各英译本译文的对勘为基础。通过对勘，我们可以找出《坛经》不同译者的译文存在着哪些差异，并对其形成原因进行分析。《六祖坛经》英译差异研究的一个独特之处在于，《坛经》原本存在 20 世纪初出土的敦煌系版本和元代以来流行的通行本这两个系统。通行本字数达到两万字以上，长度是敦煌写本的一倍，内容及语言风格也和敦煌写本存在着不小的差异。因此，本节将分别对敦煌系《六祖坛经》5 个英译本（包括铃木大拙节译本在内）和通行本《六祖坛经》9 个英译本进行对勘，找出各英译本译文的显著差异并进行评析，评析内容包括对译文准确性的判断，对译文差异成因的探讨以及对各译者翻译表达效果的评价等等。在此基础之上，本节对《坛经》英译差异产生的原因进行总结，继而对《坛经》英译进行一个综合性的评述，以期将《坛经》英译研究引向深入。

### 一、敦煌系《六祖坛经》英译对勘的总结

　　由于敦煌系统《六祖坛经》原文及译文的情况比较复杂，现将对勘的具体方法做如下之说明：

　　第一，笔者对勘的对象为敦煌系统《六祖坛经》两个主要版本（敦煌本和敦博本）的五个英译本，即敦煌本的三个英译本（陈荣捷译本，下简称陈

译本；扬波斯基译本，下简称扬译本；铃木大拙节译本，简称铃木本）和敦博本的两个英译本（林光明译本，下简称林译本；赤松译本，下简称赤松本）。之所以将敦煌本和敦博的五个英译本放在一起比对，是因为敦煌本和敦博本原文虽然存在一些差异，但这些差异的比重非常小。据学者白光的研究，"敦博本与英博本（即敦煌本，笔者注）虽然存在一定差异（8%），但是其主体是相同的（92%），所以它们源自共同的祖本，这个祖本以学术习惯可称为'敦煌原本'。"[76]敦煌本和敦博本原文绝大部分的相同，是五个英译本放在一起比对的基础，这样的比对要比分开比对更加全面，更能反映出不同译者翻译相同内容的差异。但本节将两个版本的五个英译本放在一起比对并不意味着无视两个版本之间的差异。正如白光所指出的那样，"在它们之间的差异中，有一半强的差异是可以忽略不记的（554），而另一半弱的差异则是相当明显的（406），不得不予以重视。其不得不予以重视的差异，因为能够反映它们与祖本之间有亲疏不等的关系，所以可以用以研究英博本与敦博本之间的版本谱系。"[77]尽管笔者的研究和白光的研究出发点不同，但在实际的对勘中，确实发现两个版本的差异有相当多值得关注的地方，这些差异的重要性在加入旅博本作为对勘参照时变得更为明显。

第二，对勘中总结列出之示例文字出自铃木大拙点校的敦煌本，如敦煌本、敦博本、旅博本的原始文字和铃木大拙的点校有出入，笔者会在示例后面用括号的形式标出。如果陈荣捷、扬波斯基的点校与铃木的点校不同，笔者会在示例下的评析中加以说明。林光明和赤松的译文依据的是杨曾文校订的敦博本，但他们个别地方的译文也与杨曾文的点校有所不同，这些情况笔者均会在具体的示例中加以说明。

第三，对勘的原则是"辩异舍同，抓大放小"，具体而言就是选取显著的、有代表性的差异进行分析。选取的示例中，少则一个译本译文与其他译文有明显不同，多则四个（或五个）译本的译文彼此都各不相同。根据白光的统计，敦煌本的总字数为 11547 字，敦博本的总字数为 11608 字，[78]如果将

---

76 白光著，《坛经》版本谱系及其思想流变研究［M］，北京：宗教文化出版社，2013年，第 18 页。

77 白光著，《坛经》版本谱系及其思想流变研究［M］，北京：宗教文化出版社，2013年，第 18-19 页。

78 白光著，《坛经》版本谱系及其思想流变研究［M］，北京：宗教文化出版社，2013年，第 2 页。

各个译本中所有的细微差别都加以分析，首先是没有必要，其次太过繁琐。因此，对勘后所选取的示例都是比较有研究价值的示例。

第四，由于敦煌系《坛经》的英译者在对原文的校读中存在相当多的分歧，因此，笔者在对勘时尽力寻求多方面的材料和权威学者的研究作为佐证，力求判断和评价的客观公允。使用的佐证性材料包括丁福保、郭朋、方广锠、杨曾文、邓文宽、魏道儒等国内《坛经》研究、校释领域的大家或知名学者撰写的专著或论文等等。除此之外，对勘中还借助了一些权威的工具书，例如任继愈主编的《佛教大辞典》、方克立主编的《中国哲学大辞典》以及《牛津高级词典》等等。然而，就《坛经》英译而言，由于国内现有的研究还不太充分，可以参考的材料不多，笔者的评析或许无法做到绝对的准确，对各译者译文准确性和表达效果的评价很多都是笔者的个人观点，有待本领域专家学者的印证。

经过对敦煌本和敦博本《六祖坛经》4 个英文全译本和 1 个节译本的通篇对读，笔者在敦煌系《坛经》诸英译本中共总结出 187 个比较明显的翻译差异示例，通过对这些翻译差异示例的详细比对与思考，笔者发现敦煌系《坛经》各英译本译文之间差异的类型非常复杂，总结起来，共有如下六个类：

第一类，不同译者翻译同一内容的具体方法差异。敦煌系《坛经》英译中同一内容译文中具体翻译方法的选择极为多样。具体说来，各个译者的翻译方法差异包括一般情况下的直译与意译的差异，专有名词的音译、意义差异，文化因素处理上的归化与异化差异，扩充性翻译与省略翻译的差异等等。

第二类，翻译选词上的差异。这种差异又分两种情况：佛教术语的翻译选词差异和一般词语的翻译选词差异。不同译者对同一佛教术语或其他一般性词语往往选择不同的英文词汇翻译。译者们对同一词语用不同的方式翻译，正如笔者在对勘中所分析的那样，存在着某个或某些译语更好，而某个或某些译语稍差的现象。然而，对于这种差异却不能轻易断定某个或某些译者的译文相比之下就是错误的，只能表明某个或某些译者的译文在某个或某些特定词语的翻译表达上更好一些。

第三类，对原文理解不同造成的差异。导致这种差异的原因又分三种情况：1.对具有特定宗教含义的术语性词汇理解不同；2.对宗教术语之外的一般性词汇理解不同；3.不同译者对句子整体意义的理解不同。对原文理解不同造成的译文差异和翻译选词不同造成的译文差异之间是有所区别的。不同译者由于翻译选词不同而造成的译文表达尽管有所差别，但译出语的词汇往往在词义上较为接近；与之不同的是，对原文的理解不同造成的翻译表达差异，其程度要比前一种情况大很多。周智培和陈运香在两人合著的《文化学与翻译》一书中指出："对于一个译者来说，要完成传递意义移植文化的任务，首先要看懂和理解原文获取其精确的意义。由于不同译者的前见和前理解存在差异，因此他们获取的意义就会有差别。再加上获取意义后还要用译语表达出来，而一个意义可能会有不同的表达法，译者的语文造诣又有高有低，所以同一个原文，出现不同的译文就不足为奇了。"[79]由于译者理解不同造成的翻译差异，彼此之间在某些情况下甚至是不相容的，而且很多时候也无法轻易断言哪个译者的理解绝对准确。

第四类，由于不同版本原文不同以及学者们对原文的点校、考证不同造成的差异，其中点校不同又包括断句不同和校读不同。这种差异在笔者对勘中发现的各种译文差异里是极为特别的一种，有包括许多复杂的情况，例如：当敦煌系《坛经》各版本原文相同时，不同译者的断句或校读不同（或两者都不同）；原文不同时，不同译者的断句或校读不同（或两者都不同）；不同译者对原文的考证不同等等。

第五类，误译造成的译文差异。又包括两种情况：第一种情况是纯粹的翻译错误；第二种是译者有意为之的错误翻译，或可称为"有意误读（故意误传）"，这是一类比较少见也比较复杂的误译。周智培和陈运香认为，"故意误传是由译者的前见和翻译策略决定的。他在理解原文时没有发生差错，但出于某种语言文化的考虑，主要是由于对译语读者的接受的考虑而自觉采取了改变原文意义的行文。"[80]

第六类，译者提供信息量的多少不同造成的译文差异。这一类也可以说是译者表达的充分程度或译文繁简不同造成的差异。有些译者在翻译中提供的信息非常丰富，因此译文就显得比较长，而某些译者则用相当简练的方式翻译。两者之间从最后的翻译表达看，往往存在着相当大的差异。

现将以上六类差异在 187 个示例中各自的数量，所占比例以及代表性的

---

79 周志培，陈运香，文化学与翻译［M］，上海：华东理工大学出版社，2013 年，第 321 页。

80 周志培，陈运香，文化学与翻译［M］，上海：华东理工大学出版社，2013 年，第 328 页。

示例总结如下:

第一类,由于译者翻译方法不同造成译文差异的示例共有 14 个,约占总数的 7%。这一类代表性的示例如,"摩诃般若波罗蜜法",陈译本和扬译本的译法分别是 the Law of the Perfection of Great Wisdom 与 the Dharma of the Great Perfection of Wisdom。林译本和赤松本的译法分别是 the Dharma of Maha-pajna-paramita 与 the teaching of Mahapajnaparamita。前面两种翻译明显采用了意译的翻译方式,而后面两种翻译明显采用了直译的方式。又如,"结来生缘",陈译本和扬译本对"缘"的翻译明显采用了归化的方式,而林译本和赤松本用 karma 或 karmic 翻译"缘",采用了异化的方式。

第二类,由于译者翻译选词不同造成译文差异的示例共有 66 个,约占总数的 36%。在这一类中译者对佛教术语翻译选词差异的代表性示例如,"真如本性",陈译本将"真如"译为 True Thusness,扬译本译为 True Reality,林译本译为 True Suchness,赤松本译为 Reality。四个译文的译文都不尽相同,但彼此之前的差异并不大。佛教术语外一般性词语翻译选词差异的代表性示例如,"礼拜五祖弘忍和尚"中的"礼拜"一词,四个译本分别用 pay reverence to,make obeisance to,pay homage to,pay respect to 四种表达方式翻译。这四种表达方式基本上都能传达"礼拜"的意义,但正如笔者在这个示例的译评中所言,reverence 一词含有宗教方面的意义,因此更加合适一些。

第三类,由于译者理解不同造成译文差异的示例共有 39 个,约占总数的 21%。对佛教术语理解不同所造成的译文差异代表性示例如,"两足尊" 这个佛教术语有两种解释,一为"明行足",即明足,智慧圆满;行足,福德圆满。另外一个解释是说佛为两足有情中最为尊贵者。不同译者按自己的理解不同译法有所差异。对佛教术语外其他一般性词语理解不同造成的译文差异代表性示例如,"九江驿",陈译本、扬译本和林译本都将其理解为"驿站",赤松本却将其理解为"渡口",译为 ferry。从上下文来看,赤松本的理解也不无道理。对句子含义理解不同造成译文差异的代表性示例如,"心中众生,各于自身自性自度", 陈荣捷按照原文进行直译,认为"心中众生即法界众生"。[81]扬波斯基对这句的翻译不确定,[82]他还认为"心中"二字应为多余,

---

81 Chan, Wing-tsit. The Platform Scripture: the Basic Classic of Zen Buddhism[M]. New York: St. John's University. 1963. p177, en89.

82 Philip B. Yampolsky. The Platform Sutra of the Sixth Patriarch[M]. New York: Columbia University Press. 1967. p143, fn96.

所以删去没有翻译，同时还删去了"与自身"不译。林光明和赤松都比较忠实地按原文翻译。四位译者对这句话整体意义的理解显然有所不同。

第四类，版本、点校和考证不同导致译文差异的示例共有48例，约占总数的26%。由于版本原文不同导致的译者译文差异的示例如，"五祖忽见惠能但即善知识大意"，敦博本作"五祖忽来廊下，见慧能偈，即知识大意"。敦煌本和敦博本原文存在明显的差异，因此以敦煌本为底本的陈译本、扬译本和以敦博本为底本的林译本、赤松本之间存在着明显的译文差异。由于点校不同造成译文差异的示例非常多，如"欲拟头惠能夺于法"，敦煌本此处在敦博本和旅博本中作"欲拟捉慧能夺衣法"。陈荣捷将"头"校读为"跟"；扬波斯基的校读是将"拟头"作为整体，认为是"欲取惠能首级"的意思。两者之间的校读差异很大。又如，"惠能与使君，移西方刹那间，目前便见"，这一句陈荣捷的断句是"惠能与使君移西方。刹那间目前便见"；杨曾文的断句是"慧能与使君移西方刹那间，目前便见"。从陈的译文看，他依据了铃木大拙的断句，因此他的理解是"惠能与使君二人一同移至西方"；扬波斯基和林光明对这句断句的判断和杨曾文一致，因此他们的理解是"惠能将西方移至使君眼前"。几个译者由于对这句话的断句存在不同的意见，因此他们的译文也就相应地出现了差别。由于个别译者对原文的考证与其他译者不同而造成的译文差异示例如，"我本元自性清净"。敦煌本原文作"我本须自姓清净"；敦博本作"我本原自性清净"；旅博本作"我本源自性清净"。"我本元自性清净"是铃木大拙对敦煌本原文的校读，陈荣捷和扬波斯基都按照这个校读翻译。然而学者杨曾文参照《菩萨戒经》的考证，认为这句话应为"戒，本源自性清净"。林光明依照杨曾文的考证，因此将其译作 For percepts, their original source is the pure self-nature. 由此产生了和其他译文译文的差异。

第五类，由于译者误译所导致的译文差异共有12例，约占总数的6%。其中纯粹的误译示例如，"僧尼道俗"中的"道"并非指"道士"，如笔者在这个例子下面的评析中所引用《佛教大辞典》和印顺法师的研究，佛教开始在中国流传的时候，对"道"字多有借用，有时出家的僧人也称为"道人"。在这个例子中的"道俗"指在家修行的佛教弟子。因此，林光明将其译作 Taoists 属于纯粹的误译。其他三个译本的译法都避免了这个错误。前面提到，还有一类误译是比较特殊的情况：译者明知原文的意义却按照自己的看法做出翻译，译出的译文和原文的意义看起来差别很大，同时也与其他译者的译文差别鲜明。例如，"得悟自性，亦不立戒定慧"，赤松将"不立"（其他译者均译作 not set up/establish）译为"不分"（not differentiate between），这是一种对原文带有主观色彩的改变，笔者认为类似的误译或者可以称为"有意误读"。

第六类，由于个别译者的译文提供了远多于其他译者的信息，由此造成的译文差异共计 8 处，占总数的约 4%。这类差异的示例如，"《楞伽经变相》"，陈荣捷的译文为 The transfiguration of the assembly depicted in the scripture about the Buddha Entering into Lanka.扬波斯基的译文为 pictures of the stories from the Lankavatara Sutra，林光明的译文为 scenes derived from the Lankavatara Sutra，赤松的译文为 scenes from the Lankavatara Sutra。相比之下，陈荣捷译文中提供的信息要比其他译本多很多，他的译文尽管显得比较繁复，但却向读者解释了《楞伽经》是一本怎样的经书。

将以上造成敦煌系两个版本《坛经》各个不同英译本译文明显差异的六类原因加以综合考量，我们就可以发现其中存在着三类主要原因和三类次要原因。三类主要原因是翻译选词差异，版本、点校、考证差异以及译者的理解差异，这三类差异造成的译文差异总和占对勘示例总数的 83%。三类次要原因是具体翻译方法的差异、误译以及翻译信息量多少的差异，它们造成的译文差异总和占对勘示例的 17%。如果我们对这六类原因做进一步的分析，就会发现它们的背后都存在一些内在的必然性。现将这六类原因按占示例比重由多到少分析如下：

译者之间对同一词语翻译选词的不同，是造成敦煌系《坛经》英译译文差异的第一大因素。其中，各个译者在佛教术语翻译上的差异又比一般词语翻译上的差异多得多。不同译者之所以在佛教术语的翻译选词上存在那么大的差异，笔者认为有几个因素值得思考。首先，敦煌系《坛经》尽管不算一本太长的经书，但总字数也在一万以上，其中的佛教术语和一般性的专有名词比比皆是。另外，敦煌系《坛经》英译本数量相对通行本《坛经》英译本的数量要少很多，算上最早的铃木大拙 1935 年的节译本在内，目前也只有 5 个译本。译者们在翻译中往往找不到更多的类似译本可以参照，因此他们对佛教术语和专有名词的翻译都带有较强的个人色彩，这是彼此间译文差异的主要根源。其次，和梵文佛教汉译的历史相比，汉文佛经英译的整个历史也并不长。众所周知，宗教术语的翻译往往需要相当长的时间才能逐渐固化下来，而佛教术语的英译正处于整个固化阶段的进行之中，还需要更长的时间。再次，中国历史上的佛经汉译基本上都是由僧人完成的，与之形成鲜明对照的是，敦煌系《坛经》的英译基本上都是由学者完成的。不同学者对术语内涵有各自不同的看法，因此出现术语的翻译差异也是必然。

仅次于翻译选词，版本、点校和考证方面的不同是导致敦煌系统《坛经》英译译文差异的第二大因素。版本差异是个不言而喻的问题，正如第一节所指出的那样，敦煌本和敦博本之间比较明显的差异就有 400 余处，[83]英文译者依据的版本不同，相互之间的译文差异也就不可避免。需要说明的是，《坛经》不同版本的内容差异，并不必然导致英文译文的差异。在一些时候，尽管不同版本的原文存在明显差异，但因为英译者对原文的理解趋同，因此他们的译文也就显得差异不大。例如，敦煌本《坛经》第 11 节原文"唯有一僧姓陈名慧顺先是三品将军性行麁恶直至岭上来趁犯著"一句，敦博本相对应的文字内容是"是三品将军性行麁恶直至岭上来趁把著"。"来趁犯著"和"来趁把著"明显不同，但林译本的译文"rushed forward and grabbed me"，扬译本的译文"he caught up with me and threatened me"，林译本的译文"grabbed me by hand"以及赤松本的译文"he caught up with me"之间并无太大差异。这就说明版本文字的差异，并不一定导致译者的译文差异。相比版本差异的问题，点校的问题更为复杂一些。众所周知，古籍的点校一直是现代人研究古代文献的一个难点。而点校又分为断句和校读两个方面，两者都会对译者的译文产生影响。尽管敦煌本《坛经》的三位译者铃木大拙、陈荣捷、扬波斯基各自的文化背景不同，但都有相当高的文献学功底。即便如此，我们在阅读他们的翻译时，发现他们在很多地方的断句、校读都不尽相同。更为复杂的情况是，林光明译本依据的杨校敦博本内容，即使在和敦煌本原文内容完全一致的情况下，仍有很多点校和上述三位学者不同。因此，点校的不同也就成了各英译本译文差异产生的重要原因之一。另外，考证的问题不同于版本和点校，它和译者个人研究的关系更为密切。尤其是在陈荣捷和扬波斯基的译文中，我们看到两位学者经常对他们的译文添加注释，扬波斯基还多次提出他的译文区别于陈荣捷和铃木大拙的原因之所在。我们看

---

83 白光著，《坛经》版本谱系及其思想流变研究［M］，北京：宗教文化出版社，2013年，第 18-19 页。

第二章 《六祖坛经》的版本、谱系及其英译

到，《坛经》的英译文在很多地方都融入了译者的研究和考证，这也会导致译文的差异。

译者理解不同所导致的译文差异也是敦煌系统《坛经》英译译文差异的一个主要因素。翻译选词不同造成的译文差异和理解不同造成的译文差异存在着明显的区别。首先，理解不同造成的译文差异要比选词不同造成的差异大很多。正如上文已经分析过的那样，在敦煌系统《坛经》的英译中，很多时候尽管译者们的翻译选词不同，但往往在词义上较为接近。而理解不同造成的译文差异相对要大很多，有时译者之间的不同理解甚至是彼此互不相容的。其次，选词不同造成的译文差别停留在词汇和短语的层面上，而理解不同造成的译文差异不仅在词汇短语层面上，很多时候在句子意义的层面上也有反映。也即是说，有时候译者们对于文字相同的一整句话会存在差异很大的理解。

以上是对造成敦煌系《坛经》各英译本译文差异的三类主要原因的分析。相对于这三类主要原因，具体翻译方法、误译、信息量不同所导致的译文差异在数量上要少很多。只有在为数不多的情况下，不同译者对《坛经》的英译才显示出直译、意译、音译、归化、异化等方面的区别。信息量不同实际上也和译者的翻译策略有关，例如陈荣捷的英译本译文，相对其他几个译本提供的信息量明显要大一些，在一些地方进行了解释性翻译。但提供信息量的多寡（阐释程度）也不是造成译文差异的主要因素。最后，误译所造成的译文差异在笔者考察的全部译文差异之中所占的比例相当低，这说明敦煌系统《坛经》的译文在准确性上是比较高的。笔者认为，这和几位译者的学术水平较高有关。值得关注的是，除了纯粹的误译外，个别例子出现的误译似乎是译者有意为之，其目的或许是为了便于译文读者理解。这种情形还不同于译者的理解差异。如果说译者的理解差异造成的译文差异从译者理解原文的不同观点出发还可以自圆其说，个别译者的"有意误读"则既颠覆了原文的意义，又和其他译者的译文存在极大的差异。因此，这是一种值得研究的特殊情况。

## 二、通行本《六祖坛经》英译对勘的总结

通行本《坛经》各英译本译文对勘的原则和方法基本与上一节敦煌系《六祖坛经》各英译本对勘一致，需要特别说明的一些情况如下：

—93—

第一，对勘的对象为通行本《六祖坛经》的 9 个完整英译本译文。这 9 个英译本按出版时间先后顺序依次分别是：黄茂林译本、陆宽昱译本、冯氏兄弟（Paul F. Fung and George D. Fung）译本、宣化上人主持下的万佛城佛典翻译社译本（本书简称宣化版本）、柯立睿（Thomas Cleary）译本、马克瑞（John McRae）译本、成观法师译本（简称成观译本）、星云大师主持下的佛光山翻译团队译本（简称佛光山本）、蒋坚松译本。

第二，尽管通行本《坛经》的 9 个英译本基本上都依据宗宝本为底本翻译，然而从对勘实践反映出的情况看，某些英译本采用的底本和其他英译本采用的底本稍有不同。但总得来说，通行本《坛经》原文版本差异对英译文差异的影响比较小。

第三，所有的 9 个译本中，如果在相同的地方只有 1 个译本译文出现误译、漏译的情况，那么只对这 1 个的误译、漏译进行分析说明。

第四，对通行本《坛经》各英译本译文对勘所引用的主要佐证材料是民国著名佛教学者丁福保的《六祖坛经笺注》和当代著名学者魏道儒的《坛经译注》，其他的参考材料除了上一节中使用的大部分材料外，还包括尚荣、程东、星云大师以及其他一些学者对《坛经》的译注、解说、评讲等等。

经过对通行本《六祖坛经》9 个英文全译本的通篇逐句对读，笔者共找到了 268 个比较明显的翻译差异示例。上一部分总结出的六类导致各译本译文出现差异的原因同样也适用于通行本《坛经》，下面就按由多到少的顺序将这些导致译文差异的原因加以呈现。需要说明的是，由于通行本《坛经》的英译本较多，笔者总结出的一些示例中，造成翻译差异的原因往往不只一个，在这种情况下，只考虑其中最主要的原因。

因选词不同造成译文差异的示例共计 90 例，约占总数的 34%，是造成译文差异的第一大原因。其中大部分选词差异来自佛教术语的翻译选词不同。这一类的代表性示例如，"无相偈"中的"偈"字，黄茂林本、蒋坚松本都翻译成 stanza，宣化本、马克瑞本、柯立睿本都译作 verse，佛光本、成观本和陆宽昱本都译作 Gatha，而冯氏译本则译作 poem。此例中各位译者翻译"偈"字的选词不同，总的来说，译作 verse 或 Gatha 要更好一些。除了佛教术语之外，各译本在某些一般性词语的翻译上也存在着选词的差异。例如，"汝若反照，密在汝边"中的"密"字，四个译本译文直接使用 secret 一词（宣化本、马克瑞本、柯立睿本和冯氏译本），三个译本译文使用 esoteric 一词（黄茂林本、蒋坚松本和陆宽昱本），佛光山本和成观本则分别已成了 the hidden and profound 与 the Acranum。

因误译（包括漏译）造成译文差异的示例共计 62 例，约占总数的 23%，是造成译文差异的第二大原因。和敦煌系《坛经》误译的情况相同，通行本《坛经》各译本中误译的情况也可以分成纯粹误译和译者故意误读而导致的变异性误译两类。纯粹误译的示例如，"次年夏末落成"中的"末"二字，柯立睿译本将其看成了"末"，整句译成了 by summer of the next year it had not yet been completed.这是一个可笑的翻译谬误，归根结底是由于译者不够细心造成的。变异性误译的示例如，"先是四品将军"，柯立睿本为了适应英语语言文化，将"四品将军"译作了 four star general，这样一来原文的意义完全改变了。通行本《坛经》个英译本中还存在着为数不少的漏译，而且几乎每个英译本都有漏译。需要特别说明的是，佛光本和其他的几个译本相比，在几处地方有成段的漏译。经过对这些漏译的原文在通行本（宗宝本）的各种刻本、写本中原始样貌的考察，笔者发现佛光本漏译的内容在宗宝本的有些版本中确实是没有的。由此可见，佛光本依据的应该是一个比较简略的宗宝本再刊本。因此，这几处漏译笔者认为不能将其视为纯粹的漏译，而应将其视为原文的版本差异所造成的译文差异。除了这种情况之外，九个译本中的漏译仍然普遍存在。这方面的示例如：成观本漏译了"此衣表信，可力争耶"；柯立睿本漏译了"如漂枣叶"；冯氏译本漏译了"令一切众生，一切草木，有情无情，悉皆蒙润"中的"无情"两个字；蒋坚松译本漏译了"虽西方人，心不净亦有愆"；黄茂林译本漏译了"自性五分法身香"；佛光本漏译了"吾传大迦叶正法眼藏及僧伽梨"中的"正法眼藏"；马克瑞本漏译了"不生不灭，性相如如，常住不迁"中的"性相如如"等等。以上所举的种种示例只是一部分，类似的漏译还有很多。相比上面举例的这几个译本，宣化本和陆宽昱本明显的漏译极少。

因译者对词语、句义的理解不同造成译文差异的示例共有 35 例，约占总数的 13%。这一类差异的示例如，"步廊三间"，大多数本的译文均作 three corridors，但马克瑞译本的译文 a hallway three bays in length 和柯立睿的译文 a hallway three rooms long 却显示出和其他译者不同的理解。这可能和两位美国译者本土文化的理解方式有关。再如，"何得多时使他肉身菩萨"一句的"使"字，各译者之间就存在这不同的看法。多数译者认为是"使役、差使的意思，也有译者认为是"假使"的意识，存在着不同的理解。

因具体翻译方法不同造成译文差异的示例也有 35 例，约占总数的 13%。这一类差异主要体现在各英译本对某些词语的直译和意译的选择性差别上。例如，"若传此衣，命如悬丝"中的"命如悬丝"，黄茂林本的译文 your life would be in imminent danger，成观译本的译文 he will jeopardize his life to be under a Damocles's sword，柯立睿译本的译文 your life would be in danger，蒋坚松译本的 you would put your life to imminent peril，这些都属于意译的译法。与之相对，宣化版本、冯氏译本、陆宽昱本的译文 your life will hang by a thread，佛光山本的译文 If you do so, the lives of future patriarchs will hang by a thread，马克瑞本的译文 your life expectancy will be like a hanging thread 都属于直译的译法。

因提供信息量不同造成译文差异的示例有 33 例，约占总数的 12%。在通行本《坛经》个英译本的译文中，有时有些译本的译文提供的信息量相对其他译文多出很多，而有时有些译本提供的信息量相对其他译本译文却显得不足。前者的示例如，"开东山法门"，黄茂林本、佛光山本、成观本和蒋坚松本均以文内加括号注释或者脚注的方式对"东山法门"加以比较详细的解释，这样的翻译效果就比其他译本只将字面意义翻译出来好很多。后者的示例如，"与人诵持"中"诵持"意为"念诵并学习修持"，马克瑞和柯立睿的译文 leave this verse for people to recite 只译出了"念诵"，而没有译出"学习修持"这层意思。其他译本则以各自的方法比较完整地译出了"诵持"的全部含义。

最后，因版本、点校、考证不同导致译文差异的示例只有 13 例，只占总数的约 5%。首先，版本差异对于通行本《坛经》译文差异的影响微乎其微。如笔者前文所言，佛光山本漏译的一些内容反映了这个译本所使用的底本可能是一个简略的宗宝本，因此不能说这个译本是技术性的漏译，而应该说这反映了佛光山本和其他译本使用的底本不同。当然，也有其他示例直接反映出各译本使用的底本可能存在差异，如"叶落归根，来时无口"一句，在流传高丽的德异本《坛经》中这句话作"叶落归根，来时无日"，而在明代正统本、曹溪原本、清代点校本、和金陵刻经处本中均作"叶落归根，来时无口"。在各英译本译文中，黄茂林本、宣化本、马克瑞本、蒋坚松本都按照"来时无日"翻译，这就说明这几个译本有可能参考了德异本（其中蒋坚松在译本前言中明确说明他的翻译底本是参考了宗宝本的德异本），而其他译本所参照的是其他版本。总之，通行本《坛经》各英译本尽管大都使用宗宝本为底本，但他们参照的本子之间存在细微的差别，这一点是确定的。其次，点校差异对于通行本《坛经》译文差异的影响也极小。在断句方面，马克瑞的断句有几处和其他译本不同。例如，"汝慎勿错解经意：见他道开示悟入，自是佛之知见，我辈无分"一句，马克瑞的断句是"汝慎勿错解经意见他道。开示悟入，自是佛之知见，我辈无分"。尽管他的译文 You should be careful not to misinterpret the sutra and have a mistaken view of some other path. Opening and manifesting, being enlightened and entering are themselves and perceptual understanding of the Buddhas. And [those in] our school are no different. 也算通顺，但如前文所言，笔者仍然认为他的这个断句缺乏依据。最后，由于译者本身的研究考证造成译文差异的例子也极少。这样的示例如，"獦獠"二字，马克瑞通过研究，认为这两个字应该为"猎獠"，意思是捕猎鸟兽的猎人，[84] 因此将其译作和其他译本都不同的 hunter。总的来看，这种研究考证造成的译文差异在通行本《坛经》的英译中是非常少见的。

## 三、《六祖坛经》英译的综合评述

以上两部分内容分别对敦煌系《六祖坛经》和通行本《六祖坛经》各个英译本的对勘进行了总结。通过对两个系统《坛经》英译本的对勘，可以发现导致两个系统《坛经》译文差异的原因既有一些相似性的因素，也有极为突出的不同点。

首先，由于翻译选词不同造成的译文差异在两个系统《坛经》英译译文差异示例中所占的比重都是最高的，而且两个数字相当接近。选词差异的示例在敦煌系《坛经》译文差异全部示例中所占的比重为 36%，在通行本《坛经》译文差异示例中这个数字是 34%。这反映出两个问题：第一，不同译者在翻译中的选词差异是导致《坛经》英译译文差异的最主要因素。通过前面所作的进一步分析我们又发现佛教术语翻译上的选词差异占了全部选词差异的大多数。由此可见，《坛经》中的佛教术语，尤其是禅宗方面的术语在英语中的对应词汇还没有固化下来，在很多地方译者的选词还存在分歧。第二，

---

84 The Platform Sutra of the Sixth Patriarch[M]. translated by John R. McRae. Berkeley: Numata Center for Buddhist Translation and Research. 2000. p138. en40.

两个系统《坛经》英译译文的选词差异比重类似，说明选词差异尽管是造成译文差异的最重要之因素，但这个因素在译文差异中所扮演的角色是一致的。也就是说，选词差异是《坛经》英译译文差异的一个"常量"。

其次，由于版本、点校、考证不同造成的译文差异在敦煌系《坛经》译文差异中所占的比重仅次于选词差异，占到了总数的 26%。然而，版本、点校、考证不同造成的译文差异在通行本《坛经》译文差异中的比重是 5%，相比敦煌系降幅明显。通过这个对比，我们可以发现，版本、点校、考证差异是敦煌系《坛经》5 个译本译文差异的一个重要原因。这是因为敦煌系统《坛经》的三个出土文献敦煌本、敦博本、旅博本发现的时间距今都不算长，其中敦煌本最早的校写本铃木大拙和公田连太郎校写本于 1934 年出版；敦博的第一个校写本杨曾文校写本于 1993 年出版。而敦煌系《坛经》的第三个出土全本——旅博本直到 2009 年才被重新发现，2011 年出版了由郭富纯和王振芬整理的点校本。由于敦煌系各版本发现的时间较短，无论是中国、日本还是欧美学术界对它们的研究还都正在进行中，很多问题还都没有一致的定论。因此，译者们往往都是根据自己的研究和理解进行点校和考证，由此产生的译文差异也在所难免。与之形成对照的是，通行本（宗宝本）《坛经》自元代形成以来，在长达几百年的时间里成为流行于东亚地区的重要禅宗文献，经过了历朝历代官方、宗教界、民间的反复校对、刊印，其内容和点校基本上已经非常稳定。因此版本、点校、考证不同造成的译文差异也就比较少。如果将版本、点校和考证三个因素分开考虑，我们会发现，版本、点校和考证三个因素在敦煌系《坛经》译文差异中所起的作用相差不大；而在通行本《坛经》中，9 个英译本翻译底本的差异和各个译者对原文研究考证的差异都极小，只是在断句上存在着为数不多的一些分歧。

再次，误译（包括漏译在内）造成的译文差异在通行本《坛经》各英译本译文差异中所占的比重达到了 23%，这个数字远高于敦煌系《坛经》的 6‰。这样的数值对比说明了两个问题。第一，敦煌系《坛经》各英译本的整体水平较高。铃木大拙、陈荣捷、扬波斯基、林光明、赤松等五位译者的学术背景和译文特点本书第一章中已经做过介绍，此处不再赘述。他们的双语水平和研究能力是其译本较少出现误译、漏译的重要保障。第二，通行本《坛经》各英译本误译（漏译）造成译文差异较多的这个情况表明个各英译本之间的翻译水平参差不齐，但每个译本都存在一些误译（漏译）的现象，只是有些译本少一些（如黄茂林译本和蒋坚松译本），而某些译本多一些（如冯氏兄弟译本和柯立睿译本）。

在其他对《坛经》英译本译文差异的影响因素中，理解差异、具体翻译方法的差异和译文信息量上的差异尽管在两个系统《坛经》英译译文差异中所占的比重有一定的不同，但既不像选词差异那么稳定，也不像版本、点校、考证差异和误译（漏译）发生了那么大的变化。这说明理解差异、具体翻译方法的差异和译文信息量上的差异既非《坛经》英译译文差异的主要成因，也不是两个系统《坛经》英译译文差异产生原因的主要"变量"。

在对两个系统《坛经》14 个译本对勘的综合性分析之后，我们再来从翻译质量、翻译策略、译者翻译目的等角度对这些译本做一个归纳性的总结。

首先，在翻译质量上，各个译本之间确实存在一定的差别。一般来讲，评价译本的翻译质量有两个维度，一是忠实（译文信度）；二是通顺（可读性）。从忠实于原文（译文）的维度看，大多数译本的译文都比较准确。在敦煌系统《坛经》的 5 个译本（包括铃木大拙节译本）中，扬波斯基译本、陈荣捷译本、铃木大拙译本译文的准确性要优于林光明译本和赤松译本。在通行本《坛经》的 9 个译本中，黄茂林本、宣化本、成观本、蒋坚松本和陆宽昱本的准确性稍好。柯立睿本、冯氏译本的误译（漏译）比较多，准确性稍差。佛光本和马克瑞本介乎前五个译本和后两个译本之间。如果将所有 14 个译本综合考量，笔者认为扬波斯基本、陈荣捷本、黄茂林本和蒋坚松本这 4 个完整的《坛经》译本是所有 14 个译本中准确性最好的。从通顺的（可读性）的维度看，大多数译本的译文也都比较通顺、流畅。可读性是一个以目的语读者感受为衡量标准的评价指标，因此，站在英语母语人士的立场看，在敦煌系的 5 个译本中，扬波斯基译本、铃木大拙译本、赤松译本的译文可读性可能要优于陈荣捷译本和林光明译本。在通行本《坛经》的 9 个译本中，柯立睿本、马克瑞本、陆宽昱本、黄茂林本、佛光山本的可读性可能更强一些，成观本和宣化本由于译文太过晦涩或太强调对原文的忠实而显得缺乏可读性。蒋坚松本和冯氏译本的可读性介乎前五个译本和后两个译本之间。如果将所有 14 个译本综合考量，笔者认为扬波斯基本、赤松本、柯立睿本和马克瑞本这 4 个译本的可读性要更好一些。

其次，从整体的翻译策略上看，14 个《坛经》英译本所采取的翻译策略各有不同，一些译本特点十分鲜明，而另一些译本则几乎难以用某种翻译策略将其归类。本着抓大放小的原则，这里只讨论两种比较极端的翻译策略，即极端的归化翻译和极端的异化翻译。《六祖坛经的》14 个英译本中，从整体上讲，采取极端归化翻译策略的是柯立睿译本，这个译本归化翻译之彻底几乎让人瞠目。柯立睿译本经常借用具有一定西方色彩的词汇翻译佛教术语，例如，他将"天人师"、"袈裟"、"人我"等词语译作 a teacher of human and angels（人类与天使的老师），vestment（西方教士的法袍），Egoism（"自我"，现代心理学词汇）。除了这种借用西方色彩的词汇翻译佛教术语的情况外，柯立睿译本最常见的翻译方法是将某些具有丰富、深刻佛教意义的词汇加以相当程度的简单化处理，例如将"法"、"菩提"、"一阐提"、"摩诃般若波罗蜜法"、"六欲诸天"、"一行三昧"、"止观法门"、"方等经论"等词汇分别译 teaching，enlightenment，being hopelessly incorrigiblethe principle of universal transcendent，the heavens，absorption in one practice，the teachings of stopping and seeing，the scriptures and treatises。以上种种译法都可以看做柯立睿为适应译文读者理解而对原文进行的归化改造。这种改造一方面减轻了译文读者的理解负担，使得译文更加简洁、流畅，但另一方面，许多原文的宗教意义、文化色彩变得荡然无存。柯立睿的这种翻译可以称之为文化变异式翻译，本书下一章中还会重点讨论这个问题。与柯立睿译本归化翻译策略形成鲜明对照的是成观译本和宣化译本的异化翻译策略。所谓异化翻译策略，即尽力保留源语言的文化特征不受目的语语言转换的干扰，同时在思想内涵、形式与风格也尽力保持原文本的特色。异化翻译的译文往往具有一种区别于目的语语言文化的"陌生性"。成观译本和宣化译本极度强调译文忠实于原文，在佛教术语的翻译上大量使用直译或者梵文拉丁转写词翻译，在承载《坛经》禅学主张的语句上尽力保持原文的思想内涵不被改变，甚至在语序的层面也尽量保持和原文一致。这样的例子很多，第三节介绍译本特点和本节上一部分通行本《坛经》英译对勘内容中已经多有分析，此处不再赘述。

最后，从翻译目的的角度看，不同的译者翻译《坛经》的出发点多有不同。可以说，翻译目的和译者身份及其对《坛经》的态度是有直接关系的。根据译者身份和翻译目的不同，《坛经》14 个英译本大致可以归为 4 类：1.学术研究型译本；2.宗教型译本；3.文化传播型译本；4.兼具前三类中两类以上角色的译本。第一类学术研究型译本以扬波斯基译本和马克瑞译本为代表。这两位译者都是美国学术界禅宗文献研究领域的专家，他们的译本以比较扎实的研究、考证为基础，以大量的考据性注释为特色，译文往往直接体现其学术观点。第二类宗教型译本以宣化译本、佛光山本和成观译本为代表，三个译本的译者（或翻译团队）都是出家的僧人，他们的译本基本以有佛教信仰的西方人士为目标读者，以弘扬佛法为目的。这一点在其译本前言中一般都有比较明确的说明。例如，佛光山本在其前言中明确提出该译本是一个"修行者的译本"（a practitioner's translation）；成观本的引言中写道："It has been my greatest wish to translate the Right Buddha Dharma and make it available for all people in the world, so as to benefit infinite Multibeings globally."（为全世界人民翻译正法，普利众生是我由来已久之弘愿）；宣化译本也在其翻译原则的第八条提出："从事翻译工作者之作品在获得印证之后，必须努力弘扬流通经、律、论，以及佛书以光大佛教。"这一类译本译文讲求准确、忠实，风格上追求严肃、庄重是其译文的突出特点。第三类文化传播型译本以林光明本、赤松本、柯立睿本、蒋坚松本为代表。这一类译本既没有显著的学术研究倾向，也不承载过多的宗教性意义，其翻译目的基本上是把《坛经》视为中国传统文化经典之一向英语读者加以介绍。因此，这类译本的译文大多比较流畅且具有较好的可读性，在翻译方法上多采取归化策略以适应目的语读者的阅读习惯或者添加一些解释性的内容来帮助读者理解。第四类译本是兼具上述三种类型两种以上的译本。例如，黄茂林本、冯氏译本和陆宽昱译本属于兼具宗教性和文化传播功能的译本；陈荣捷译本为兼具学术性和文化缠脖功能的译本；铃木大拙的节译本则兼具学术性、宗教性和文化传播三种属性。

## 小结

　　本节首先对敦煌系《坛经》5个译本和通行本《坛经》9个英译本进行全面的逐句对勘，梳理出了敦煌系《坛经》译文差异187例，通行本《坛经》译文差异268例，并对这些示例中某个（或某些）译本译文与其他译本译文相差异的原因进行了解析，提出了笔者的观点与评价。在此基础上，本节通过对译文差异示例的综合性思考，总结出了六类导致译文差异的主要类型，即具体翻译方法差异，选词差异，对原文的理解差异，版本、点校、考证差异，误译（漏译）以及表达充分程度（信息量）的差异。经过两个系统《坛经》译文差异产生原因的比较分析，笔者发现选词差异在两个系统《坛经》译文差异中所占的比重都最大且比例相当；而版本、点校、考证差异和误译（漏译）则在两个系统《坛经》译文差异中扮演了各自不同的角色。之后，笔者对上述现象进行了分析。最后，本节第三部分还分别从翻译质量、翻译策略和译者翻译目的三个角度对 14 个英译本进行了评述。笔者认为，《坛经》翻译质量的衡量有两个维度：一是准确性，二是可读性。从这两个维度分别审视 14 个译本，对这些译本的评价会有所不同。在翻译策略方面，笔者主要分析了归化翻译的代表性译本柯立睿本和异化翻译的代表性译本宣化本并举例说明了它们各自不同翻译策略的表现。最后，从翻译目的上看，笔者认为译者的翻译目的和译者身份密切相关，从这个角度出发，14 个英译本可以分为 4 类，即：研究型译本、宗教型译本、文化传播型译本和兼具上述三种类型中两种以上类型的译本。

# 第三章　橘枳之变:《六祖坛经》英译的变异研究

　　本章内容是《六祖坛经》英译的变异研究。之所以从"变异"这个角度对《六祖坛经》进行研究,是因为《坛经》诸英译本的对勘中发现了大量的"变异性"翻译示例。同时,对某些译本(如柯立睿译本)来说,"变异"甚至成为了其主要的翻译策略。大量的"变异性"翻译示例表明,在很多地方,《坛经》英译文相对于原文而言发生了巨大的、乃至根本性的变化。这种变化使用传统的翻译理论是不容易解释清楚的。因此,本章首先对可能适用于《六祖坛经》英译研究的翻译理论进行梳理,然后尝试从中国比较文学理论的新成果——变异学的角度出发对《六祖坛经》英译中的"变异性"翻译进行研究,以期找出《六祖坛经》英译中"变异性"翻译的类型,并对产生变异的原因进行分析。

## 第一节　佛经汉译与汉语佛经英译的理论探索

　　对《六祖坛经》英译进行研究,有必要对"《六祖坛经》英译"这个表述进行一个归本溯源式的思考。"《六祖坛经》英译"有两个关键词,一是"《六祖坛经》",二是"英译"。第一个关键词"《六祖坛经》"说明了这部作品作为一个翻译源文本的身份。首先这是一部佛经,但不同于其他称之为"经"的佛教典籍,这部经典并非释迦摩尼所说,而是记录了中国唐代禅宗六祖慧能的生平和佛学思想,是一部"中国化"的佛经。不同于那些译自梵文的佛教典籍,《六祖坛经》是一部融合了中国本土儒道思想的原创性经典,具有"第一文本"的属性。《坛经》的特殊性还在于,它不同于某些湮没在历史深处而后又被现代人发掘出来的文献,而是在成书 1000 余年以来一直在佛教界和民间流传。二十世纪初敦煌藏经洞的发现,让我们目前拥有了三个唐末到五代时期的《坛经》完整写本(敦煌本、敦博本、旅博本),其语言文字和元代以来流行的版本又有很大区别,这就造成了《六祖坛经》英译本由于翻译底本的不同存在各种差异的局面。

"《六祖坛经》英译"的第二个关键词是"英译"。因此,我们必须考虑汉语译成英语过程中的种种因素,诸如语言的变迁、文化的取舍等等。这样一来,自十九世纪后期开始的佛经英译实践及学者们对佛经英译进行某些理论探索值得我们参考。同时,《坛经》作为一部佛教经典的属性决定了中国历代以来佛经翻译方面所总结出的一些理论思考,对于《坛经》英译也有重要的参考价值。另外,为了对《坛经》英译中大量存在的"变异"现象进行研究,我们有必要寻求理论方面的支撑。笔者认为比较文学变异学视域下的翻译理论是解释各种英译"变异"现象的恰当的理论选择。

综上所述,《六祖坛经》英译的变异研究,应该从理论梳理开始。所梳理的理论应该包括:传统佛经翻译理论、现当代佛经英译的实践及理论探索、比较文学变异学翻译研究的相关理论等等。对这些理论的梳理,有助于我们对《坛经》英译进行更深层次的思索,也有助于我们对上一章《坛经》英译对勘中出现的大量"变异"现象进行合理的解释。

## 一、中国传统佛经翻译理论

传统上一般认为佛教是在汉明帝时期传入中国,但大规模的佛经汉译则开始于汉末桓帝、灵帝时代。据《高僧传》所载,安世高所译经书"义理明析,文字允正,辩而不华,质而不野"。东晋著名高僧道安说支娄迦谶所译经书"皆审得本旨,了不加释"。可见,总的来说汉末译经崇尚质朴,主要采用直译的翻译方法,以意义的传达为重,不求译文的华美。然而到了三国时代,著名译经僧人支谦和康僧会的翻译风格发生了很大的变化,开始讲求译文的文采和简约,形成了佛经翻译"意译"的潮流。安世高、支娄迦谶重"质"与支谦、康僧会的重"文"形成了鲜明的对照,由此形成的"文质之争"形成了中国佛经翻译史上关于翻译方法的第一次争鸣,这场争论可以说已经具备了一些理论探索的意义。有关佛经翻译应该重"质"还是重"文"之论,对今天的佛经英译仍然具有一定的启示意义。王铁钧提出:"但观中国佛经翻译史,从质朴向文丽发展,乃是方向,是趋势,亦是必然。"[1]由此观之,佛经的英译是不是也会向着重意译,重可读性的方向发展?由于佛经英译的历史还不算长,以《坛经》的英译为例,只有八十多年的时间。哪些译本会成为一直延续下去的经典,哪些译本会在历史中湮没,现在还无法定论。因此,佛经英译"重文"还是"重质"的发展趋势,目前还不太好加以预测。

到了东晋十六国时期,道安提出了著名的佛经翻译"五失本,三不易"理论,其内容如下:

> 译梵为秦,有五失本也。一者,梵语尽倒而使从秦,一失本也。二者,梵经尚质,秦人好文,传可众心,非文不可,斯二失本也。三者,梵语委悉,至于叹咏,叮咛反复,或三或四,不嫌其烦,而今裁斥,三失本也。四者,梵有义说,正似乱辞,寻说向语,文无以异,或千、五百,刈而不存,四失本也。五者,事已全成,将更旁及,反腾前辞,已乃后说,而悉除此,五失本也。

> 然般若经,三达之心,复面所演,圣必因时,时俗有易,而删古雅,以适今时,一不易也。愚智天隔,圣人匝阶,乃欲以千载之上微言,使合百王至下末俗,二不易也。阿难出经,去佛未久,尊者大迦叶令五百六通迭察迭书,今离千年,而以近意量裁,彼阿罗汉乃兢兢若此,此生死人而平平若此,岂将不知法者猛乎,斯三不易也。[2]

道安的"五失本"总结了梵文佛经汉译过程中五种令原文"失本"但却无法避免的情况,"三不易"讲的是佛经汉译中的三种困难。梁启超先生曾将"五失本"、"三不易"解释为,"五失本者:一、谓句法倒装;二谓好用文言;三、谓删去反复咏叹之语;四、谓删去一段落中解释之语;五、谓删后段覆牒前段之语。三不易者:一、谓既须求真,又须喻俗;二、谓佛智悬隔,契会实难;三、谓去古久远,无从博证。"[3]道安的"五失本"其实

---

1 王铁钧著,中国佛典翻译史稿 [M],北京:中央编译出版社,2009,第 36 页。

2 见道安《摩诃钵罗若波罗蜜经钞序》。

3 梁启超著,中国佛教研究史 [M],上海:三联书店上海分店,1988,第 249-250页。

是为佛经翻译中译文对原文的改变设置了一个底线，"许其五失梵本，出此以外，毫不可差"。[4]也就是说，除了这五种情况之外，译文对于原文的其他性质的改变都是不许可的。"三不易"则表达了佛经翻译中的特殊困难，要求译者在翻译中必须慎之又慎。可见，道安的看法实际上是延续了汉末译经重"质"的思想。"五失本"、"三不易"在中国翻译史上第一次从翻译过程细节的层面讨论了译文对于原文改造的"度"以及译者应以什么样的态度应对翻译中的困难这两个重要的理论问题，在中国译学发展史上具有里程碑的意义。道安的理论观点对现今佛经英译中的若干问题，诸如语序调整、内容增删、译语的雅俗、佛经中精妙义理的理解与表达等问题仍有一定的启示意义。

东晋十六国时代另一位伟大的佛经翻译家是被梁启超先生称为"译界第一流宗匠"的名僧鸠摩罗什。鸠摩罗什不仅精通梵文，其汉语水平也极为高超，他所翻译的佛经文辞流畅，富有韵律之美，同时又"务存圣旨"，因此其所译之佛典备受推崇。慧观在《法华宗要序》中称赞他的译经"曲从方言而趣不乖本"；僧肇在《维摩诘经序》中称赞他的译经"陶冶精求，务存圣意"，同时"其文约而诣，其旨婉而彰，微远之言，于兹显然"；赞宁称赞其所译《法华经》有"天然西域之语趣"。 不同于道安主张"弃文存质"的直译原则，鸠摩罗什强调文美义足，认为"失其藻蔚，虽得大意，殊隔文体，有似嚼饭与人，非徒失味，乃令呕秽也"。可见，尽管鸠摩罗什也强调译文"务存圣旨"，但从具体翻译方法上讲，还是偏重意译的。

道安和鸠摩罗什在佛经翻译方法上的不同主张，可以视为"文质之争"的再度兴起。针对道安和鸠摩罗什的分歧，慧远提出了"厥中"说。他认为："若以文应质，则疑者众；以质应闻，则悦者寡"，由此可见他的主张是文质之间的平衡。慧远的"厥中"说，可算是佛经翻译史上第一次将"文"与"质"，意译与直译进行折衷的理论表述。

然而慧远的这种调和折衷的观点，却并不太为现代人所认可。例如，梁启超在对比道安和鸠摩罗什时就曾指出："自罗什诸经论出，然后我国之翻译文学，完全成立。盖有外来'语趣输入'，则文学内容为之扩大，而其素质乃起一大变化也。绝对主张直译之道安，其所监译之《增一阿含》《鞞婆沙》《三法度》诸书，虽备极矜慎，而千年来鲜人过问。而什译之《大品》《法华》

---

4 《出三藏记集》卷十《僧伽罗刹集经后记》。

《维摩》以及'四论'(《中》《百》《十二门》《大智度》)不特为我思想界辟一新天地,即文学界之影响亦至巨焉。"[5]王铁钧则直接指出:"以鸠摩罗什为代表之'意译派'在同是'不失本旨'前提下,去繁就简,删汰一再重复以及纯为凑数之多余文辞,令译文更为简洁、流畅,意思更显清晰,更有文采,亦更合梵文音律。此不可谓不是一大进步,亦是'意译派'比'直译派'高明之处,莫如说是'意译派'对'直译派'之胜利。此亦表明中土译经正在走向成熟,正努力朝形式与内容相映成趣并相得益彰方向发展。"[6]可见,鸠摩罗什以意译为主的佛经翻译经受了历史的检验,因此得到了现当代学者更高的评价。事实上,无论是出家、在家的佛教信仰者还是一般对佛教感兴趣的人士,至今诵读最多的《大品般若经》《妙法莲华经》《维摩诘经》《阿弥陀经》《金刚经》《大智度论》《成实论》等等大乘佛教经典的汉语译本大部分都出自鸠摩罗什的译笔。

　　道安与鸠摩罗什之后一直到南北朝时代,佛经的汉译仍在继续,一些著名的译经僧人仍在不断涌现,但佛经翻译的理论建树却乏善可陈。直到隋代高僧彦琮及其《辨正论》的出现才扭转了这个局面。据《续高僧传》卷二《彦琮传》记载,"琮久传参译,妙体梵文。此徒群师,皆宗鸟迹,至于音字训诂,罕得相符。乃著《辨正论》,以垂翻译之式。"由此看来,《辨正论》是彦琮长期的译经实践中形成的理论总结,这篇专论的写作目的就是为了给后世的译经提供理论依据。在彦琮之前,佛经翻译理论多是零散的只言片语式表述,《辨正论》则可称为中国翻译史上的第一篇系统性的理论专著。

　　彦琮在这部专论中提出了明确的佛经翻译标准,即"意者宁贵朴而近理,不用巧而背源"。除此之外彦琮还提出"十条"、"八备",这是其对佛经翻译理论的最大贡献。"十条"的内容是,"字音一,句韵二,问答三,名义四,经论五,歌颂六,咒功七,品题八,专业九,异本十。"[7]"八备"的内容是,"诚心爱法,志愿益人,不惮久时,其备一也;将践觉场,先牢戒足,不染讥恶,其备二也;筌晓三藏,义贯两乘,不苦暗滞,其备三也;旁涉坟史,工缀典辞,不过鲁拙,其备四也;襟抱平恕,器量虚融,不好专执,其备五也;耽于道术,淡于名利,不欲高炫,其备六也;要识梵言,乃闲正译,不

---

5　梁启超著,中国佛学研究史 [M],北京:北京联合出版公司,2014,第147页。
6　王铁钧著,中国佛典翻译史稿 [M],北京:中央编译出版社,2009,第135页。
7　《大正藏》第50册,No.2060《续高僧传》卷二。

坠彼学，其备七也；薄阅苍雅，粗谙篆隶，不昧此文，其备八也。"[8]从《辨正论》的上下文看，彦琮对"十条"有过具体的解析，可惜已经轶失。但从"十条"字面上也可以看出彦琮的解析内容应该包括对佛经翻译音韵文字、语言文体的全面理解与阐释。"八备"是对翻译的主体——译者的论述，彦琮提出了理想的佛经译者所应具备的各方面素质。"八备"的内容可以分为四个方面：其一、其二是对译者作为佛教徒的品质的要求；其五、其六是对译者心胸与价值观的要求；其三是对译者佛学水平的要求；其四、其七、其八是对译者梵汉双语理解与表达能力、传统文字学功底以及各种外围知识水平的要求。

彦琮的《辨正论》明确地提出了佛经的翻译标准，对前代的佛经翻译进行了评述，其"十条"涉及音韵、文体及其他一些细节问题（尽管对这些问题的论述今已不存），其"八备"是佛经翻译史上第一个系统性的译者论。尽管彦琮这篇作品也有一些局限，例如他说"直餐梵响，何待译言？本尚亏圆，译岂纯实？……则应五天正语，充布阎浮；三转妙音，普流震旦。人人共解，省翻译之劳；代代闲明，除疑罔之失"，号召大家都去学习梵语，这样就不用费力地去翻译佛经了。这种看法实际上否定了翻译的价值，是一种"翻译无益论"。[9]尽管《辨正论》存在类似的局限和片面看法，但总得来说仍然不失为是一部观点明确、逻辑紧密的翻译专论，在中国佛经翻译史上具有其重要的地位。

到了唐代，中国佛经翻译史上出现了一位震古烁今的大宗师，高僧玄奘。梁启超在《翻译与文学》中评价玄奘法师的翻译水准已经到了"意译、直译，圆满调和，斯道之极轨"的地步。[10]玄奘法师不仅将为数众多的梵文佛典译为汉语，还曾经将《老子》译为梵文，可见其梵汉双语的水平已经俱臻化境。和鸠摩罗什相似，玄奘法师一生尽管翻译佛经无数，但却并没有留下多少翻译理论方面的论说。他在佛经翻译方面最著名的见解当属"五不翻"之说，其内容为"一、秘密故，如'陀罗尼'；二、含多义故，如'薄伽梵'，具六义；三、此无故，如'阎净'树，中夏实无此木；四、顺古故，如'阿耨菩提'，非不可翻，而摩腾以来，常存梵音；五、生善故，如'般若'尊重，

---

8　《大正藏》第 50 册，No. 2060《续高僧传》卷二。

9　梁启超著，中国佛学研究史 ［M］，北京：北京联合出版公司，2014，第 148 页。

10　梁启超著，中国佛学研究史 ［M］，北京：北京联合出版公司，2014，第 149 页。

'智慧'轻浅。"[11]玄奘法师的"五不翻"实际上论述的是"音译"和"意译"两种翻译策略的选择问题，他所列举的必须采取"音译"策略的五种情况不仅是对当时及前人佛教术语翻译实践经验的总结，对今天的佛经英译仍然具有可供参考的价值。玄奘法师对中国佛经翻译的贡献还在于他采取了一套完善的"工作坊"式翻译分工协作机制，据《续高僧传》所载，玄奘在长安设立的译场设有译主、证义、证文、度语、笔受、缀文、参译、刊定、润文、梵呗、监护等11种职位，翻译过程中各个环节分工明确、配合紧密，极大地保证了译文质量。玄奘的译场对今天现代化的翻译项目管理仍具有借鉴意义。今天的佛经英译，基本上以个人翻译为主。以《六祖坛经》的14个英译本为例，其中只有两三个译本出自团队协作式的翻译，其余均属于译者个人完成。一个译者独立完成的译本或者在整体性和一致性方面有其优势，但比之协作性的翻译也多了一些出错的可能，例如，译者的某些疏漏可能是自己无法意识到的（笔者在《六祖坛经》诸译本对勘的过程中经常遇到某些译者存在类似的疏漏）。当然，类似唐代译场这种大规模的集体协作式翻译，需要调动、组织、协调大规模的人力物力甚至需要得到官方的支持，这是当下不容易做到的。但美国宣化上人发起的万佛城佛典翻译社、台北大毗卢寺成观法师主持的新逍遥园译经社和高雄佛光山的佛经翻译团队都已经进行了团队协作式的佛经英译尝试，未来是否会有新的"译场"出现，或可期待。

　　经历唐末的战乱之后，大规模的译经活动在北宋太平兴国年间再度兴盛。这一时期的高僧赞宁在其所编纂的《宋高僧传》之《译经篇》中提出了很多重要的翻译思想。在这篇文章中，赞宁首先对"译"与"翻"两个字进行了追本溯源式的探讨。他从《周礼·秋官》中的"五方之民，言语不同，嗜欲不同。达其志，通其欲，东方曰寄，南方曰象，西方曰狄鞮，北方曰译"一段出发，提出"是故周礼有象胥氏通六蛮语，狄鞮主七戎，寄司九夷，译知八狄。今四方之民，译官显著者何也？疑汉以来多事北方，故译名烂熟矣。"由此可见，赞宁认为北方的语言通译活动较多，因此"译"字保存了下来。对于"翻"，赞宁认为"懿乎东汉，始译四十二章经，复加之为翻也……由是翻译二名行焉。"也就说，到了东汉翻译佛经的时候，才有了"翻"，"译"和"翻"才放在一起使用。可见，据赞宁的理解"译"与"翻"是有所区别

---

11 见法云所编《翻译名义集》卷首之周敦义序。

的，"译"为口头的翻译活动，直到佛经翻译的出现"翻"与"译"才并道而行，才开始了真正的书面文字性笔译。

同样在《译经篇》中，赞宁还用两个相当巧妙的比喻来说明翻译的性质。首先，他认为"译"即"易"。具体的看法是"译之言易也，谓以所有易所无也。譬诸枳橘焉，由易土而殖，橘化为枳。枳橘之呼虽殊，而辛芳干叶无异常。又如西域尼拘律陀树，即东夏之杨柳，名虽不同，树体是一。"用现代语言学的话说，就是"能指"虽然不同，但"所指"是一致的。关于"翻"，赞宁提出："翻也者，如翻锦绮，背面俱花，但其花有左右不同耳。"赞宁对"译"与"翻"所作的这两个比喻固然相当巧妙，但实际上更多是看重翻译中"同"的一面，而较少关注"异"，即"变化"的一面。毕竟佛经翻译中某些精妙义理的语言转化，远非"橘枳"之喻或者"翻锦绮"那么简单，译文要达到原文一样的效果是殊为不易的。

赞宁对中国佛经翻译理论更大的贡献是他提出了著名的"六例"，从语言层面上论述了佛经翻译中的具体问题。他所讲的"六例"是指，"译字译音为一例，胡言梵言为一例，重译直译为一例，粗言细语为一例，华言雅俗为一例，直语密语为一例也。"这"六例"所云，都是佛经翻译的具体语言问题，相比以往的佛经翻译理论表述，赞宁的"六例"要具体、细致很多。因此我们有必要对其内容做一个逐条的解析。

第一例，"译音译字"。赞宁总结了四种情况"译字不译音"、"译音不译字"、"音字俱译"、"音字俱不译"。在这里，赞宁所讲的"译"实际上就是上面提到的"易"。因此"译字不译音"即"易字不易音"，这种情况如"陀罗尼"这个翻译；"译音不译字"的情况比较特殊，赞宁所举的例子是"卍"字，这个佛教的符号汉语读作"万"，和梵文的发音 Svastika 不同；"音字俱译"指梵文译为汉语后书写形式和读音都会发生改变，这种情况比较普遍；最后，"音字俱不译"是指梵文中的某些符号全盘保留，不发生任何变化。实际上"译字不译音"和"音字俱译"才是比较常见的现象，前者即是"音译"，而后者基本上指"意译"。

第二例，"胡言梵言"。赞宁敏锐地注意到此前的佛经翻译中往往对"胡"与"梵"不加区分，所以历代文献中才常常出现"译胡为秦"和"译梵为秦"两种说法并存的情况。赞宁在地理上对"胡"和"梵"进行了区分，他认为，"胡语梵言者，一在五天竺纯梵语，二雪山之北是胡。山之南明婆罗门国，与胡绝书语不同。"在这个基础上他区分了梵文佛经第一原本，经过西域胡语翻译的佛经为第二原本的属性，认为"如据宗本而谈，以梵为主；若从枝末而说，称胡可存"。学者王宏印高度评价了赞宁对"胡言梵言"的区分，认为"赞宁既考虑到在理论上应以梵文为佛经原本的根源问题，又在实践上承认大量胡语文本存在的合理性和有用性。这是很了不起的思维水平。"[12]

第三例，"重译直译"。这一例又包括三种情况，即"直译"、"重译"、"亦直亦重"。赞宁的原话是："一直译，如五印夹牒直来东夏译者是。二重译，如经传岭北，楼兰、焉耆不解天竺言且译为胡语。如梵云乌坡陀耶（Upādhyāya），疏勒云鹘社，于阗云和尚；又天王，梵云拘均罗（Kuvēra，Kubēra），胡云毗沙门（Vai śramaṇa）是。三、亦直亦重。如三藏直赍夹牒而来，路由胡国，或带胡言，如觉明口诵昙无德律中有和尚等字是。"可见，这里的"直译"指直接从梵语译成的汉语；"重译"指梵语译成西域胡语，再将胡语佛经转译为汉语；"亦直亦重"指夹杂着梵语和胡语的文本。赞宁所说的"重译直译"和前一例"胡言梵言"是相关联的，这是一个极有见地的看法。季羡林先生就曾经考证出，中国最早佛经翻译里的"佛"字，并非直接译自梵文Buddha，而是间接通过焉耆文的 pät 和龟兹文的 put（pūt）翻译过来的。[13]赞宁千载之上的观点和季羡林先生的论证形成了共鸣，可见其思虑之深入。

第四例，"粗言细语"。赞宁区分了三种情形，"一、是粗非细，如五印度时俗之言也。二、唯细非粗，如法护、宝云、玄奘、义净洞解声明音律，用中天细语典言而译者是。三、亦粗亦细，如梵本中语涉粗细者是。"张广达先生对此的观点是，"疑赞宁所说的'粗言'和'五印度时俗之言'系梵文俗语（Prakrit）、特别是巴利（Pali）语而言；'细语典言'则为梵文雅语（Sanskrit）；而梵本中语涉粗细者或即指上述梵语的混用。"[14]

第五例，"华言雅俗"。这一例讨论的是目的语汉语的雅俗问题，也分三种情况："是雅非俗"、"是俗非雅"、"亦雅亦俗"。这一例讨论文的问题实际上和上一例密切相关。用今天的视野来看，赞宁所讲的其实是保持

---

12 王宏印著，中国传统译论经典诠释：从道安到傅雷［M］，武汉：湖北教育出版社，2003 年，第 83 页。

13 季羡林，再谈浮屠与佛［J］，历史研究，1990 年第 2 期，第 3-11 页。

14 张广达，论隋唐时期中原与西域文化交流的几个特点［J］，北京大学学报（哲学社会科学版），1985 年第 4 期，第 5 页。

目的语的语言风格和源语语言风格相一致的问题。

第六例，"直言密语"。这一例讨论的是一般性词语和宗教性神秘词语的翻译方法问题。赞宁的看法是，"涉俗为直，涉真为密"。他的这个看法基本可以理解为一般性词语用比较通俗的话直译，带有宗教性质的神秘性词语用比较隐秘的话翻译。

综上所述，赞宁的"六例"反映出其对翻译活动的深入思考，论述的内容包括语言形态、语体差异、风格差异、直译与意译等多方面的问题。他是在历代佛经翻译的实践基础上总结出这"六例"的，比之释道安的"五失本"、"三不易"又进了一层。[15]北宋译经兴盛于太宗时期，到了仁宗时期，从域外输入的梵文经书已经越来越少，几乎已无经书可译，至徽宗政和元年（1111 年）终告偃旗息鼓。[16]到了南宋时期，虽然也出现了法云的《翻译名义集》这样归纳音译梵文并进行总结、注疏，具有工具书性质的著作，但随着佛经翻译活动的停止，理论方面的表述也就随之消失。

回顾中国古代佛经翻译的理论发展，在以上历代高僧关于佛经翻译最重要的见解中，道安的"五失本"、"三不易"基本上属于翻译本体论的范畴；彦琮的"八备说"是关于译者主体性的论述；玄奘的"五不翻"探讨的是音译与意译的问题；赞宁的"六例"则涉及翻译的语言策略。虽然上述这些理论并非整体的体系建构，但在王宏印先生看来，其中也贯穿着一条本体—主题—客体—策略的基本的理论思维线索。[17]另外，我们还可以发现"文质之争"、"直译"与"意译"之争似乎是隐约贯穿整个佛经翻译史的一条主线。虽然"文质之争"并不完全等同于"直译"与"意译"之争，但两者之间存在极大的关联。站在当下的角度看，以鸠摩罗什为代表的，讲求译文通顺、文辞流畅、音韵优美的一派似乎占据上风，毕竟今日流传最广、影响最大的一些佛经很多都是鸠摩罗什的译本。相对于竺法护、支娄迦谶、道安等人的翻译，鸠摩罗什的特点似乎可以用求"变"来描述。前文已经论述过，鸠摩罗什的翻译之所以广受好评的重要原因在于，他总是在尽量不改变原文精神内涵的前提下，追求译文的"可读性"。梁启超先生曾经总结了鸠摩罗什译经文体的十大特点，而后

---

15 马祖毅，中国翻译通史（古代部分）[M]，武汉：湖北教育出版社，2006，第 114 页。

16 王铁钧著，中国佛典翻译史稿 [M]，北京：中央编译出版社，2009，第 135 页。

17 王宏印著，中国传统译论经典诠释：从道安到傅雷 [M]，武汉：湖北教育出版社，2003 年，第 91 页。

指出："凡此皆文章构造形式上，画然辟一新国土。质言之，则外来语调之色彩甚浓厚，若与吾辈本来之'文学眼'不相习。而寻玩稍进，自感一种调和之美。此种文体之确立，则罗什与其门下诸彦实尸其功。若专从文学方面较量，则后此译家，亦竟未有能过什门者也。"[18]梁启超先生所说的"调和之美"，实际上就是指鸠摩罗什译文的"可读性"，而这种"可读性"的来源就在于鸠摩罗什求"变"的突破。这一点带给我们的启示是，"变"仍有可能成为日后佛经英译的大趋势。从笔者对勘《六祖坛经》诸英译本的直观感受说来，"变"是无处不在的，只是译本之间"变"的程度大小有所不同而已。因此，佛经翻译中的"变"（或说"变异"）是极为值得我们关注并研究的。

## 二、汉语佛经英译的历史、研究及理论探索

据马祖毅、任荣珍所著《汉籍外译史》，西方学者对佛教的研究，基本上是沿着巴利语佛典——梵文佛典——藏文佛典的线路展开的，从事汉文佛典研究的人，相对来说比较少。[19]今天有些人据此认为汉语佛典相对梵文佛典属于"第二文本"，将佛经译为英文还是应该以梵文或巴利文原典为底本。笔者认为，这种看法未免有些片面。一方面，汉语佛典的英译仍然有其独特的价值，学者班柏指出："佛典英译给当时勃兴的比较宗教学增添了新的关照视角，使主流佛典研究注意到中国佛典的价值跟意义。"[20]例如，毕尔依据汉语译出的《佛所行赞经》为科威（E. Cowell）依据梵文译出的英译本以及 Dr.Wenzel 依据藏文译出的英译本提供了比较的依据。再如，艾约瑟对汉译本的准确性进行了维护，认为汉语译者注重文采，语句表达方式优美，译本对外来文化的改造符合中国本土的接受取向因而更容易被接受。班柏还指出，有些汉语佛典的英译在时间上比梵文译本要早，可以为后来译本提供更参考，如毕尔的《大云轮请雨经》英译本就比班达尔（C. Bendall）1880年梵文英译本早了9年。[21]另一方面，我们必须意识到的一点是中国的佛教典

---

18 梁启超著，中国佛学研究史 [M]，北京：北京联合出版公司，2014，第160页。

19 马祖毅，任荣珍著，中华翻译研究丛书第2辑汉籍外译史 [M]，武汉：湖北教育出版社，2003年，第102页。

20 班柏，晚清以将的中国佛典英译高潮 [J]，外语教学与研究（外国语文双月刊），2014年第2期，第279页。

21 班柏，晚清以将的中国佛典英译高潮 [J]，外语教学与研究（外国语文双月刊），2014年第2期，第279页。

籍除了译自印度之外，还有大量作品是本土原创的，承载的是融合了中国本土文化的佛学思想。例如，《六祖坛经》及其之后众多的禅宗典籍都属于这一类。因此，笔者认为不能过分强调梵文、巴利文佛典英译，而忽视汉语佛典英译的价值。

汉语佛典英译的历史最早可以追溯到英国新教传教士艾约瑟（Joseph Edkins）于 1857 年翻译的《壹输卢迦论》。在此之后，艾约瑟还翻译了《楞严经》的第一卷（1880）。[22] 从数量上来讲，十九世纪末将汉语佛经译为英文最多产的一位译者是传教士萨缪尔·毕尔（Samuel Beal），他在 1862 年至 1866 年之前陆续将《四十二章经》（1862）、《金刚经》（1865）、《摩诃般若波罗蜜多心经》（1865）、《阿弥陀经》（1866）等经典译为英文发表在《皇家亚洲学会会刊》（*Journal of the Royal Asiatic Society of Great Britain and Ireland*），[23] 毕尔翻译的其他佛经还包括《佛本行集经》（1875）、《法句经》（1878）、《佛所行赞经》（1883）等。[24] 此外，毕尔的《中国佛教纪要》（*A Catena of Buddhist Scriptures from the Chinese,* 1871）还收入了一些的汉语佛教文献的选译，包括《法界安立国》《小止观》《沙门日用》《成道记》《千手千眼大悲心忏》《摩诃般若波罗蜜多心经》鸠摩罗什译《摩诃般若波罗蜜经》《四分戒本》《佛说四十二章经》《大佛顶首楞严经》《首楞严咒注释本》《准提咒》《佛说阿弥陀经》《金刚经》《大云轮请雨经》《大般涅槃经》《妙法莲华经》（江都莲久寺印）《大字普门品》《净土文》《合集准提弥陀仪释集》等。[25] 1894 年英国人李提摩太（Timothy Richard）与中国学者杨文会合作将《大乘起信论》译为英文，后来李提摩太还节译过《妙法莲华经》《药师琉璃光如来本愿功德经》的部分内容以及《般若波罗蜜多心经》等佛教经典。[26] 其他来自英国的汉语佛经英译者还包括，翻译过《大云轮请雨经》（1882）的瓦特斯（Thomas Watters）、翻译过《金刚般若波罗蜜经》（1912）的吉弥尔（William Gemmel）、翻译过《妙法莲华经》

---

22 李新德，"亚洲的福音书"——晚清新教传教士汉语佛教经典英译研究［J］，世界宗教研究，2009 年第 4 期，第 52 页。

23 赵长江，19 世纪中国文化典籍英译研究［D］，南开大学，2014 年，第 234 页。

24 李新德，"亚洲的福音书"——晚清新教传教士汉语佛教经典英译研究［J］，世界宗教研究，2009 年第 4 期，第 54-55 页。

25 班柏，晚清以将的中国佛典英译高潮［J］，外语教学与研究（外国语文双月刊），2014 年第 2 期，第 276 页。

26 班柏，晚清以将的中国佛典英译高潮［J］，外语教学与研究（外国语文双月刊），2014 年第 2 期，第 277 页。

（1930）的苏慧廉（William Soothill）等。[27]

　　除了英国学者外，十九世纪末到二十世纪初这段时间里，日本学者也翻译了许多汉语佛经，在这些学者中，知名度最大的一位当属铃木大拙。1900年铃木大拙翻译的《大乘起信论》由其赞助人保罗卡卢斯（Paul Carus）持有的 Open Court Publishing Company 出版，1932 年铃木翻译的《楞伽经》在伦敦出版。1935 年，东方佛教学会出版了铃木大拙编辑的《禅佛教手册》（*Manual of Zen Buddhism*）一书，其中包括了铃木英译的《般若波罗蜜多心经》《妙法莲华经观世音菩萨普门品》《金刚经》（节译）《楞伽经》（部分）《楞严经》（部分）。其他日本学者译成英文的汉语佛经还包括高楠顺次郎翻译的《观无量寿经》（1894）、大原嘉吉翻译的《维摩诘经》（1898）、鹈月翻译的《佛说无量寿经》（1929）、千崎如幻翻译的禅宗典籍《无门关》等。

　　除上述英、日两国学者在十九世纪末二十世纪初翻译的汉语佛教典籍外，民国时期译成英文的其他一些佛教经典还包括：印度学者 Vidhushekhara Bhattacharya 译成英文的梵、藏、汉三语对照本《大乘唯识论》（1931）、美国哲学家韩穆敦翻译的《唯识二十论》（1933）、美国学者德怀特·戈达德（Dwight Goddard）翻译的《修习止观坐禅法要》（1934）和《金刚经》（1935）、华裔汉学家李绍昌翻译的《般若波罗蜜多心经》（1934）、James R. Ware 翻译的《梵网经》（1936）、中国早期的女权主义者吕碧城（P. C. Lee）翻译的《华严经》（1939，部分）、奥地利学者李华德（Walter Liebenthal）翻译的《永嘉证道歌》（1941）和《肇论》（1948）、普里士（A. F. Price）翻译的《金刚经》（1947）、约翰·布洛菲尔德（John Blofeld，笔名竹禅）翻译的禅宗典籍《黄檗传心法要》（1947）、《顿悟入道要门论》（1948）等。[28]

　　1949 年以后中国大陆地区佛经的英译由于种种原因在很长时间里一直处在停滞的状态，直到近 20 年来才逐渐有学者开始英译佛教典籍，但从数量上来讲明显是比较少的。例如，比较有影响的中国典籍英译工程《大中华文库》已经出版的英译典籍中，只有《洛阳伽蓝记》和《坛经》两部佛教典籍。这和佛教在中国社会、历史上的地位和影响力是不相称的。可喜的一点是，近年

27 班柏，晚清以将的中国佛典英译高潮［J］，外语教学与研究（外国语文双月刊），2014 年第 2 期，第 278 页。

28 赵颖主编，中国文化对外译介史料（1912-1949）［M］，北京：高等教育出版社，2015 年。

来已经有一些高校学者和佛教界人士开始了这方面的努力。例如，据笔者所知，学诚法师领导的龙泉寺团队已经开始招募佛经英译方面的人才着手进行译经活动。再如，2016 年伊始，广东四会六祖寺大愿法师发起并召集专家学者翻译的 11 种外文版《六祖坛经》已经由北京华文出版社出版问世。在台湾地区，1970 年沈家桢老居士在新竹成了译经院翻译大乘佛教经典，目前已经有《大宝积经》等经典译成英文在美国出版。成观法师在台北成立了新逍遥园译经院，复译了《四十二章经》《金刚经》《六祖坛经》等经典。除此之外，宣化上人和星云大师分别在美国旧金山和洛杉矶设立翻译中心，目前已经有一定数量的佛典已成了英文以及其他西方语言。

　　相对于国内外较为丰富的佛经英译实践，学术界在佛经英译方面的研究和理论探索显得比较有限，目前还难以找到这方面的专著，只有一些期刊文章和学位论文可供参考。例如：

　　孙元旭的论文《佛经的英译及与佛经汉译的关系》强调了佛经翻译区别于其他类型文本翻译的特殊性。他认为，佛经作为一种特殊的文本，"从宗教经典翻译的角度来看，翻译要体现庄严性；从哲学理论翻译的角度看，翻译要体现逻辑性和说理性；从佛经翻译作为文学翻译来看，主要是指佛经中的一些文学故事，这就要体现翻译的可读性"。[29]

　　孙元旭的另一篇论文《刍议佛经的英译》提出了佛经英译面对的一些具体问题和相应的解决办法。在文化差异方面，作者认为"佛经的英译应该学习和借鉴佛经汉译的某些做法，采用质朴的风格，避免文辞的过分铺张的华丽，以达意为主，结构上只要不改变原义可以做某些改变以适应译入语文化，对原文散文和诗歌掺杂的情况，尽量使其散文化，或使用诗歌无韵的方法来翻译。"对语义缺失的问题，作者认为"译者在理解古汉语佛经原义的同时，最好参考藏语或其他南传佛教经典的原文，进行比较和对照，这样会大大提升对原文理解的准确性。"对于梵文名词的翻译，作者认为应当将梵文汉语音译还原成梵文，并且适当添加一些解释。对于偈颂翻译的问题，作者认为"在处理偈颂上往往采取押韵和不押韵两种方法，即能押韵的尽量押韵，以利于对原文的再现，但找到押韵的对应词很难，因此不押韵的平述方法被广泛采用。"[30]

---

29 孙元旭，佛经的英译与佛经汉译的关系［J］，牡丹江师范学院学报（哲学社会科学版），2004.4，第 38 页。

30 孙元旭，刍议佛经的英译［J］，琼州学院学报，2012 年第 4 期，第 94-95 页。

北京外国语大学张雅娟的硕士学位论文《玄奘本〈般若波罗蜜多心经〉概念英译研究》对比了多个英译本《心经》中核心概念的英译,从宏观和微观上提出了《心经》概念英译的原则。她提出的三条宏观原则是准确达意原则、通俗易懂原则、便于诵读原则;两条微观原则是"梵语+英语注释"、"英语+梵语注释"。[31]

李新德的《"亚洲的福音书"——晚清新教传教士汉语佛教经典英译研究》译文是一篇佛经英译方面的重要论文,作者在文章中指出:"在汉语佛经翻译策略与技术层面,传教士的做法主要有两种。一种是尽量忠实原文、多倾向于直译,让西方学者和未来传教士知其本原,如艾约瑟、毕尔、苏慧廉等;相对于译者和受众,这里涉及到一个'陌生化'或'他者化'的问题……另一种是'以耶释佛'、'援佛入耶',如李提摩太以基督教的立场来翻译佛经,又如理雅各英译《论语》,采用的与"援儒入耶"之态度一样,主要考虑接受者都是基督教背景的西方人,同样这里涉及到一个'归化'或'自我化'的问题。至于前者,这种译法从长远来看,对西方认识佛教不无积极作用。当然这并不是否认李提摩太的做法,他出于宣教的考虑,以归化的方式来处理佛教经典,是为其基督教本位思想服务的。"[32]

李新德的另外一篇文章《李提摩太与佛教典籍英译》详细地介绍了英国传教士李提摩太对中国佛教的考察与感悟,对李提摩太翻译佛教典籍的初衷与态度进行了评价。李新德指出了李提摩太相对早期传教士的进步之处在于,"基于对中国佛教文化的了解,李提摩太主张传教士要多学习中国宗教文化、尊重中国宗教文化。这与早期新教传教士一位贬低、诋毁中国传统文化包括佛教文化相比,实在是高瞻远瞩。"[33]但同时,文章也指出了李提摩太的局限之处:"李提摩太有选择地进行佛教经典的翻译,正如其向中国人输入西学一样,都是为其传教服务的。他翻译佛教经典时使用的更多还是归化法,而非他者化的翻译。这样做的目的是让处于基督教背景的西方学者更容易熟悉中国佛经,客观上促进了佛教的西传;但是这种自我化的翻译、西方人中心

31 张雅娟,玄奘本《般若波罗蜜多心经》概念英译研究〔D〕,北京外国语大学,2014年,第7-8页。

32 李新德,"亚洲的福音书"——晚清新教传教士汉语佛教经典英译研究〔J〕,世界宗教研究,2009年第4期,第57页。

33 李新德,李提摩太与佛教典籍英译〔J〕,世界宗教文化,2006年第1期,第14页。

论的彰显，也使得西方人很难了解佛教真正面目。"[34]

班柏的《晚清以降的中国佛典英译高潮》一文回顾了中国佛典英译的时代背景，介绍了中国佛典英译的基本情况，并且从三个方面论述了中国佛典英译的价值与影响。班柏认为中国佛典英译的价值首先在于，"佛典英译给当时勃兴的比较宗教学增添了新的关照视角，是主流佛典研究主义到中国佛典的价值跟意义。"[35]其次，"佛典英译促进了相关人才的培养和文化互动。李提摩太翻译《起信论》后，着力培养梵语、英语和中西兼备的人才，促进佛教西渐。"[36]再次，"从翻译史的编撰来讲，佛典英译开拓了研究的视野……如梵文原文已失的《华严经》《俱舍论》《楞严经》等文本的学术价值和历史价值等都被重新发掘出来"。[37]

班柏的另一篇文章，《李提摩太以耶释佛英译〈大乘起信论〉探析》，对李提摩太"以耶释佛"式的佛经英译进行了深入的探讨。文章首先分析了李提摩太翻译《大乘起信论》背后的价值取向，然后对李氏"洋格义"式英译的种种表现进行了总结，提出"李氏正是通过操控术语、附会义理并持以拿来主义的态度对待原文三种方式进行'引耶入佛'、'佛耶对话'的。"[38]对于李提摩太归化式的翻译方法，班柏的观点和李新德的观点稍有不同，他认为"较之缪勒对东方圣典的翻译主张，即从东方内部（within）理解经典，而非西方的角度出发，李提摩太的翻译实践恰恰背道而驰。依照缪勒的主张，东方圣典的翻译应当起到'陌生化'的效应，而李氏的翻译恰恰是归化的典范，是同化他者的典范。这种同化正是李氏'万教同源'意识形态的体现，只有回归这种文本历史性的评价对李氏的译文才可能公允。"[39]班柏认为讨论李提摩太的佛经英译，不能仅仅关注翻译问题，还要从比较宗教学和文化

---

34 李新德，李提摩太与佛教典籍英译 [J]，世界宗教文化，2006 年第 1 期，第 15 页。

35 班柏，晚清以将的中国佛典英译高潮 [J]，外语教学与研究（外国语文双月刊），2014 年第 2 期，第 279 页。

36 班柏，晚清以将的中国佛典英译高潮 [J]，外语教学与研究（外国语文双月刊），2014 年第 2 期，第 279-280 页。

37 班柏，晚清以将的中国佛典英译高潮 [J]，外语教学与研究（外国语文双月刊），2014 年第 2 期，第 280 页。

38 班柏，李提摩太以耶释佛英译《大乘起信论》探析 [J]，重庆文理学院学报（社会科学版），2012 年第 5 期，第 130 页。

39 班柏，李提摩太以耶释佛英译《大乘起信论》探析 [J]，重庆文理学院学报（社会科学版），2012 年第 5 期，第 131 页。

重构的角度思考，李提摩太的译文带有文化想象和意识形态成分，其目的是通过政治的力量建构基督教在中国传教的合法体制。[40]班柏的这篇文章最后提出，"对译本的评价应以新历史主义'文本的历史性'为关照，还原译本发生时的历史、文化、政治语境，而不应施以'信、达、雅'等常规的翻译标准。最后，在翻译的旨归上，必须将译文放置在更为宏大的基督教来华传教史、典籍英译史背景下，李氏的翻译实践才能得到更为合理的解释。"[41]班柏的这篇论文突破了过去学术界以"准确性"为衡量标准而对李提摩太加以全盘否定的观点，看到了李氏佛经英译在典籍外译史上的价值，可以说在佛经英译理论研究方面具有一定的突破性。

蒋维金、李新德合著的论文《论苏慧廉对〈妙法莲华经〉的英译与诠释》通过对苏慧廉英译本《法华经》的分析提出："苏氏在翻译此经书的过程中已经是一位职业的汉学家，而不单纯是传教士身份。担任牛津大学汉学教授数十载，苏氏对汉学的研究很透彻，对中国文化的了解也相当深入。因而，在翻译这部佛教经典的时候，苏氏并不像李提摩太（Timothy Richard）那些传教士一样完全受基督文化的牵制，翻译时注重基督色彩，进而扭曲了经书的原文要义，而是用一种客观的态度对待这本经书的翻译。在翻译过程中，苏氏摈弃了固有的基督教偏见，翻译起来更加客观、准确、简洁，力图将这部经典的内涵清晰而又准确地表达出来，从而为西方学者更好地研习中国佛教文化之用，使中西宗教文化交流密切。"[42]这篇文章的理论意义在于提出了苏慧廉作为职业汉学家的翻译和李提摩太等传教士的翻译在诸多方面的不同之处，从而将视野转向佛经英译译者主体性研究这个较少涉及的问题。

综上所述，国内学术界在佛经英译方面的研究主要集中于对晚清以来传教士佛经的佛教典籍英译方面，多数研究的对象是翻译的主体——译者的身份及其翻译策略，也有一些研究就是针对某部佛经英译本的具体翻译方法展开。我们发现，学术界对佛经英译理论方面的探索无论在数量上，还是在质量上都有所欠缺。如何将佛经英译的实践与从古到今的翻译理论相结合，从

---

40 班柏，李提摩太以耶释佛英译《大乘起信论》探析［J］，重庆文理学院学报（社会科学版），2012 年第 5 期，第 131 页。

41 班柏，李提摩太以耶释佛英译《大乘起信论》探析［J］，重庆文理学院学报（社会科学版），2012 年第 5 期，第 132 页。

42 蒋维金、李新德，论苏慧廉对《妙法莲华经》的英译与诠释［J］，浙江万里学院学报，2014 年第 9 期，第 77 页。

而将佛经英译的研究推向更深入的层次，是学术界该领域研究所面临的实际问题。

# 小结

本节首先对汉末以来佛经翻译史上的重要理论表述进行了回顾。这些重要的理论包括：道安的"五失本"、"三不易"；彦琮的"八备说"；玄奘的"五不翻"；赞宁的"六例"等等。中国传统佛经翻译理论涉及的内容包括翻译本体论、译者论、方法论等方面的论述。贯穿整个梵文佛经汉译史的，是一条"文质之争"、"直译"与"意译"之争的主线。对佛经汉译历史的回顾，可以为佛经英译提供重要的参照。千年以前，佛经从梵文这种古老的印欧语系代表性语言翻译成汉语，今日再从汉语翻译成英语这种具有代表性的现代印欧语系语言，这两个过程存在着某种内在的联系。因此，传统佛经翻译理论对佛经英译具有重要的理论借鉴意义。另外，像"五不翻"这样的具体翻译方法上的重要见解，仍能指导我们今日佛经英译的实践。

19世纪中期以后，西方学者率先开始了对汉语佛经的英译。从译者的身份看，有两个问题值得关注：一是早期佛经英译者基本都是西方传教士，后来一些日本学者也开始将汉语佛经译成英文。相比之下，国内译者的数量要少得多。二是佛经的英译者当中，宗教界人士远远多于学者。西方译者中，传教士的人数要远远多于职业汉学家；国内译者中，佛教徒的人数要远远多于纯粹的学者。早期佛经英译的译者多为传教士这一点和大的时代背景有关，当时很多英国传教士将佛教视为了解中国本土文化的一个渠道，或者试图通过阅读翻译汉语佛典寻找佛教和基督教的交集。与之形成对照，十九世纪末到二十世纪上半叶中国的知识分子思考最多的是救亡图存和民族解放的问题，向西方学习成为多数知识分子的选择，因此他们更多的是将西方政治、经济、思想、军事等领域的书籍译为中文，而对中国传统思想文化主动向外译介就比较少。二十世纪末，尤其是新世纪以来，随着中国国力的不断增强，佛经的英译作为中国传统文化对外译介的一部分，势必会呈上升的趋势。早期佛经英译者大多数为宗教界人士这个情况，到了二十世纪中期以后发生了很大的转变。当时，美国社会对佛教特别是禅宗的兴趣高涨，很多学者也开始了对佛教尤其是禅宗文献的研究与翻译并产生了菲利普·扬波斯基这样著名的学者。

国内学术界对佛经英译的研究开始的比较晚，直到近十几年以来才有一些论述散见于各种学术刊物。国内学术界在这一领域的研究主要集中于对十九世纪后期以来的传教士佛经英译方面，其中对李提摩太的研究比较多。多数的研究者对李提摩太"缘佛入耶"式的佛经英译持批判的看法，但也有个别研究者（例如班柏）从新历史主义的角度对李提摩太的英译进行了深入的剖析，阐释了李氏翻译策略的目的和生成机制。在笔者看来，李提摩太的翻译策略在宏观上属于一种"文化变异"；而在具体的翻译方法上则是将归化翻译发挥到了极致。除了对传教士佛经英译的研究之外，国内学术界的研究基本上都是就某一具体佛教文献的英译展开，主要是针对其翻译方法和策略展开评述。总之，国内学术界的佛经英译研究开展的比较晚，数量也比较少，更重要的是从理论层面对佛经英译进行的论述还比较少，这可以说是国内佛经英译研究的一个短板。

## 第二节　比较文学变异学视域下的佛经英译

笔者曾就翻译理论和翻译实践的关系问题请教过德国著名汉学家、翻译家顾彬（Wolfgang Kubin）先生，他对这个问题的看法是：翻译理论很大程度上无法在翻译实践上给译者提供指导，但译者却可以用翻译理论来解释自己的翻译实践并回答他人的质疑。[43]从顾彬先生的观点出发，结合本书的研究内容，我们需要思考的问题是，对于佛经英译，应该用什么样的理论才能最为深入、合理地加以解释？

纵观西方翻译理论的发展，其研究的出发点往往都以同源文化背景之下的不同语言之间展开，多数都是从语言研究的角度出发的。另外，西方的翻译理论研究往往是以西方文明为中心，较少考虑到异质性文化的问题。然而，在佛经英译的实践中，既存在着融合古人与今人的视域差异的问题，也存在着跨越东西方异质文化鸿沟的问题。所以，西方的翻译理论实际上并不能给予佛经英译中产生的问题以充分的解释。对于佛经的英译，我们必须考虑到东西方文明异质性这个问题。那么，如何从东西方文明异质性这个问题出发

---

43 笔者在顾彬先生 2016 年 5 月 30 日北京师范大学《翻译是在做哲学：极端翻译理论》的学术讲座提问环节就此问题提问，顾彬先生做出如是之回答。

对佛经英译所体现出的纷纭复杂的问题做出合理解释？在这个问题上，曹顺庆先生提出的比较文学变异学理论具有重要的启示意义。正如本书第二章中对《坛经》英译本的对勘所示，各译本英译存在着纷繁复杂的译文差异现象。这些差异不仅反映了不同译者对相同的文本内容经常表现出差异极大的理解与表达，还反映了译者对原文的有意改造。有时候我们发现一些译者对原文的改造已经到了彻底颠覆原文内容的地步。比较文学变异学对"差异"的关注与审视，有助于我们发现纷乱的翻译现象背后变异产生的原理和规律，尤其有助于我们解释佛经翻译中经常出现的"有意误读"现象。因此，比较文学变异学是《坛经》英译研究恰当的理论选择。

## 一、比较文学与翻译研究

在我们运用比较文学变异学的研究思路对《坛经》英译的变异问题展开研究之前，有必要先了解清楚比较文学和翻译研究的关系。其实早在 1931 年，巴黎出版的第一部全面阐述法国学派观点的著作《比较文学论》中，著名学者梵·第根就已经论及翻译的问题。梵·第根在本书的第二部分第七章"媒介"中，讨论了译本和翻译者的问题。这可以算作是将翻译研究纳入到比较文学媒介学范畴的滥觞。梵·第根指出："无疑地，就是在十八世纪，也有着一些小心周到的翻译者；在批评家之间有一部分是注重译文之正确的，但同时另一些批评家却主张说翻译家的任务是在于给外国作品'穿上法国式的衣裳'。实际上，后者的主张是最通行，于是大批的翻译者便有系统地做着不信的翻译了。"[44]这说明，在比较文学发展的第一阶段，关于翻译是忠实于原作，还是以适应译文读者的需求为目的，就已经有了不同的声音。

另一位法国学派的著名学者布吕奈尔在《什么是比较文学？》一书中指出："翻译过去是现在仍然是通向世界文学代表作的最容易最经常的办法。"[45]由此可见，布吕奈尔也强调翻译的媒介作用。同时他还指出："埃德加·坡因波德莱尔和马拉美的翻译而获得新生……某些翻译，不求助于原来就是杰作的原文而成为另一种语言或另一种笔调的杰作；不是一部杰作而是两部杰作。因此莎士比亚的剧本和它的 A. W. 施莱格尔和鲁德维希·蒂克的译本共

---

［法］梵·第根，戴望舒译，比较文学论［M］，长春：吉林出版集团有限责任公司，2010，第 132 页。

45 ［法］布吕奈尔等，葛雷，张连奎译，什么是比较文学？［M］，北京：北京大学出版社，1989，第 58 页。

同存在于德国精神之中。"[46]布吕奈尔此处的观点，已经和中国学者谢天振、王向远等人关于翻译文学的看法有了一定程度上的契合。

对于比较文学和翻译研究的看法，也有不同的看法。例如，英国学者苏珊·巴斯奈特 1993 年出版的《比较文学批评导论》[47]就在这个问题上发出了极其深刻并具有颠覆性的声音。她在这本书中提出：

> 翻译研究领域当下正在展开海量工作、新创办的学术期刊、激增的国际会议、数量惊人的学术著作和博士论文，这一切都证明，翻译研究这个曾经不受重视的边缘领域如今已充满活力。由于运用了多种不同的方法体系，它已成为一个真正意义上的跨学科领域。因此，用跨文化研究（Intercultural Studies）这样的术语来称呼它，或许更为贴切。此外，现在已很难再将翻译研究视作"比较文学"的一个分支，部分原因是，当下"比较文学"这一术语，就像本书试图展现的那样，已没有什么实质性的意义（并不是说开始时它曾有过丰富的意义）。还有部分原因在于，翻译研究是一个生机勃勃的领域，而作为一种形式主义实践的比较文学已经式微。[48]

苏珊·巴斯奈特以翻译研究取代比较文学的观点并非无本之木，她的这一观点既和埃文·佐哈、勒弗维尔、芭芭拉·戈达德等学者在 20 世纪后期许多新的翻译研究理论成果有关，又受到了德里达、本雅明等人在哲学层面上思考的影响。她的这个看法的影响之大，甚至曾被认为是比较文学一次新的危机。后来，巴斯奈特又提出"比较文学和翻译研究都不应该看作是学科：它们都是研究文学的方法，是相互受益的阅读文学的方法"，[49]这个表述部分地改变了她自己的看法。但无论是从之前还是之后的观点，我们都可以看出巴斯奈特对翻译研究的重视程度。

中国学者关于比较文学和翻译研究关系的看法经历了一个发展、演变的过程。从 1980 年代开始的很长时段时间内，中国学者都沿用了法国学者的观点，将翻译研究纳入媒介学的范畴之内（如卢康华、孙景尧的《比较文学导

46 Ibid.
47 Susan Bassnett. Comparative Literature: A Critical Introduction[M]. Oxford: Blackwell, 1993
48 ［英］苏珊·巴斯奈特著，查明建译，比较文学批评导论［M］，北京：北京大学出版社，2015，p.182。
49 Susan Bassnett. "Reflections on Comparative Literature in the Twenty-First Century"[J]. Comparative Critical Studies, 2006(3,1-2). P. 6.

论》[50]）。后来，随着谢天振先生"译介学"的提出，翻译研究开始获得了更多的关注（如陈惇、孙景尧、谢天振合编的《比较文学》就将译介学放在文类学、主题学、形象学相等的层面上）。谢天振先生在《译介学》一书中对法国学者埃斯卡皮提出的"创造性叛逆"进行神了深入的分析和思考，他在论述翻译的创造性叛逆在比较文学研究中的意义时指出："一旦一部作品进入了跨越时代、跨越地理、跨越民族、跨越语言的传播时，其中的创造性叛逆就更是不言而喻的了，不同的文化背景、不同的审美标准、不同的生活习俗，无不在这部作品上打上各自的印记。这时的创造性叛逆已经超出了单纯的文学接受的范畴，它反映的是文学翻译中的不同文化的交流和碰撞，不同文化的误解与误释。创造性叛逆的这一特质，使得文学翻译的创造性叛逆在比较文学研究中有了特别的意义。"[51]谢天振先生对翻译的创造性叛逆的具体表现所做的细致区分具有比较重要的方法论意义。首先，谢先生将译者的创造性叛逆概括为有意识型和无意识型两种，而后又论述了四种具体的表现：1.个性化翻译；2.误译与漏译；3；节译与编译；4.转译与改编。谢先生明确提出绝大多数的误译与漏译属于无意识型创造性叛逆，无意误译的原因很多是因为译者对原文语言内涵或文化背景缺乏足够的了解；而有意误译的原因是由于译者为了迎合本民族读者的文化心态和接受习惯，或者强行引入或介绍外来文化的模式和语言方式。[52]谢先生还指出，有意的漏译即节译，而节译和编译都属于有意识的创造性叛逆。造成节译与编译的原因多是为了适应接受国的风俗习惯，或是迎合接受国读者的趣味便于传播，以及道德政治等方面的考虑等等。[53]对于转译与改编，谢先生认为它们都属于特殊型创造性叛逆，其共同特点是使原文经受了"二度变形"。其中，对于转译，谢先生特意举了汉译佛经很多术语并非直接译自梵文，而是通过某些西域文字当做中介为例证。[54]谢天振先生对创造性叛逆所作的"有意"与"无意"的区分，对我们分析佛经英译中的"误译"、"误读"、"漏译"等问题有重要的启示意义。

曹顺庆先生自 2005 年提出比较文学变异学的理论设想之后，进一步理清

---

50 详见卢康华、孙景尧的《比较文学导论》（黑龙江人民出版社，1984 年版，第 165-169 页）。

51 谢天振著，译介学 [M]，上海：上海外语教育出版社，1999 年，第 141 页。

52 谢天振著，译介学 [M]，上海：上海外语教育出版社，1999 年，第 153-154 页。

53 谢天振著，译介学 [M]，上海：上海外语教育出版社，1999 年，第 154-155 页。

54 谢天振著，译介学 [M]，上海：上海外语教育出版社，1999 年，第 155-156 页。

了比较文学变异学和译介学的关系。他明确地提出："译介学是比较文学变异学中研究语言层面的变异的分支学科，它关注的是跨语际翻译（interlingual translation）过程中发生的种种语言变异现象，并探讨产生这些变异的社会，历史以及文化根源。"[55]这个看法明确了译介学在比较文学研究体系中的定位、性质和研究对象，对我们如何将译介学应用到比较文学研究，尤其是翻译研究领域有着重要的启示意义。

2013年出版的《变异学》（*The Variation Theory of Comparative Literature*），是曹顺庆先生一部重要的著作。这部作品中的很多内容都和翻译研究有关。曹先生首先回溯了但丁、洪堡特、克罗齐等人关于"不可译性"的论述，并结合海德格尔、索绪尔、福柯、德里达等人所提出哲学范式，最终论证了"不可译性必然导致变异产生"这一重要理论观点。[56]曹先生认为："对于'不可译性'在认识论和本体论层面的讨论使我们充分认识到意义的不透明性及其与语境的不可分割性，但这并不意味着'不可译性'有导致取消翻译本身的危险，相反，它对推动我们对随心所欲的自由译采取警醒的态度。但更重要的是在翻译变异过程中，不但原文得以新生，而目的语也因此获得了营养，丰富了自身的表达方式。"[57]从曹先生对"不可译性"的论述出发，我们对于佛经英译可以获得两点感悟：第一，由于东西方巨大的语言文化差异，汉语佛经英译尽管难度很大，但并非"不可译"；第二，对于汉语佛经英译过程中的变异现象是语言文化转换的必然结果，我们既不能一味地求"同"而排斥"变异"，也不能将无限制的"变异"视为合理。

曹先生在《变异学》中还关注了汉语与西方语言之间的异质性问题。他列举了西方知识界以葆朴、黑格尔为代表的长期以来对汉语的偏见以及洪堡特、韩礼德等人对这种偏见的反思，并在此基础上提出了译介领域内对汉语与西方语言异质性的跨越问题。曹先生认为，这种异质性有两个方面的障碍：第一个来自语言本身；第二个来自文化方面。在如何对待异质性障碍的问题上，曹先生提出"如果我们在译介过程中不注意'异质性'的存在，就会使翻译文本失去原文本语言文化的特征；而如果我们过分突出'异质性'因素，

55 曹顺庆，比较文学教程［M］，北京：高等教育出版社，2006，第112页。

56 Shunqing Cao. The Variation Theory of Comparative Literature[M]. Springer, 2013. pp. 109-117.

57 Shunqing Cao. The Variation Theory of Comparative Literature[M]. Springer, 2013. pp. 118-119.

势必造成对翻译文本在理解上的困难。因此，在两种语言文化之间的'异质性'和'同一性'之间寻求一个平衡的支点就显得尤为重要。"[58]

总之，比较文学变异学、译介学是中国学者在比较文学理论研究方面的重要建树，谢天振、曹顺庆等中国学者在比较文学与翻译研究的问题上进行了深入的探讨。翻译研究的文化转向和文化研究的翻译转向，是上世纪八十年代以来国际学术界的一个显著趋势，同时，翻译研究已经成了比较文学研究中不可或缺的重要组成部分。

## 二、变异学、译介学对佛经英译的理论启示

将中国学者提出的变异学、译介学等理论引用佛经英译的研究，我们会发现佛经英译中的很多问题都可以通过变异学、译介学理论得带解释。例如，曹顺庆先生在《变异学》一书中所强调的"异质性"问题，就是佛经英译研究中的关键问题。将曹先生对"异质性"问题的论述和本书第二章对《坛经》各英译本特点的总结及各英译本对勘所提供的丰富材料联系在一起，我们发现过分突出"异质性"确实会对读者理解翻译文本造成困难。在 14 个《坛经》英译本中，突出"异质性"倾向最为明显的宣化译本，对于以英语为母语的人士来说确实显得不那么通顺。其根本原因就是这个译本过于强调忠实于原文而在可读性方面有所欠缺。比勒菲尔德和兰卡斯特就曾经在他们对《坛经》的研究文章中指出过宣化译本的问题，他们认为："与那些翻译风格比较自由的译者相比，这个译本的译者对中文的翻译过于强调直译。这种直译不仅造成了译文的诘屈，而且经常让英文读者无法弄明白原文的意思。例如，'即时豁然，还得本心'，这个译本用了祈使句的句式将其翻译为'Just then suddenly return; obtain the original mind'。陆宽昱对这句的翻译是，'Instantly the Bhiksus obtained a clear understanding and regained their fundamental minds'。理查德·罗宾逊（Richard Robinson）在其对《维摩诘经》的英译中将这句话译作'Immediately they wholly regained their original thought'。"[59]比勒菲尔德和兰开斯特所指出的宣化译本过于直译的问题，实际上就是曹先生所说的过分突出"异质性"带来的问题。在上面的这个例子中，宣化译本

---

58 Shunqing Cao. The Variation Theory of Comparative Literature[M]. Springer, 2013. p. 129.

59 Carl Beilefeld & Lewis Lancaster. T'an Ching: Review[J]. Philosophy East and West, Vol. 25, No. 2 (Apr., 1975), p. 207.

在英译文中几乎原封不动地照搬了汉语原文的句法结构，意义的表达也几乎是字字对应式的翻译。这样的译法相对陆宽昱和罗宾逊比较灵活的译文，自然会对读者的理解造成困难。宣化译本的翻译策略是尽量忠实于原文，但这种过分强调"异质性"，过分运用"异化"翻译策略的处理方式，显然无助于读者对原文意义的理解。

比较文学变异学的另外一个重要贡献是阐明了比较文学视域下的翻译研究和传统翻译研究之间在研究角度、研究重点和研究目的上的差别：在研究角度上，比较文学学者更加注重不同社会、文化背景下的交流；在研究重点上，比较文学学者更加注重翻译转换过程中文化的相互理解和交融、相互误解和排斥以及由此导致的文化扭曲和变形等；在研究目的上，比较文学学者把翻译看做文学研究的对象，并把翻译行为的结果作为一个既成事实接受。[60]比较文学变异学翻译理论相对于传统翻译研究在研究角度、研究重点和研究目的上的转变，实际上反映了两个方面的突破：一是从传统翻译研究对语言、意义的关注转向了对文化差异的关注；二是从传统翻译研究对翻译过程的关注转向了对翻译结果的关注。联系到本书的研究内容，如果说第二章《六祖坛经》各英译本的对勘让我们了解《坛经》英译中发生了什么样的变异，那么比较文学变异学则在理论上使我们对这些变异发生的原因进行解释成为了可能。

除此之外，曹顺庆先生还在其著作中论述了译介学的"创造性叛逆"和文化意象的传递与误译的问题。他提出的一个非常有价值的观点是"对比较文学来说，也许更具研究价值的是有意误译，在有意误译中，译语文化与源语文化表现出一种更为紧张的对峙，译者则把他的翻译活动推向一种非此即彼的选择：要么为了迎合本民族文化心态，大量改变原文的语言表达方式、文学形象、文学意境等等，要么为了强行引入异族文化模式，置本民族审美趣味的接受可能性于不顾，从而故意用不等值的语言手段进行翻译。"[61]曹顺庆先生的这段论述点出了比较文学变异学视野下翻译研究关注的重要问题——有意误译的问题，并且合理地解释了有意误译的生成机制。这就为我们对佛经英译中大量存在的有意误译进行解释提供了理论依据。

60 Shunqing Cao. The Variation Theory of Comparative Literature[M]. Springer, 2013. p. 134.
61 Shunqing Cao. The Variation Theory of Comparative Literature[M]. Springer, 2013. p 137.

综上所述，曹顺庆先生的变异学理论对跨异质文化的翻译研究有着非常重要的理论意义，同时也是为研究佛经英译变异问题的强有力的理论武器。

## 小结

本节将比较文学变异学关于翻译研究的理论引入了对佛经英译的研究。其合理性在于，首先比较文学变异学从"文化差异"的角度出发，对文化的"异质性"给予足够的重视，有助于我们深入探索佛经英译中大量存在的"文化变异"现象。其次比较文学变异学相对于其他强调翻译过程的研究途径，更看重的是对翻译结果的研究，尤其是"有意误读"这个特殊现象的研究。总之，将比较文学变异学引入佛经英译的研究，能够在理论的层面解释佛经英译的深层问题，从而使本领域的研究走向深入。

## 第三节　《六祖坛经》英译的变异类型

我们以比较文学变异学为理论依据对《六祖坛经》英译进行研究所要解决的第一个问题是，如何在《坛经》英译研究的范畴内定义"变异"以及如何确定《坛经》英译中的变异类型。曹顺庆先生认为："文学在流传过程中，由于不同的语言、不同的国度、不同的文化，不同文明、不同的时代、不同的接受，它会产生文学信息、意义的改变、失落、误读、过滤，换句话说，它肯定会发生变化，也就是我所说的变异。"[62]曹顺庆先生在这里所说的"变异"主要是针对文学的跨语言、国界、文化而言，但对《坛经》这部佛教经典的英译也同样适用。这是因为，尽管《坛经》的根本属性是一部融合大乘佛教思想和中国本土文化的禅宗文献，但不同于一般译自梵文的佛教经典，它同时兼备了相当大的文学性。郭晓敏在其硕士学位论文《〈坛经〉的文学性研究》中分析了《坛经》的内容所包含的小说、诗歌、戏剧成分，"说它是小说，在于其引人入胜的故事情节，六祖从闻经得悟、东山求法、作偈呈心、三更受法、南逃隐遁一直到曹溪传禅、临终付嘱的种种经历，堪称是中国禅宗史上的白话小说。说它是诗歌，是由于其中的偈颂。偈颂本来是古印度佛典的一种韵文，中国历来就有悠久的诗歌传统，因此在佛典翻译过来时就结合中国

---

62 曹顺庆著；王向远主编，比较文学与世界文学名家讲堂南橘北枳［M］，北京：中央编译出版社，2014年，第5页。

诗的形式形成了偈颂这一独特的文体。说它是戏剧,在于其中有很多富含机锋的对话。"[63]除此之外,郭晓敏的论文还总结了《坛经》中的修辞手法及人物形象塑造所体现出的文学性。由此可见,从比较文学变异学有关文学翻译变异问题的理论观点对《坛经》英译过程中发生的变异现象进行研究,是有其根据的。

比较文学变异学视野之下的翻译研究,"不再纠结与翻译技巧和翻译方法的总结,不再局限于语言转换正确与否的限制,不再热衷于从语言层面对译本做出价值判断,也不再以建立翻译规范、指导翻译实践为最终的旨归,而是转向文学和文化研究,把研究对象放在不同文化背景之下,审视文学交流中出现的相互融合和冲突,研究由相互误读、误释、误译而引发的文化扭曲和变形,并进一步揭示出其背后的文化渊源。"[64]可见,变异学主要关注的是文学穿越语言的界限之后所发生的文化变异。然而,对《六祖坛经》来说,由于其自身兼具宗教经典和文学经典的角色于一身的特殊属性,因此其英译中的变异除了文化变异之外,还有两类特殊类型的变异,即译本本身的变异和译者的研究所造成的变异,这两类变异同样值得我们关注。以下,本节将分三个部分分别对《坛经》译本本身的变异、研究型变异和跨文化变异进行分析。

## 一、《六祖坛经》英译本本身的变异

本书第一章第二节"《六祖坛经》英译本总结与归纳"一部分已经论证过,德怀特·戈达德 1938 年在美国佛蒙特州出版的宗宝本《坛经》英译本、韩福瑞 1944 年在英国伦敦出版的英译本、广东四会六祖寺策划华文出版社 2016 出版的最新英译本都不能算是独立的译本,因为它们有一个共同的母本——黄茂林 1930 年译本。其中戈达德在其译本中明确说明是对黄茂林本的改写,韩福瑞本也在前言中说明是对黄茂林本的修订。六祖寺本尽管没有做出任何说明,但笔者在将这个版本和黄茂林本的内容进行逐句对读之后发现,其大部分内容和黄茂林本是完全一样的,只有较少部分译文有所改变。因此,笔者认为,这三个版本相对于黄茂林本可以说是一种"译本的变异"。下面我们就通过两个具体例子来说明黄茂林本在戈达德本、韩福瑞本和六祖寺本

---

63 郭晓敏,《坛经》的文学性研究 [D],浙江大学,2012 年,绪论第 7 页。

64 曹顺庆主编,比较文学学 [M],成都:四川大学出版社,2005 年,第 194 页。

所发生的变异之表现。

首先，我们来看《行由第一品》中慧能的那首著名的心偈所发生的变异：

原文：菩提本无树，明镜亦非台。本来无一物，何处惹尘埃。

| 黄茂林本译文 | 戈达德本译文 | 韩福瑞本译文 | 六祖寺本译文 |
| --- | --- | --- | --- |
| By nature there is no Bodhi-tree. Nor case of bright mirror. Since intrinsically it is void. Where can the dust fall on? | Neither is there Bodhi-tree, Nor case of mirror bright. Since intrinsically all is void Where can dust collect? | Fundamentally there is no Bodhi-tree, Nor stand of a mirror bright. Since all is void from the beginning, Where can the dust alight? | Bodhi has no tree. Clear mirror has no stand. Originally nothing. Where is dust? |

从其他英译本对慧能这首心偈的译文于黄茂林译本译文之间的差异，我们可以清晰地发现，韩福瑞译文相对黄茂林本的变化最小，而六祖寺本的译文相对黄茂林本的变化最大。韩福瑞在其对黄茂林译本的修改本序言中曾经提到："这个修改本谨慎地避免任何对黄本的改写与阐释……只在最小的程度上做出修改。"（scrupulously avoided any re-writing or even paraphrasing (of Wong's text)... but confined himself to a minimum of alterations.）[65]因此，韩福瑞本的译文只是在一些细节上对黄茂林的译文做了一些调整。例如，将"By nature"改为词义更为清晰的"Fundamentally"；将黄译本用来翻译"台"的"case"（盒子）改为词义更加准确的"stand"（台、架、置物的底座）；将"intrinsically"改为更浅显的"from the beginning"等。戈达德对黄茂林译文的改造则要更大一些。首先，戈达德将"菩提本无树"的"本"去掉不译，这是一个比较大的改变。其次，戈达德将"本来无一物"黄译本的译文"it is void"改为"all is void"。在这里，他的理解显然是"本来所有一切都不存在"。最后，戈达德将黄译本的"fall on"改为"collect"，词义发生了不小的改变，不知道是出于什么原因。戈达德译本和韩福瑞译本对黄译本此处译文的一个相同改造是都使用了隔行押韵的英文诗歌表达方法，这可能是因为原文是押韵的偈颂，他们这样改变可以在一定程度上获得译文和原文的形式对等。相比之下，六祖寺译本对黄茂林本此处翻译的改造最为明显。这个译本对慧能"心偈"的翻译有两点值得我们注意：第一，似乎是在刻意追求

---

65 The Sutra of Wei Lang (or Hui Neng)[M]. translated by Wong Mou-lam; new edition by Christmas Humphreys. London: Luzac. 1944. Preface.

一种和原文在形式上的"对等"，其译文和汉语原文在句式上几乎完全一致；第二，这个译本此处的翻译采取了一种"极简化"的策略，去掉了很多黄译本原有的修饰成分。然而，六祖寺译本的改造是有问题的。首先，将"明镜"的译文"bright mirror"改为"clear mirror"，词义反而不如黄茂林译本的译文准确；其次，将黄茂林译本翻译"何处惹尘埃"的"Where can the dust fall on?"改译为"Where is dust?"，这个翻译回译为汉语对应的是"何处有尘埃"，意义发生了较大的改变。

接下来，我们再以《般若品第二》中的片断内容来看一看戈达德译本、韩福瑞译本和六祖寺译本在《坛经》中一些比较深奥的理论表述方面对黄茂林译本译文的改造：

原文：善知识，心量广大，遍周法界。用即了了分明，应用便知一切。一切即一，一即一切。去来自由，心体无滞，即是般若。

| 黄茂林本译文 | 戈达德本译文 | 韩福瑞本译文 | 六祖寺本译文 |
| --- | --- | --- | --- |
| Learned Audience, you should know that the mind is very great in capacity, since it pervades the whole Dharmadhatu (the sphere of the Law, i.e. the Universe). When we use it, we can know clearly of everything; and when we use it to its full capacity, we shall know all. All in one and one in all. When our mind works without hindrance and is at liberty to 'come' or to 'go' from the self-nature, then it is 'Prajna'. | You should know that the capacity of the mind is very great since it pervades the whole universe wherever the Law extends. When we use the mind we can consider everything; when we use Mind to its full capacity, we shall know all. All under one principle, one principle in all. When Mind works without hindrance and is at perfect liberty to "come" or to "go", then Mind is Prajna. | Learned Audience, you should know that the mind is very great in capacity, since it pervades the whole Dharmadhatu (the sphere of the Law, i.e., the Universe). When we use it, we can know something of everything, and when we use it to its full capacity we shall know all. All in one and one in all. When our mind works without hindrance and is at liberty to 'come' or to 'go', then it is in a state of 'Prajna'. | Learned Audience, you should know that the mind is very great in capcity, since it fills the whole Dharmadhatu (i.e. the Universe). Use it correctly and every single thing will be clear. Apply it correctly and you can understand everything. All in one and one in all. Coming and going freely, without hindrance, the substance of the mind will never stagnate. That is 'Prajna'. |

和前一个例子的情况相似，韩福瑞对黄茂林本译文的改动最小，只有两处细微的调整。一是将黄译本"了了分明"的译文"know clearly of everything"改作"know something of everything"；另一处是将黄译本"即使

般若"的译文"then it is 'Prajna'"改作"then it is in a state of 'Prajna'"。前一处改动其实没有什么意义，反而不如不改；后一处改动也仅仅是强调了"去来自由，心体无滞，即是般若"是一种状态（state）。相比之下，戈达德对黄译本译文的改动就比较大。他首先黄茂林对"法界"直译加解释的译法"Dharmadhatu (the sphere of the Law, i.e. the Universe)"改为意译式的"the whole universe wherever the Law extends"。但笔者认为，这个改变恐怕并没有原译清晰准确。据任继愈主编《佛教大辞典》，"'法界'就是宇宙万有，它包括一切精神现象与物质现象，包括现象世界也包括本体世界。"[66]因此，戈达德将其解释为"'法'所遍及的宇宙"，实际上理解有所偏差。其次，戈达德将黄茂林对"一切即一，一即一切"的翻译"All in one and one in all"改为"All under one principle, one principle in all"也存在比较严重的问题。"一切即一，一即一切"是华严宗用来说明"整体与部分"或"一般与个别"之间相即不离之关系的重要命题，在《华严经》原文中作"知一世界即是无量无边世界，知无量无边世界即是一世界"。由此可见，戈达德译文中添加出来的"principle"一词，是没有什么道理的，完全是戈达德自己的理解。最后，戈达德在"去来自由，心体无滞，即是般若"一句上对黄茂林译文的改写也不合理。黄茂林用 it 做形式主语代替"去来自由，心体无滞"，这个翻译对原文的理解比较恰当。而戈达德将"即是般若"译作"then Mind is Prajna"，变成了"心是般若"，相对原文的意义发生了不小的改变。再来看六祖寺本。首先，和上一个例子相似，六祖寺本的译者仍然采取了在黄茂林本的基础上进行简化的策略。例如将黄译本的"pervade"改成更简易的"fill"；将黄译本对"Dharmadhatu"的解释"the sphere of the Law"删去，仅保留了"the Universe"。其次，在这个例子中六祖寺本仍然追求形式上的对等，对"去来自由，心体无滞"的翻译"Coming and going freely, without hindrance, the substance of the mind will never stagnate"基本上和原文的句法形式相同，只是在"滞"字的翻译上用了 hindrance 和 stagnate 两个词，有所重复。

以上，我们通过两个例子分析了黄茂林英译本《六祖坛经》被三个来自不同国家的译者所改造而产生的变异。笔者认为，从《六祖坛经》原文到黄茂林的英译本，再到黄茂林英译本衍生出的三个改译（或修订）本，其间经

---

66 任继愈主编，佛教大辞典［M］，南京：江苏古籍出版社，2002，第 841 页。

过了两次改造，这是《六祖坛经》英译变异的特殊情况。这个情况说明了两个问题：第一，黄茂林本作为《坛经》的第一个英译本，是有其历史价值和学术价值的，否则其他的译者大可不必在它的基础上改译（或修订），而是直接去重新翻译出一个新的版本。事实上，通过本书第二章《六祖坛经》诸英译本的对勘，我们也可以发现，尽管黄茂林本是《坛经》的第一个英译本，但其准确性和可读性在通行本《坛经》的 9 个英译本中的确是属于比较好的一个，它在英语世界的传播比较广泛，被英语读者接受的情况也比较好。第二，黄茂林本的三个改译（或修订）本的译者认为黄茂林译本不够完善的理由或对这个译本的改造目的有所不同。通过将这三个译本的译文和黄茂林的译本进行比对，我们基本上可以确定，戈达德本对黄译本进行改写主要是为了适应美国读者的阅读习惯。他对黄译本的改造既有语言层面的，也有很多是文化层面的。相比之下，英国人韩福瑞对黄茂林本的修订主要停留在语言层面上，他只是对黄译本某些不够精确或不够地道的表达方式进行细微的修改。六祖寺本的改写目的则是为了获得一个更为简练、可读性更强的译本，以便于其在英语世界的传播。

总之，译本本身的变异，是《六祖坛经》英译中的一个特殊情况。从上个世纪三十年代、四十年代一直到新世纪以来不断有学者改写（或修订）黄茂林译本的这个情况也从一个侧面说明了不同时代、不同的群体对译本有着不同的要求和期待。这个情况实际上在中国古代梵文佛经汉译的历史上非常常见，某一部佛经的译本出现以后，后来的僧人们出于某些原因对这个译本不太满意，他们不会将这个译本彻底推翻，而是在原译文的基础上进行改造。最终，即使经过了历史的审验，源于同一部佛经的同一个译本依然会有不同的改造版本流传下来。而且，时至今日人们对这些改造本的评价仍然存在一些不一致的看法。笔者认为，相似的情况也会出现在佛经的英译上，不同时代的译者对《六祖坛经》黄茂林译本的改造性变异，正是这种情况的生动体现。

## 二、《六祖坛经》英译中的研究型变异

由于《六祖坛经》的一些英译者同时身兼《坛经》研究领域的学者之身份，他们对《坛经》的翻译往往不仅停留在意义或者文化的转化上，而是在译文中融入了一些自己的研究见解。有时候他们体现在译文之中的研究见解

和产生了原文之间的差异，笔者将由于这种情况导致的译文变异称之为研究型变异。纵观两个系统 14 个《坛经》英译本，菲利普·扬波斯基的译本中这种研究型变异体现的最为明显。以下我们就以扬波斯基译本中的一些具体例子来说明这个问题。

例 1：铃木大拙校对敦煌本《坛经》第 3 节"弟子是岭南人，新州百姓。今故远来礼拜和尚，不求余物，唯求作佛法。"一句，扬波斯基对"不求余物，唯求作佛法"的译文是：I am seeking no particular thing, but only the Buddhadharma.可见，扬波斯基并没有按照原文的字面意思翻译，而是将后半句译为"唯求佛法"。此处敦煌系三个版本（敦煌本、敦博本、旅博本）的原文都作"唯求佛法作"，而流传日本兴圣寺本、大乘寺本、天宁寺本以及德异本和宗宝本皆作"惟求作佛"。扬波斯基在其译文下面的脚注中对他此处的译法进行了解释，"此处有一系列的四字短语，因此'作'字显得有些多余。兴圣寺本此处的文字是'惟求作佛'。敦煌本这一部分后面有'汝是岭南人，又是獦獠，若为堪作佛'的表述，因此这一句原本的文字很可能和兴圣寺本一致。"[67]这个注释说明，扬波斯基对此处原文的改造是经过了研究和思考之后才做出的。

例 2：敦煌本第 11 节的"唯有一僧，姓陈名惠顺"一句，扬波斯基此处译文是：But there was one monk of the family name of Chen, whose personal name was Hui-ming.他在此处译文的脚注中指出："惠顺这个名字仅见于敦煌本《坛经》，《神会语录》《祖堂集》和兴圣寺本《坛经》中均作"惠明"。《宋高僧传》中有此人的传记。惠明本是江西鄱阳人，遇六祖而获证悟，而后将名字由'惠明'改为'道明'。清昼所撰之《唐湖州佛川寺故大师塔铭（并序）》中有其事迹的记载。《景德传灯录》"袁州蒙山道明禅师"一条下也有他的传记，在这个传记里惠明原本是五祖弘忍的弟子，为了避惠能的名讳而改成了道明。"[68]可见扬波斯基在此处查阅了大量的资料，进行了比较充分的研究和考证，因此在译文中直接将"惠顺"改成了"惠明"就可以理解了。

例 3：敦煌本原文第 17 节的"无者无何事？念者何物？无者离二相诸尘劳。真如是念之体，念是真如之用。"扬波斯基依据兴圣寺本，在"无者离

---

67 Philip B. Yampolsky. The Platform Sutra of the Sixth Patriarch[M]. New York: Columbia University Press. 1967. p127. fn19.

68 Philip B. Yampolsky. The Platform Sutra of the Sixth Patriarch[M]. New York: Columbia University Press. 1967. p127. fn47.

二相诸尘劳"的后面添加了"念者念真如本性"（'Thought' means thinking of the original nature of True Reality）一句。[69]铃木大拙校订的敦煌本和杨曾文校订的敦博本也添加了相同的内容。

例4：敦煌本原文第19节的"只缘境触，触即乱，离相不乱即定。外离相即禅，内不乱即定，外禅内定，故名禅定"一句，扬波斯基认为这一句中的"离相不乱即定"与语境不合，因此将其删去不译。

例5：铃木大拙校订敦煌本《坛经》第27节的"莫起诳妄，即自是真如性"（敦煌本原文作：莫去谁妄，即自是真如性；敦博本作：莫起杂妄，即自是真如性；旅博本作：莫起谁妄，即自是真如性）一句，扬波斯基将铃木校订的"莫起诳妄"改为"莫离诳妄"，将整个句子译作：Do not depart from deceptions and errors; for they of themselves are the nature of The Reality. 扬波斯基此处译文对原文意义的改造十分大胆，但其中也包含了他自己对禅宗思想的理解。另外，他还举了永嘉玄觉禅师所作《证道歌》中的"不除妄想不求真。无明实性即佛性"两句为旁证。[70]因此，扬波斯基此处译文对原文的改变似乎也可以算作研究者的一家之言。

从以上几个例子可以看出，扬波斯基对《六祖坛经》的翻译不只是简单地停留在语言层面，而是跳出了原文字面内容的局限，其译文经常体现出他自己的研究观点。扬波斯基通过对《坛经》的深入研究，在译文中既有对原文字词的改变，也有对内容的增删，甚至有对原文内容的颠覆性改造。这个译本中类似的研究型变异还远不止以上几个例子，它们呈现了身兼译者和学者双重角色的扬波斯基在《坛经》研究领域的创新性探索。另外，扬波斯基的译本中几乎每一页都有许多注释，这些注释时时传递出他对《坛经》的研究观点，也经常对他对《坛经》原文所作的改造性翻译进行说明。他的这些注释对后来的研究者来说，具有重要的参考价值。

《六祖坛经》英译中的研究型变异不只出现在扬波斯基的译本中，林光明、陈荣捷、马克瑞等其他译者的译本也存在这样的情况，只是数量上没有扬波斯基译本中那么多。我们再举几个例子看一看这几位译者译本中的研究型变异：

---

69　Philip B. Yampolsky. The Platform Sutra of the Sixth Patriarch[M]. New York: Columbia University Press. 1967. p127. fn72.

70　Philip B. Yampolsky. The Platform Sutra of the Sixth Patriarch[M]. New York: Columbia University Press. 1967. p149. fn126.

例6：敦博本《坛经》原文的"我本原自性清净"一句，学者杨曾文依据《菩萨戒经》中的内容将其校对为"戒，本元自性清净"。林光明的英译本按照杨曾文的校订进行翻译，其译文为 For percepts, their original source is the pure self-nature.这个译文相对于敦博本《坛经》的原文，发生了本质性的变化，体现了学者杨曾文提出并被译者林光明接受的研究观点。

例7：敦煌本《坛经》原文第35节"唐见西方无疑即散"一句，学者陈荣捷的译文是：No doubt you see the western region in the passage way. It immediately disappeared.之所以将"唐"译为"passage way（通道）"，而没有像扬波斯基等多数学者那样将其理解为"大唐"，陈荣捷的解释是："此处的'唐'字使用了其最不常见的意义，'通道'。"[71]陈荣捷的这种理解并不孤立，日本学者宇井伯寿在《禅宗史研究》中也持相同的观点。[72]笔者在《尔雅》的《释宫第五》中"宫中衖谓之壶。庙中路谓之唐。堂途谓之陈"一句中找到了"唐"的这种用法。[73]但是，《尔雅》中的"庙"指祭祀祖先的场所，而非寺庙。因此，陈荣捷和宇井伯寿的这种解释显得根据有些不足。但无论如何，陈荣捷的翻译，相对于大多数人对原文的理解也可以说是一种研究型的变异。

例8：通行本《坛经》中《行由品第一》的"祖言，汝是岭南人，又是獦獠，若为堪作佛？"马克瑞通过研究，认为"獦獠"两个字当做"猎獠"，意思是捕猎鸟兽的猎人，[74]因此翻译成 hunter。这个译法和丁福保、魏道儒等中国学者的看法不同，但确实也有另外一些学者认为"獦獠"可能是繁体字"獵獠"的误写。因此，马克瑞的看法也不无道理。

通过以上的这些例子可以看出，《六祖坛经》英译本的很多译者同时身兼研究者的角色，他们的研究观点经常反映在译文中。有时，承载学者们研究观点的译文相对于《坛经》的原文发生了很大的改变（也经常和普遍认可的对原文的解释不同），这种改变可以称之为研究型变异。笔者认为，尽管研究型变异出现的频率不高，但却有其特殊的价值。通过对这种类型变异的研究，

---

71 Chan, Wing-tsit. The Platform Scripture: the Basic Classic of Zen Buddhism[M]. New York: St. John's University. 1963. p182, en156.

72 宇井伯寿，第二禅宗史研究［M］，东京：岩波书店，1942年，第148页。

73 胡奇光，方环海撰，尔雅译注［M］，上海：上海古籍出版社，2004年，第212页。

74 The Platform Sutra of the Sixth Patriarch[M]. translated by John R. McRae. Berkeley: Numata Center for Buddhist Translation and Research. 2000. p138. en40.

有助于我们了解译者对原文的某些独特观点,进而发现一些在以往的研究中容易忽视的地方。

## 三、《六祖坛经》英译的文化变异

文化变异是《六祖坛经》英译中最主要的变异现象,它是指由于东西方文化差异与冲突引起的译文变异现象。这一变异现象可以从"文化过滤"和"文化误读"两个方面加以考量。

文化这个概念,比较重要的一个定义是英国人类学家泰勒提出的,他认为"从广义的人种论的意义上说,文化或文明是一个复杂的整体,它包括知识、信仰、艺术、道德、法律、风俗以及作为社会成员的人所具有的其他一切能力和习惯"。[75]每一种语言都承载着一种特定的文化,而文化又会对语言产生影响。汉英两种语言从属于差异极大的文化体系,将汉语译为英语势必牵涉文化因素的转变。这种文化因素的转变可以称之为"文化过滤"。 按照曹顺庆先生在《比较文学论》中的定义, "文化过滤是指文学交流中接受者的不同文化背景和文化传统对交流信息的选择、改造、移植、渗透的作用,也是一种文化对另一种文化发生影响时,接收方的创造性接受而形成对影响的反作用。"[76]从曹顺庆先生的定义可以看出, "文化过滤"是在本土文化和异域文化的碰撞和冲突中产生的,只要存在跨文化交际, "文化过滤"就一定会出现。

关于文化交流中本土文化遭遇异域文化的一般情形,李丹将其总结为两种, "一种是异域文化作为强势文化,对接受者一方进行强制性的文化灌输或潜移默化的文化渗透;另一种是接受者一方出于发展自身文化的需要,向异域文化中有利于自身的因子主动'拿来'。在这两种情况中,文化过滤都是相伴始终的。第一种情况,接受者一方可能采取文化保守主义的态度,以自身的文化传统、文化习性作为防御异域文化入侵的武器,使异域文化的传播受到一定的限制,使接受成为文化过滤之后的接受。第二种情况,接受者依据自身的情况对异域文化进行辨别、选择、改造,吸收其有利于自身发展的部分,过滤掉其与自身发展不相适合的部分。这种情况下文化过滤的作用

---

75 [英]泰勒著;蔡江浓编译,原始文化 [M],杭州:浙江人民出版社,1988年,第1页。
76 曹顺庆著,比较文学论 [M],成都:四川教育出版社,2002年,第184页。

表现得尤为突出，有时经接受者积极选择、过滤、改造后的文化甚至与原文化相比已经面目全非。"[77]翻译是跨文化交际的基本途径，一种语言的文本通过翻译转换为另一种语言，其承载的文化势必在目的语文化语境中产生种种变异，而文化过滤就是导致变异产生的主要原因。

"误读"既是阅读学中的概念，也是比较文学的一个重要概念。乐黛云先生站在比较文学研究的角度对"误读"所作的定义是，"所谓'误读'是指人们与他种文化接触时，很难摆脱自身的文化传统、思维方式，往往只能按照自己熟悉的一切来理解别人……人在理解他种文化时，首先自然按照自己习惯的思维模式来对之加以选择、切割，然后是解读。这就产生了难以避免的文化之间的误读。"[78]乐黛云先生所定义的"误读"，实际上就是指"文化误读"。杨柳在《文化视域中的翻译理论研究》一书中指出："文化误读又分为'消极文化误读'和'积极文化误读'。在文化交往过程中，与作为不同文化之载体的个体进行接触时，由于存在文化差异而出现无意识的误读往往在所难免，这就是'消极的文化误读'。'消极文化误读'经常会造成负面结果——误解和曲解，甚至产生文化的冲突，影响文化的交往和文学作品的有效传播。'积极的误读'则是有意识的误读，这种误读往往怀有某种特定的文化目的，虽然会导致作品的变形，但却有助于文化创新，比如说，有意识的改写，就是一种积极的误读。所以，谢天振先生称其为'创造性的误读'。"[79]

通过本书第二章对《六祖坛经》各英译本的对勘与评析，我们可以发现"文化过滤"和"文化误读"在《坛经》各个英译本的译文中都有相当丰富的体现，其中柯立睿译本在"文化过滤"与"文化误读"上可以说是一个典型的代表。下面我们就通过他的这个译本考察一下《六祖坛经》英译中的"文化过滤"和"文化误读"的问题。

首先，《六祖坛经》英译中的"文化过滤"既包括佛教术语的变异，也包括其他各种源语词汇、表达方式中文化因素的失落、扭曲和变异。

77 李丹，跨文化文学接受中的文化过滤与文学变异 [J]，湖南师范大学社会科学学报，2010年第6期，第125页。

78 乐黛云，（法）勒·比雄（AlainLePichon）主编，独角兽与龙：在寻找中西文化普遍性中的误读 [M]，北京：北京大学出版社，1995年，序言第1页。

79 杨柳，王守仁著，文化视域中的翻译理论研究 [M]，北京：人民文学出版社，2013年，第111页。

例 1:《行由品第一》"于城中大梵寺讲堂,为众开缘说法"一句中的"为众开缘说法",宗宝本《坛经》的 9 个英译本多数采取直译的方式,将"法"译为 Dharma,也有几个译本采用意译,如黄茂林译本译为 to deliver public lectures on Buddhism,蒋坚松译本译为 to address an assembly on Buddhism。只有柯立睿译本译作 preach for the people at the lecture hall,将"法"完全隐去不译。无论是梵文 Dharma,还是汉语的"法",都承载了特点的佛教文化内涵,柯立睿将其隐去不译,也许是担心英文读者不容易理解这个词语的特定意义,但他将此句翻译成 preach for the people at the lecture hall 既失掉了原文的文化特征,又因其使用的 preach 一词给译文增添了一种基督教文化的色彩。

例 2:《般若品第二》中的"口念心不行,如幻、如化、如露、如电",这句话应当是借用了鸠摩罗什所译《金刚经》第三十二品《应化非真分》中著名的偈子"一切有为法,如梦幻泡影,如露亦如电,应作如是观"。《般若品第二》中的这句话使用优美的意象来表达深邃的哲理,然而在柯立睿的译本中这句话却译成了 Verbal repetition without mental application is illusory and evanescent.原文具体的"如幻、如化、如露、如电"等意象,在柯立睿的译文中被 illusory(虚幻的)和 evanescent(短暂的、迅速消失的)这两个形容词所取代。应该说,柯立睿对于此句的翻译不只是一个直译或意译翻译策略选择的问题,更是一个译者对文化意象采取何种态度的问题。因为即使保留这句话原有的文化意象,仍然可以将原文的意义很好地转换为英文。例如,黄茂林将此句译作 Mere reciting it without mental practice may be likened to a phantasm, a magical delusion, a flesh of lightning or a dewdrop.这个翻译既保留了原文的文化意象,有没有给译文读者的理解增加太多的负担。柯立睿对原文的"过滤",站在译文读者的角度看是比较简洁易懂,但站在源语的角度看,却造成了文化因素的失落。

例 3:《行由品第一》"一僧俗姓陈,名惠明。先是四品将军,性行粗糙,极意参寻,为众人先,趁及惠能"中的"四品将军",9 个译本的译文中多数译作 a general of fourth rank,也有译作 fourth echelon(成观译本)或 fourth class military official(宣化译本),唯有柯立睿译本将其译作 four star general(四星上将)。不得不说,这是一个有趣的译文。因为在中国古代,四品将军算不上级别太高的军队将领,而 four star general(四星上将)在今日的美国已经是非常高的军衔了，迄今为止现役的美军四星上将只有 40 人左右。从"四品将军"到 four star general，柯立睿将原文的文化意象做了一个巨大的扭曲。

例 4：《行由品第一》中的"若识本心，见自本性，即名丈夫、天人师、佛"一句中，"天人师"是佛教经典中佛陀的十个称号之一，其它 9 个称号分别是世尊、应供、正遍知、明行足、善逝、世间解、无上士、调御丈夫、佛。这十个称号各指佛陀在十个方面的才能出众。[80] 据任继愈主编《佛教大辞典》，天人师实是六道之师，"天之与人能入圣道，受益最多，故偏名天人师"，[81] "天"与"人"分别指六道中的"天道"与"人道"。柯立睿对"天人师"的翻译是 a teacher of human and angels，用基督教的 angel 来翻译佛教的"天"，这是一种典型的"洋格义"式的译法。

所谓"格义"，就是指采用比较或类比的方法，用一种文化的概念来解释和理解另一种文化的概念。本章的第一节曾经回顾过佛经汉译的历史，在汉末佛教传入中国以后不久，一些翻译佛经的僧侣为了让人们更好地理解佛教理论，经常使用中国本土的《道德经》《庄子》《易经》中的概念来解释佛教的名词和术语，这就是中国佛教史上所谓的"格义佛教"时代。佛经翻译中"格义"反映的，是外来文化和本土文化之间相交流、碰撞的问题。"异质文化的一些名相，在本土文化中找不到对等的词语，就只有举例来比拟了。在当时，是理解外来佛学的一种必要手段。这种比附的方法不仅仅在佛教领域内被义学僧人采用，还被运用于士人的玄学讨论中，成为当时学术界的趋向。由于格义佛教提倡事数的拟配，即，将佛教的概念比拟成流行的玄学术语，再加以'理解'，以此作为一种认识佛教的方法。"[82]

19 世纪后期以来，以李提摩太为代表的许多西方传教士在将中国汉语佛教典籍翻译成英语等西方语言的过程中也采取过类似的策略，即用一些基督教的概念和术语来解释佛教教义，例如将"佛"译成 God，将"真如"译成 Archetype，将"藏"译成 church 等等。这种做法被许多中国学者称为"洋格义"。无论是中国古代梵文佛经汉译中的"格义"，还是 19 世纪末西方传教士翻译汉语佛经中的"洋格义"，所涉及的其实都是"文化过滤"的问题。

---

80 坛经［M］，尚荣译注，北京：中华书局，2013 年，第 27 页。
81 任继愈主编，佛教大辞典［M］，南京：江苏古籍出版社，2002，第 577 页。
82 张志芳编，译以载道 佛典的传译与佛教的中国化［M］，厦门：厦门大学出版社，2012 年，第 115-116 页。

我们再来看《六祖坛经》柯立睿译本中的"文化误读"。这个译本中既有很多既有很多译者无意识的"误读",又有很多上文论及的"创造性误读"。下面,我们通过一些例子先来讨论一下柯立睿译本中的无意识"误读"。

例1:《行由品第一》中印宗向慧能问法的一段,有"为是二法,不是佛法。佛法是不二之法"一句。柯立睿的译文是 Because these two things are not Buddhism; Buddhism is a nondualistic teaching.原文的"二法",根据魏道儒先生的解释,是指"认为事物和现象有两重划分、彼此不同的思想";[83]或者根据尚荣比较简单的解释,是指"有分别、有对待的法"。[84]柯立睿的译文将"二法"译作 these two things(这两种事物),显然对"二法"内涵的缺乏清晰的认识,属于对原文理解不够深刻而产生的无意"误读"。

例2:《机缘品第七》中的"志略有姑为尼,名无尽藏"一句,柯立睿译本的译文是 Chih-lueh had a mother-in-law who become a nun by the name of Wu-chin-tsang, or Inexhaustible Treasury.柯立睿大概知道"姑"字除了用于称呼父亲的姐妹之外,在中国古代也用于妻子称呼丈夫的母亲,如唐代诗人朱庆馀的"洞房昨夜停红烛,待晓堂前拜舅姑"。然而,这后一种用法不能用于男子称呼自己的岳母,可见柯立睿无意中犯了一个常识性的错误。此句的翻译是柯立睿无意"误读"的另一个例证。

例3:《付嘱品第十》"师于太极元年壬子,延和七月,命门人往新州国恩寺建塔,仍令促工。次年夏末建成。"一段中的"仍令促工。次年夏末建成",柯立睿的译文是 Although he told them to hasten the construction, by summer of the next year it had not yet been completed.通过这个译文我们一望便知柯立睿把"夏末"看成了"夏未",其采用的翻译底本出现印刷错误的可能性微乎其微,因此这个错误基本可以断定是出自柯立睿的疏忽。无意之中,柯立睿的误译就将原文的意义彻底改变。此例可算柯立睿译本无意"误读"最为明显的一个例子。

柯立睿译本中类似的无意"误读"还有很多,这些无意"误读"影响了《坛经》原文的内容在英语中的准确传达,甚至可以说对原文产生了某种"伤害",同时也或多或少地影响了英语读者对《坛经》内容的理解和接受。

---

83 魏道儒译注,《坛经》译注 [M],北京:中华书局,2010 年,第 34 页。
84 坛经 [M],尚荣译注,北京:中华书局,2013 年,第 38 页。

除了有不少上述的无意"误读"之外，柯立睿的译本中还有许多有意识的"误读"，这些有意识的"误读"体现在是柯立睿为了适应英语语言文化及译文读者的阅读习惯而对《坛经》原文所做的"改写"。尽管对原文的内容来说存在程度不同的"背叛"，但柯立睿的一些有意识的"改写"确实起到了积极的作用，这种有意识的"改写"正是谢天振先生所论述的"创造性叛逆"。下面我们就以一些例子来说明柯立睿译本中的有意"改写"。

例 1：《般若品第二》中"譬如天龙下雨于阎浮提，城邑聚落，悉皆漂流，如漂枣叶。若雨大海，不增不减。"一句，柯立睿的译文是：When it rains all over a continent, human habitants are flooded; but when it rains over the ocean, that neither increases nor decreases the ocean water. 通过这个译文，我们可以看到柯立睿对此句原文的"改写"有三处：一是将"天龙"略去不译；二是将"阎浮提"简化为 continent；三是将"如漂枣叶"略去不译。将此句的翻译和上面三个无意"误读"的例子对比，我们可以明确地判断出柯立睿此句翻译中的"改写"是有意为之的。首先，柯立睿将"天龙"略去不译是因为"龙"在英语语言文化中具有的比较负面的形象。谢天振先生在其《译介学》一书中提出的"文化意象错位"，就曾以"龙"为例，对这个问题做出过说明："譬如龙，在英语文化和汉语文化里都有这个意象。在汉语文化里，龙是皇帝的代表，是高贵、神圣的象征。汉民族传说中的龙能呼风唤雨，来无踪、去无影，神秘莫测，令人敬畏，所以龙在汉语文化里又是威严、威武的象征……但是在英语文化里，龙却是一个凶残肆虐的、应该消灭的怪物，一个可怕的象征。一些描写圣徒和英雄的传说都讲到与龙这种怪物的斗争、并以龙的被杀为结局，如英国古代英雄史诗《贝奥武甫》、德国古代英雄史诗《尼伯龙根之歌》等，都有关于主人公杀死龙的描写，并以此突出主人公的丰功伟绩。"[85] 可见，尽管"龙"在中国文化中的地位甚高，但出于对"龙"在英语中负面意义文化意象的考虑，柯立睿还是将其略去不译。其次，柯立睿将"阎浮提"简化翻译为 continent，是为了回避其比较复杂的宗教内涵。"阎浮提"本为梵文 Jambudvipa 的汉译，根据佛经的描述，"阎浮"本为树名，生长此树的地方在古印度人所认为的世界中心须弥山之南，称为"阎浮提"，后来泛指人间世界，也就是佛教中经常讲的娑婆世界。要将上述的这些内容向英文读

---

85 谢天振著，译介学 [M]，上海：上海外语教育出版社，1999 年，第 182 页。

者表达清楚，或者需要在译文内添加解释性的内容，或者只能采取加注释的方法翻译。柯立睿没有采用这两种方法，而是采取简化的方式直接将其译为continent，略去了"阎浮提"大部分的文化意义。最后，柯立睿将"如漂枣叶"删掉译，大概是考虑到译文读者不容易理解这个比喻。总之，通过柯立睿对原文不太长的这个句子翻译中的三处"改写"，我们可以看出其翻译策略就是为了适应译文读者的文化心理并减轻其理解负担，尽管这样做拉大了译文和原文之间的距离，但却使译文更容易为读者接受，因此也是有其积极意义的。

例2：《般若品第二》中的"吾今为说摩诃般若波罗蜜法"，柯立睿将其译为 I will now explain to you the principle of universal transcendent insight.柯立睿并非不知道"摩诃般若波罗蜜"是梵文 maha-prajnaparamita 的音译，具有特定的佛教意义。在这句话前面的"总净心念'摩诃般若波罗蜜多'"和后面的"摩诃般若波罗蜜是梵语，此言大智慧到彼岸"两处地方，柯立睿均采取直译的方式将其译作 maha-prajnaparamita。那么为何在"吾今为说摩诃般若波罗蜜法"这个地方，柯立睿将其译为 the principle of universal transcendent insight（普遍的至高无上的启悟法则）？笔者认为关键的地方在于"法"字，柯立睿将"摩诃般若波罗蜜"和"摩诃般若波罗蜜法"做了一个区分。在柯立睿看来，前者是一个梵文术语的汉语音译，而后者却有必要向读者介绍清楚这种"法"的意义，即通过修行这种"法"可以获得"普遍的至高无上的启悟"。因此，柯立睿在此处采取了改写式的意译翻译策略。应该说，这个翻译尽管从形式上和文化内涵上都对原文有所破坏，但却比较容易为英文读者理解和接受。

以上，我们通过《六祖坛经》柯立睿译本中的一些例子，对《坛经》英译中出现的"文化过滤"和"文化误读"问题进行了一个考察。"文化过滤"和"文化误读"是《六祖坛经》英译文化变异的两个主要表现，在《坛经》的各个英译本中都广泛存在，而柯立睿译本在文化变异方面是最突出、最具代表性的一个。文化变异是《六祖坛经》英译中最主要的变异现象，通过对《坛经》英译中的文化变异的研究，我们可以了解佛教经典中的文化因素在异质文化中接受与改造的具体机制，同时也可以对未来的汉语佛典英译提供一个有价值的参考。

# 小结

本节对《六祖坛经》英译的变异类型进行了总结和分析。根据笔者的归纳，《坛经》英译的变异大致可以分成三类：第一类是《坛经》译本本身的变异；第二类是研究型变异；第三类是文化变异。译本本身的变异是《坛经》英译的特殊情况，表现为德怀特·戈达德、韩福瑞和后来的六祖寺本对《坛经》的第一个英译本——黄茂林本的改写或修订。后来的这些译者对黄茂林本的变异性改写或修订有着各自不同的目的。研究型变异是指由于《六祖坛经》的某些译者身兼学术研究者的角色，他们经常会把自己研究过程中形成的观点和看法渗透到译文中来，在这种情况下产生的一些译文相对原文的内容产生了不小的变化，由此形成的译文变异可以称之为研究型变异。研究型变异虽然在数量上来看并不多，但却具有很显著的学术价值，透过一些研究型变异的译文，我们可以清晰地看到研究者的观点和研究成果。此类变异情况在扬波斯基的译本中体现的最为明显；马克瑞、陈荣捷、铃木大拙等学者的译本中也可以找到一些研究型变异的例子。文化变异是《六祖坛经》英译变异中最主要的变异类型。本节的第三部分，笔者从"文化过滤"和"文化误读"两个方面，通过柯立睿译本中的一些具体例子分析了《坛经》英译文化的文化变异问题。柯立睿译本，是《坛经》英译文化变异最为显著的一个译本，这个译本中的文化变异，或多或少地折射出译者的某种"功利性"。这种"功利性"表现在柯立睿采取种种手段将《六祖坛经》的内容"由难变易"、"化繁为简"，以此来适应英文读者（尤其是对佛教文化了解有限的读者）的阅读习惯，减轻英文读者的阅读负担。柯立睿采取的这种翻译策略，势必导致其译文存在大量的"文化过滤"和"文化误读"。玛丽雅·托莫茨科（Maria Tymoczko）曾经指出，翻译是一种转喻过程（metonymic process），是将源语作者、文本和文化嫁接入主体文化的过程；转喻体现的局部性质（partiality）不仅仅是对原作的偏转和遗漏，它更多地体现了翻译的功利性，以便加入主体文化的权利话语，成为当时的政治话语和社会变动策略的一部分；译者对字、词的选择，对原文的删改和取舍以及序言、注释、评论等无不反映出翻译的功利性。[86]因此，尽管我们看到无论是柯立睿译本，还是德怀特·戈达德在黄茂林译本基础上的改写本，其译文相对于《六祖坛经》的原文虽然都存

---

86 魏瑾著，文化介入与翻译的文本行为研究［M］，上海：上海交通大学出版社，2009年，第 7 页。

在大量的文化变异现象，但却都受到了英文读者的广泛欢迎。这说明对于《六祖坛经》的英译，我们不能简单地站在源语的文化立场上抓住某些译本的"误译"、"漏译"、"改写"、"重组"、"误读"等问题不放，或以僵化的标准来衡量译文的质量，而是应该对译者们采取什么样的翻译方法以及为什么这样翻译进行深层次的思考，这样才有助于我们对《六祖坛经》的英译做出全面、客观的判断。

## 第四节　《六祖坛经》英译变异原因分析

本节内容是对《六祖坛经》英译变异原因的分析。通过上一节对《坛经》英译变异类型的总结，我们发现《坛经》英译变异的情况要比一般文学翻译中的变异情况复杂很多。一般的文学作品在翻译过程中所经历的变异，大部分属于文化变异。然而，从《六祖坛经》英译的总体情况看，发生的变异不仅包括文学翻译中常见的"创造性叛逆"、"文化过滤"与"文化误读"、文化意象的失落、扭曲、变异等等，还包括了《坛经》译本本身的变异和研究型变异。尤其是研究型变异，这在一般文学或者其他类型翻译中是非常少见的。因此，我们有必要对《六祖坛经》英译变异的原因进行一个更加深入的分析。在综合考量《坛经》各译本中的具体变异情况之后，笔者认为，与译者自身相关的种种因素是《坛经》各英译本出现不同类型、不同程度变异的根本原因。除此之外，还有一些次要原因也对《坛经》英译的变异产生作用。例如，佛教在美国社会的地位变化、译者的翻译目的、译者对佛教教义理论掌握、译者翻译能力与技巧等。

### 一、《六祖坛经》英译变异的根本原因

笔者认为，与译者有关的一些因素，诸如译者身份、文化归属和对待异域文化的态度是《六祖坛经》英译中出现不同程度变异的根本原因。

传统的翻译研究往往以译文为中心，从"信达雅"的标准出发，着眼于译文的准确性、流畅程度和美学价值等方面的考量。译者本身在翻译过程中所扮演的角色常常被忽视，人们看重的或者是译文本身的"质量"，或者是译文带给读者的阅读感受，而很少关心作品的译者是谁、他为什么选择这个文本翻译、为什么采取这样或那样的翻译策略等问题。传统翻译研究忽视译者主体性的原因在于，长久以来，人们一直认为译者只是从属性的角色。关

于这一点，查明建教授曾经总结了 2000 多年来中外各国对译者的比喻性说法："舌人"、"媒婆"、"译匠"、"一仆二主"之"仆人"、"叛逆者"、"戴着镣铐的舞者"、"文化搬运工"、"翻译机器"等等。对于这些比喻，查明建教授指出："这些关于译者形象的比喻，既在一定程度上喻指了翻译的特点和困难，同时也隐含了对翻译和译者的价值评判。"[87]显然，从传统上看，上面这些比喻都说明了译者较低的地位。实际上，无论是在中国还是在其他国家，只要原著中心论、侧重语言转换的翻译观和文化保守主义思想占据上风，译者在翻译中所起到的作用就势必会受到遮蔽。

20 世纪以来，随着解构主义哲学思潮的兴起，强调原文权威性、译文的绝对忠实于原文的传统的翻译观受到了极大的冲击。从巴特、福柯、德里达等人的哲学思想出发，"结构主义翻译观就是要打破作者与译者、原文与译文之间的主从和先后的关系，消解这种等级区别。使原文与译文的关系由传统的'模型-复制'关系转变为平等互补的关系。"[88]在解构主义的影响之下，翻译研究方面的争论逐渐由文本的直译、意译等问题转向了翻译过程中的人，即作者、译者和读者。朱湘军将这个转变的具体表现总结为："1.作者主导中心地位的沦陷。以福柯、德里达为代表的解构主义翻译理论，打着反传统的逻各斯中心主义旗号，消解作者在翻译过程中的核心地位。2.译者创作地位的提升。以海德格尔、迦达默尔为代表的解释学翻译理论，强调文本的历史视域，突出译者的创作性。3.读者的评价地位的凸显。以姚斯、奈达为代表的读者接受翻译理论，强调译文的阅读效果，注重读者反映批评。"[89]解构主义完全逆转了传统翻译理论以原作和作者为核心的观念，认为译作才是原作在后世和其他文化中得以继续存活的保障。解构主义的这个看法，契合了佛经翻译的历史事实。由于种种原因，许多梵文佛经在印度本土早已消失不见，但却因在汉地、藏地的传播和翻译从而得到了比较完整的保存。尤其是在汉地，经过一千多年以来历代僧人对梵文佛经的不断翻译、阐释乃至改写，很多佛教经典的译本中已经融入了不少儒家、道家的思想，至今已经成了中华文化

---

87 查明建，田雨，论译者主体性——从译者文化地位的边缘化谈起［J］，中国翻译，2003 年第 1 期，第 20 页。

88 朱湘军著，翻译研究之哲学启示录［M］，上海：上海交通大学出版社，2012 年，第 153 页。

89 朱湘军著，翻译研究之哲学启示录［M］，上海：上海交通大学出版社，2012 年，第 157 页。

极为重要的组成部分。

近些年来，翻译研究领域逐渐开始将目光投向译者在翻译过程中的角色和作用。在解构主义、后殖民主义思潮的影响之下，一些学者开始越来越重视译者的问题，其中最具代表性的一位是美籍意大利学者劳伦斯·韦努蒂（Laurence Venuti）。韦努蒂在《译者的隐身》一书中指出，英美文化观念中对于"通顺"的追求遮蔽（conceals）了翻译中的种种情况，以译者对原文的介入（intervention）为首。译文越通顺，译者的隐身就越彻底。评论者们关心的焦点主要集中于翻译风格（style），而忽略了其他诸如准确性、目标读者、译作在当前图书市场上的经济价值、与英语文学趋势的关系、译作在译者工作中的地位等等。[90]翻译被定义为"二手货"（second-order representation）：只有原作才是原创性的经典文本，才忠实于作者的个性或意图。翻译是派生的、仿冒的，还有可能是假货（false copy）。[91]韦努蒂对上述的这种观点进行了批判，他认为翻译是一个目的语能指链代替构成原语文本的能指链的过程，在这个过程中译者提供了自己的解释。韦努蒂还将德里达的某些观点进行引申，他认为无论是原作还是翻译都是派生性的，其中包含的丰富多样的语言文化信息都非作者或译者的原创，作品的意义会发生动摇，最后不可避免地超越或悖逆作者或译者的原意。[92]朱湘军全面地总结了解构主义对韦努蒂翻译思想的影响，认为"其解构主义思想首先表现在他对文本意义的认识上，即文本意义具有多样性和不确定性；其次体现在他对语言文化差异的认同上，即通过翻译可以更加深刻地认识到语言之间的差异和各种语言的特定表达范式；再者，还表现在对文本的创造性阅读上。解构主义宣称，译者也是创造的主体，翻译文本是创造的新生语言。这等于是将译者与作者，译文与原文置于平等地位，赋予同等权利。而这也正是韦努蒂《译者的隐身》一书的主要目的。"[93]

韦努蒂重视译者主体性的观点，和许渊冲、谢天振、王向远等中国学者提出的优势竞赛论、译介学、翻译文学等理论主张存在某种程度上的不谋而合，这表明东西方学者都开始了对译者创造性劳动的关注。然而至少在文学

---

90 Laurence Venuti. The Translator's Invisibility[M]. London: Routledge. 1995. pp1-2.
91 Laurence Venuti. The Translator's Invisibility[M]. London: Routledge. 1995. p7.
92 Laurence Venuti. The Translator's Invisibility[M]. London: Routledge. 1995. pp17-18.
93 朱湘军著，翻译研究之哲学启示录［M］，上海：上海交通大学出版社，2012年，第178页。

翻译研究领域，涉及到译者研究时，人们关注较多的一般是译者的文体偏好和审美偏好，而较少关注译者的身份、文化立场和对待异域文化的态度等因素对译文的影响。对于本书研究的《六祖坛经》英译来说，译者身份、文化归属和对待异域文化的态度等因素才是决定译者采取何种翻译策略以及导致译文在何种程度上发生变异的根本原因。至于译者的文学审美因素，则退居到次要的位置。

首先，笔者认为，在《六祖坛经》英译本的译者身份这个问题上，佛教徒和非佛教徒的区别对《坛经》的总体翻译策略和译文变异的决定性因素。本书总结的 14 个《坛经》英译本译者中，出家的僧侣包括铃木大拙（虽身兼学者的身份，但有长时期日本禅宗修行的经历）、恒贤法师、成观法师及星云大师主持下的佛光翻译团队；有佛教信仰的在家居士有黄茂林、陆宽昱、冯氏兄弟、林光明；纯粹的研究型学者有陈荣捷、扬波斯基、马克瑞和蒋坚松等 4 人；赤松的情况则比较特殊，作为一个土生土长的美国人，他受过系统的大学学术训练，后来又有在台湾寺院生活的经历，他对佛教相当感兴趣，却也并非类似黄茂林、陆宽昱那样的在家佛教居士。经过译文对勘基础上的分析可以发现，14 个译本中文化变异程度最小的是成观译本和宣化译本，而变异最大的，则是上文分析过的柯立睿译本。

以成观译本为例，何以成观法师的译本在所有 14 个译本中文化变异的程度最小？我们或许可以在台湾师范大学刘宜霖的硕士学位论文《〈六祖坛经〉英译策略初探：以成观法师译本为例》中找到潜在的答案。曾就《坛经》的翻译问题直接采访过成观法师的刘宜霖写道："《六祖坛经》是译师接触的第二部佛典，也是他毕生最推崇的一部宝典；这部经典不知为法师奠定了学佛的基础、建立的了学佛的正知见，还让他对禅定有更深入的理解；因此之故，译师以报恩之心，英译《六祖坛经》。然而这还不是他重译《坛经》的主要原因。他感慨西方不少自命为佛学专家的译者，刻意以比较卑略的语域，译出佛教用语，有些则粗心地将佛教用语，以俚俗的方式敷衍带过，以致长期下来，许多用词积非成是。"[94]

从上述这段话可以看出，成观法师对《坛经》怀有佛教徒特殊的虔敬之心。对于普通人来说，也许《六祖坛经》只是一部普通的佛学经典；但在佛教

---

94 刘宜霖，《六祖法宝坛经》英译策略初探：以成观法师译本为例 [D]，台湾师范大学，2010，第 39 页。

界内部尤其是禅宗一系，却具有其至高无上的"法宝"之地位。在唐代中晚期，《坛经》本身曾被奉为南禅宗传法的凭证；时至今日，中国乃至日本、韩国的禅宗各个支派也都把《坛经》奉为最重要经典和修行指引。可见佛教界人士对待《坛经》与普通人之不同。因此，我们看到成观法师的译本在翻译策略上力求忠实，在原文与目的语的文化因素转化取舍方面大量采取异化方式力求保存原文的文化特色。成观译本保留原文文化特色的另一个表现是自创词汇的使用。据刘宜霖的统计，成观译本中使用的自创词接近 200 个，[95]这些自创字大多是成观法师通过添加前缀、后缀或使用复合词的形式对《坛经》中具有特殊宗教文化意义的词语所作的翻译。成观法师的这些自创词很多几乎和原文的意义字字对应，例如"应世"（Manifestational Emergences）、"心地"（Mental Terra）、"愿力法"（Votive Dharma）、"方等经论"（Capacious-Equitable Sutras and Tractates）、"不动道场"（impregnable Bodhi-Site）等等。这些译法都反映了成观法师在追求译文忠实原文、保持原文文化特色方面所作的努力。诚然，极度异化的翻译方法导致成观法师的译文在有些地方读起来不如其他译者的译文通顺，在这一点上成观法师的做法和鲁迅"宁信而不顺"的主张有某些相似之处。总之，通过对成观译本译者对原典的态度及其具体翻译方法的分析，我们看到，佛门内部的译者出于对《坛经》的虔敬之心，在翻译中大多采取了力求忠实于原文的策略，因此其译文的变异现象相对而言就少很多。成观译本如此，宣化译本和佛光山译本的情况也基本相似。在这三个来自佛教团体（或个人）的译本中，佛光山本的文化变异式翻译相对而言稍多一些，在译文的可读性方面也显得较为流畅、通顺一些。

其次，在译者的文化归属方面，本书所关注的《坛经》14 个译本译者中，扬波斯基、柯立睿、马克瑞、赤松和恒贤法师是土生土长的美国人。陈荣捷、冯氏兄弟是长期生活在美国的华裔，可算跨文化人士，他们身上既有中华文化的基因，又对美国文化极为熟稔。其余的译者中，成观法师、佛光翻译团队、林光明来自中国台湾；黄茂林来自香港后定居上海；陆宽昱是广东人后定居香港；蒋坚松来自中国大陆地区，这些译者在文化身份上归属于中华文化。铃木大拙是日本人，但有是长期在美国生活、工作、传法的经历，他的情况和陈荣捷、冯氏兄弟相类似。总的来说，归属于美国文化身份的译者，其

95 刘宜霖，《六祖法宝坛经》英译策略初探：以成观法师译本为例［D］，台湾师范大学，2010，第 55 页。

译文中的文化变异要多一些，柯立睿和赤松是这种情况的典型代表。然而，文化归属相对于译者身份而言，对《坛经》英译变异的影响仍然居于次要地位。例如，宣化译本的主要执笔者恒贤法师是土生土长的美国人，但她皈依佛门之后成为万佛城僧团中的一位尼师，这种身份的转变意味着她的翻译必然受到佛教翻译传统的影响。宣化上人于 1973 在旧金山成立译经院，立下了八项原则，即：一是译者不得计较个人的名利；二是译者不得贡高我慢，必须以虔诚恭敬的态度来工作；三是译者不得自赞毁他；四是译者不得自以为是，对他人作品吹毛求疵；五是译者必须以佛心为己心；六是译者者必须运用择法眼来辨别正确的道理；七是译者必须恳请大德长老来印证其翻译；八是译者之作品在获得印证之后，必须努力弘扬流通经、律、论，以光大佛教。不难看出，宣化上人的八项原则和彦琮的"八备"之说有很大的契合之处，甚至可以看做"八备"的现代版本。对于佛门内部人士来说，佛经英译有"法布施"的功德，因此对原文内容的忠实传达十分看重。所以，尽管恒贤法师成长于美国文化背景之下，但她的佛教僧侣身份对其翻译的影响更大。这一点反映在她的译文中就表现为异化式的翻译较多、归化或文化变异式的翻译较少。

最后，译者对异质文化的态度也对《坛经》英译不同程度的变异有重要影响。此处所谓"对异质文化的态度"是指译者面对对异质文化时显现出的或开放或保守的态度。对于《坛经》的英译来说，讨论译者对待异质文化的态度，主要应该从美国译者的角度讨论。因为对他们来说《坛经》是来自东方异质文化的经典。上面已经讲到，在 14 个英译本的译者中，美国译者有 5 人。恒贤法师的身份比较特殊，对于她的情况上文已经讨论过，此处不再赘述。其余 4 位译者，从其译文可以比较清晰地判断出他们对待异质文化的态度。其中，最为明显的是柯立睿译本，他大量使用归化翻译策略，其译文无意或有意地制造了大量文化变异的内容。这一点恰恰说明了柯立睿的文化保守主义态度，即对异质文化经典中的很多内容有一种潜意识的排斥心理。在这种心理的作用下，他总倾向于用自己和读者熟悉的文化因素将这些内容加以转化。笔者认为这正是他的译本存在那么多文化变异内容的根本原因。相比之下，扬波斯基和马克瑞的译本有很大的不同，从这两位译者的译文中能比较清楚的看到他们对待《坛经》承载的异质文化内容的态度要开放很多。许多具有特殊文化意义的原文在他们的译文中都没有发生文化变异。不仅如此，他们还在译文中添加了大量的注释，很多注释都针对中文中有特殊文化意义的表达方式展开，通过这样的方式帮助读者理解和接受承载异质文化的内容。赤松译本和扬波斯基及马克瑞的译本类似，他的译文多数情况下保持原文的文化特色，只是在表达上更为简易、流畅一些。总之，几位美国译者对《六祖坛经》的英译能够反映出他们面对异质文化的不同态度。根据曹顺庆先生的比较文学变异学理论，文化变异受接受过程中主体性与选择性的影响。"承认接受者的主体性是文化过滤的前提条件，也就意味着承认在文化文学交流过程中，接受者对交流信息存在选择、变形、伪装、渗透、叛逆和创新的可能性和必然性。文化交流过程中，不同的接受者个体接受的影响并不是完全一致的，这取决于个体与社会文化之间或强或弱的关系。正如读者的阅读接受具有个体特性，如文类的选择、阅读方式、阅读内容等，同一时代的读者/译者对外来文化的接受程度、影响侧面也存在着差异。"[96]外来异质文化对不同译者的影响程度有所不同，或者说，不同译者对外来文化的接受程度有所不同，这势必在他们的译文中有所反映。因此，译者面对异质文化表现出的不同态度，也是《六祖坛经》英译中程度不同的文化变异之所以发生的重要原因之一。

## 二、《六祖坛经》英译变异的次要原因

上一部分分析并论证了译者身份、文化归属和对待异域文化的态度是决定《六祖坛经》英译变异的根本原因。除此之外，还有一些次要因素也对《坛经》英译不同程度的变异起到一定的影响，这些次要因素包括：佛教在美国社会地位的变化、译者对译本潜在读者的考虑、译者对佛教教义理论掌握的深入程度等等。

首先，佛教在美国社会地位的变化对《坛经》英译的变异存在一定的影响。在十九世纪中期，只有为数极少的一些美国学者或知识分子，例如爱德华·索尔斯伯里（Edward Salisbury）、拉尔夫·爱默生（Ralph Emerson）、亨利·梭罗（Henry Thoreau）等人出于个人兴趣在论文或其他形式的作品中对佛教有所涉及。到了十九世纪末，随着来自中国、日本的移民人数的不断增长，美国西海岸地区逐渐有一些佛寺建立起来。特别是到1893年，芝加哥召

96 《比较文学概论》编写组编，比较文学概论［M］，北京：高等教育出版社，2015年，第174页。

开了万国宗教大会（World's Parliament of Religions），来自日本、斯里兰卡等国的代表发言阐述了一系列佛教的教义和基本主张，这使得佛教在美国的影响力大大增加。二十世纪上半页，在铃木大拙、佐佐木指月、千崎如幻等日本宗教界人士和戈达德、鲁思·富勒·佐佐木等美国学者的努力之下，佛教（尤其是禅宗一系）在美国得到了比较迅速的传播。到了 1950 年代以后，汉传大乘佛教、藏传佛教、南传上座部佛教以及日本佛教各宗派都有开始在美国社会迅速发展。在这个过程中，艾伦·瓦茨、加里·施奈德、凯鲁亚克、艾伦·金斯堡等文学家扮演了较为重要的角色。他们或者撰写有关佛教的介绍性书籍（如艾伦·瓦茨的《禅道》），或者在作品中体现与佛教教义思想有关的内容（如凯鲁亚克的《达摩流浪者》），很多读者通过阅读上述这些文学家的作品对佛教有了更为深入的了解。从 1960 年代至今，对佛教的兴趣几乎成了美国社会的一种时尚，这也使得佛教逐渐发展为美国的主要宗教之一。根据日本武藏野大学肯尼斯.K.田中（Kenneth K. Tanaka）教授的研究，截止 2010 年，"美国的佛教徒占美国总人口的 1%，约有 300 万人，这一人口数是 20 世纪 60 年代的 15 倍，使它成为美国的第三大宗教。"97 除此之外，据田中教授的估计，美国社会对佛教特别是禅修有着强烈兴趣的人估计有 200 万；表示在宗教或精神世界方面深受佛教影响的人大约有 2500 万。98 综上所述，佛教自从十九世纪末开始在美国传播以来，其影响力经历了一个由弱到强、逐步上升的过程。

佛教在美国社会地位的提升，对《六祖坛经》译者们的翻译策略也有一定的影响。王东风先生指出："根据多元系统理论，如果某一文学多元系统十分强大，从而使翻译文学出于一个次要的地位，以这一多元系统为目标系统的译者往往会采取归化式（domesticating）的翻译方法；而如果翻译文学在某一多元系统处于主要地位，译者则多采取异化式翻译（foreignizing translation）"。99 尽管王东风先生的论述主要针对翻译文学展开，但笔者认为他的这种观点在翻译中的文化转换这个问题上同样适用。从历史上看，早

---

97 肯尼斯·K·田中，概论美国佛教的戏剧化发展 [J]，见方立天主编，宗教研究，2013 [M]，北京：宗教文化出版社，2013 年，第 239 页。

98 肯尼斯·K·田中，概论美国佛教的戏剧化发展 [J]，见方立天主编，宗教研究，2013 [M]，北京：宗教文化出版社，2013 年，第 239-240 页。

99 王东风，翻译文学的文化地位与译者的文化态度 [J]，中国翻译，2000 年第 4 期，第 3 页。

期《坛经》翻译中的异化或变异式翻译的数量明显要更多一些。对早期的一些译者来说，美国本土的基督教文化处于强势地位，因此一些译者或有意或无意地对《坛经》中的某些文化因素进行了变异式改造。这种改造在戈达德对黄茂林译本的改写中最为明显。二十世纪后半页以来，随着佛教影响力的增加，美国人对佛教越来越熟悉，无论是一些佛教术语还是某些承载文化因素的词汇相对而言已经显得不那么陌生，因此一些译者就更倾向于采取更为忠实于原文的翻译策略。例如，美国人赤松（比尔·波特）2006年出版的敦博本《六祖坛经》英译本中的变异现象就比此前另一位美国人柯立睿译本中的变异现象少很多。这或许表明，随着美国读者对佛教熟悉程度的提升，译者们也相应地调整了他们的翻译策略。

其次，译者对译本潜在读者的考虑也对《坛经》英译的变异存在一定的影响。《六祖坛经》的有些英译本明确说明了其目标读者群体，有些英译本尽管未作说明，但其翻译特点和翻译策略明白无误地预设了其潜在的读者群体。笔者在第二章第三节中曾按将《坛经》14个英译本大致归为4类：1.学术研究型译本；2.宗教型译本；3.文化传播型译本；4.兼具前三类中两类以上角色的译本。这个划分与译者的翻译目的有关，实际上也反映了译者对译本潜在读者的考虑。在这几个类型的译本中，学术研究型译本的潜在读者以《坛经》的研究者为主，这一类型的译本以扬波斯基译文为代表。学术研究型译本的突出特点是强调译文的准确性并在译文中体现译者的某些学术观点。如前文所述，这一类型的译本中存在一些研究型变异，但总的来说，英译变异的数量并不多。宗教型译本以宣化译本、成观译本和佛光山译本为代表，这一类型的潜在读者是有佛教信仰的出家或在家的英语人士。其中，佛光山译本在前言中明确说明了这个译本是"修行者的译本"。不但如此，这个译本还特别说明了其总体翻译策略，即"对《坛经》的翻译力求使用清晰易懂的语言以匹配惠能大师质朴的风格。但另一方面，译文也注意尽力让读者接近原文，即便是原文那些不好理解的部分。我们尽力让读者了解翻译中的难点和问题以及不同的可能性解读，而不是用阐释把那些晦涩难懂的段落遮蔽起来。"[100]上述三个宗教型译本对其潜在的读者都有比较明确的预设，它们都需要读者以"求正法"之心对译本的内容展开研读。从这种意义上讲，宗教型译本

---

100 Venerable Master Hsing Yun. The Rabbit's Horn: A Commentary on the Platform Sutra[M]. Los Angeles: Buddha's Light Publishing. 2010. Introduction.

需要读者主动去适应译文，主动去理解那些比较晦涩或者承载特殊文化意义的内容。因此，这一类译本的译文中变异的现象最少。第三类译本属于文化传播型译本，这一类译本的潜在读者大多是对佛教感兴趣的普通人，他们阅读《坛经》英译本的目的既不是为了从事学术研究也不是为了获得宗教体验的指引，而是将其当做了解佛教和禅宗的途径。因此，通顺、流畅、较好的信息性和可读性是这一类型译本译者的主要考虑。为了实现这个目的，这一类型译本的译者往往会采取一些归化乃至文化变异式的翻译来适应译文读者的文化归属和阅读习惯，因此译文变异的情况也就比较常见。在《六祖坛经》的众多英译本中黄茂林译本、蒋坚松译本、柯立睿译本都属于这一类，其中柯立睿译本是最突出的代表。

再次，译者对佛教教义理论掌握的深入程度对《坛经》英译的变异也有一定影响。笔者认为，有些译者有时对《坛经》涉及的某些佛教教义理论掌握的不够深入，这可能也会造成《坛经》英译的变异。经过对《坛经》14个英译本的通篇对读，笔者发现英译者们对佛教教义理论的理解和掌握深浅不一。有些译者对佛学理论和教义比较精通，因此能在译文中比较准确地传达原文中佛教术语和概念的意义。也有些译者或许对佛教理论和教义的理解不够透彻，因此在译文中出现了一些变异性的误译或误读。例如，敦煌系统《坛经》第四十二节中"七卷尽是譬喻因缘"一句，赤松本的翻译是：It is seven folios contain nothing but lessons in metaphor. 赤松将"譬喻因缘"译为 lessons in metaphor（以暗喻形式表达的教训），这种译法基本可以视作是一个简化式的变异，明显没有传达出原文的应有之义。相比之下，陈荣捷将其译作 parables and explanations of the causes of the Buddha's appearance，扬波斯基译作 parables and tales about causation，林光明译作 parables about causation，这三种译法均显示出译者对"譬喻因缘"这个佛教术语准确理解。此外，在这个例子中，赤松把"卷"译为 folios（意为"对开本"，是比较西化的说法），这也是一种变异式的译法。扬波斯基将"卷"音译为 chuan，林光明译为 rolls，两种译法均避免了变异的出现。再如，宗宝本《六祖坛经》《疑问品第三》中"人我是须弥"一处，柯立睿译本将其中的"人我"译作 Egoism（自我主义、利己主义、自私自利），这显然是一个文化变异式的翻译，带着明显的"洋格义"之色彩。Egoism 一词是由西方现代心理学术语 Ego（自我）派生而来，它的词义和"人我"的原意有很大区别。作为一个佛教术语的"人我"，是指凡俗之人妄认自身常住不变，执着"有我"之见，并非指"他人与我"或"自我主义"。通过柯立睿对这个词的翻译，我们可以推测他很可能对这个词所承载的佛教内涵意义缺乏深刻的理解，因此选择了变异式的翻译处理。综上所述，《六祖坛经》14 个英译本的译者对这部经典中某些佛教术语、概念和教义的理解与掌握有深有浅，因此一些译者的某些理解偏差也会产生某些变异式的翻译。

除了上述的几个次要原因之外，译者翻译能力与技巧以及具体翻译方法的选择也是对《坛经》英译中的"变异"有所影响。例如，有些译者由于翻译能力有所欠缺，在译文中出现了一些纯粹的无意识误译，这些技术性误译很多也带着"变异"的属性。再如，蒋坚松译本出于形式对等的考虑，采用各种不同的押韵方式，用英文诗体翻译《坛经》中的偈颂。在这个过程中为了达到押韵的效果，其翻译中也出现了一些变异的现象。总之，相对于译者身份、文化归属和对待异域文化的态度，上述一些因素属于造成《六祖坛经》英译变异的次要原因。它们并非造成变异的决定性因素，但也会对《坛经》的英译变异产生某些影响。

## 三、《六祖坛经》英译变异的综合性分析——以《坛经》名称的英译为例

在讨论了《六祖坛经》英译变异的主要原因和次要原因之后，我们以《坛经》名称的英译为例，采用比较文学变异学的思路，对《六祖坛经》英译的变异问题做一个示例性的综合分析。

首先，在本书总结的 14 种《坛经》英译本中，每一个译本的《坛经》名称英译和其他译本都存在差异，这种差异产生的原因是多方面的。最基本的原因是，这些译本依据的《坛经》中文底本名称各不相同。在《坛经》漫长的流传过程中，各个版本的名称存在着一些差异。例如，惠昕本的名称是《六祖坛经》；契嵩本全名为《六祖大师法宝坛经曹溪原本》；宗宝本全名《六祖大师法宝坛经》；敦煌本和敦博本、旅博本的全称更为复杂：《南宗顿教最上大乘摩诃般若波罗蜜经六祖惠能大师于韶州大梵寺施法坛经》。14 个《坛经》英译本的名称中，有好几个可以直接看出是以哪一个汉语版本为底本的。例如，黄茂林译本 "Sutra Spoken by the Sixth Patriarch Wei Lang on the High Seat of the Gem of Law"，冯氏兄弟译本 "The Sutra of the Sixth Patriarch on The

Pristine Orthodox Dharma",恒贤译本"The Sixth Patriarch's Dharma Jewel Platform Sutra",成观译本"The Dharmic Treasure Altar-Sutra of the Sixth Patriarch",这几个译本从名称的英译上就可以看出是依据明以后的通行本为底本。而扬波斯基译本"The Platform Sutra of the Sixth Patriarch: the Text of the Tun-huang Manuscript with Translation, Introduction, and Notes"和林光明译本"The Mandala Sutra and Its English Translation: The New Dunhuang Museum Version Revised by Professor Yang Zengwen"也都分别注明了以敦煌本和敦博本为底本。如上所述,翻译底本的差异,是《坛经》英译名称差异产生的最基本的原因,显而易见,这个原因是外在的技术性的。

但即使不考虑汉语版本之间的差异,只看《坛经》简称的英译,这 14 个译本的差异也是明显的。具体的译法如下表所示:

| 直　译 | 意　译 | 音　译（音译加意译） |
|---|---|---|
| The Altar Sutra（陆宽昱）<br>The Platform Scripture（陈荣捷）<br>The Platform Sutra（扬波斯基）<br>Platform Sutra（恒贤）<br>The Platform Sutra（马克瑞）<br>The Mandala Sutra（林光明）<br>The Altar Sutra（成观）<br>The Platform Sutra（赤松）<br>Platform Sutra（星云） | Sutra Spoken by the Sixth Patriarch（黄茂林）<br>The Sutra of the Sixth Patriarch（冯氏兄弟）<br>The Sutra of Hui-neng（柯利睿） | Tan-ching（铃木大拙）<br>Tan Jing: the Sutra of Huineng （蒋坚松） |

如果对这些采取不同翻译方法的《坛经》英译名进行类似合并,那么最基本的翻译方式有下列几种:

1. The Altar Sutra

2. The Platform Scripture

3. The Platform Sutra

4. The Mandala Sutra

5. The Sutra of (Spoken by) Hui-neng (the Sixth Patriarch)

6. Tan-ching (Tan Jing: the Sutra of Huineng)

我们先从看似最简单的音译说起。音译的方法其实预设了两种情况:或者是原文的译者希望将一种新奇的事物直接介绍给译文的读者,从而让译文读者直接记住这种新奇事物在源文化中的发音是什么；或者译文的读者对音译符号（signifier）所代表的这种事物的所指（signified）已经有了清楚的认知，不需要再通过意译进行进一步的解释。铃木大拙的音译 Tan-ching 基本上属于前一种情况。蒋坚松的音译 Tan Jing 并辅以意译 the Sutra of Huineng，这样的处理一定程度上可能表明：译者认为在国外的一个范围内读者对《坛经》已经有了了解，稍加意译辅助即可将信息传达完整。当然，蒋坚松的这种译法也许还有文化自觉自信的因素。

有三位译者对《坛经》名称的英译采用了意译的处理方法。其共同点是，都省略"坛"保留"经"，加入了"六祖"或"慧能"。这种处理可能的原因是，"坛"在英文中不容易找到合适的对应（这个问题下面还要重点讨论），既然有所省略，在英译中加入"六祖"或"慧能"以保证信息足够完整，这就成了一种必然。

更多的译者对《坛经》的名称采取了直译的翻译方法，上面提到的"The Altar Sutra"，"The Platform Scripture"，"The Platform Sutra"，"The Mandala Sutra"这四种翻译其实显示了非常复杂的变异情况，可以说，这四种翻译既包含了跨语言变异，又包含了跨文化变异的成分。我们先来看"坛"的翻译。

印顺法师在《中国禅宗史》对"坛"是这样解释的："这是由于开法传禅的'坛场'而来……当时的开法，不是一般的说法，而是与忏悔、发愿、皈依、受戒等相结合的传授。这是称为'法坛'与'坛场'的理由，也就是被称为《坛经》《坛语》的原因。"[101]不但如此，《坛经》中的"坛"还特有所指。据《六祖大师法宝坛经略序》，"其戒坛乃宋朝求那跋陀罗三藏创建，立碑曰：'后当有肉身菩萨，于此受戒。'又梁天监元年，智药三藏自西竺国航海而来，将彼土菩提树一株，植此坛畔。亦预志曰：'后一百七十年，有肉身菩萨于此树下，开演上乘，度无量众。真传佛心印之法主也。'"由此可见，《坛经》中的"坛"其意义是特定的。上述三种"坛"的英译中，platform相对原文来说变异的程度最大，因为这个词在英文中的意义相当宽泛。它可以指"讲台"、"舞台"、"戏台"，甚至可以指"站台"，简单的讲，它泛指各种"台"或者"平台"。很多译者将"坛"译成 platform 基本上可以看做是从语义对应而非文化对应的层面考虑，从"坛"到 platform 不但发生了

___
101 印顺，中国禅宗史 [M]，贵阳：贵州大学出版社，2012，第 222-223 页。

语言层面的变异，原词语蕴含的文化信息也都消失不见了。译成 altar 相对原文来说变异的程度要小一些，因为 altar 这个词本身是具有宗教意义的，在英文中指基督教教堂里的"祭坛"或者"圣坛"。从"坛"到 altar，尽管这两个词所指的文化意象不同，但在宗教性这一点上是有共同之处的，只是经历了文化意象的转换。相比之下，Mandala 这个词和"坛"在所指上的最为接近。林光明先生在解释其为何将《坛经》译作 The Mandala Sutra 时，引用了《大正藏》中的十一处资料来证明 Mandala 的意义就是指佛教中的"坛"。[102]不但如此，他还原因杨曾文教授《敦煌新本·六祖坛经》对于"坛"的解释做佐证。[103]林先生用 Mandala 翻译"坛"的另一个主要原因是，他认为这么译有些像以前所谓的五不翻原则，让人念起来有神秘及高雅的感觉。[104]此外，因为林光明先生是佛教密宗咒语方面的研究专家，还曾经跟随印度国际大学穆克纪教授修习梵文，因此坚持使用梵文 Mandala 翻译"坛"也就可以理解了。

　　与"坛"的翻译较为复杂的情况相比，"经"的翻译则统一得多。除了音译之外，只有陈荣捷的一个译本将"经"译作 Scripture，其余的译本均作 Sutra。从原始意义看，"经"原本指编织物从上到下竖向的线，后来才有了"经书"或"经典"的意思；与之非常近似的是，Sutra 这个词梵文原义是指将物品穿起来的线，后来才被用作表示印度教或佛教的"经书"。由此可见，"经"和 Sutra 在所指上，有非常接近的地方，这或许也是来自印度的佛教经典译成汉语一般不使用音译"修多罗"或"素多罗"而直接称之为"经"的原因。但 Scripture 这个词就不一样，这个词在十三、十四世纪的英语中经常用来指《圣经》，泛指其他宗教的经典则是后来才出现的用法。总之，Sutra 这个来自梵文的词汇和 Scripture 相比较而言，对英文读者来说异化效果更大；而对于汉语文字"经"来说，其变异远没有 Scripture 那么大。

102 林光明，蔡坤昌等编译，杨校敦博本六祖坛经及其英译［M］，台北：嘉豊出版社，2004，第 344-347 页。
103 杨曾文校写，新版敦煌新本六祖坛经［M］，北京：宗教文化出版社，2001，第 270 页，原文是"在佛教中，'坛'一般指戒坛、密教的修法坛。梵文称 Mandala，音译曼荼罗，意译坛、坛场、轮圆具足，是用来授戒或修持秘法的特定场所，一般以土或石筑成，或以木构层。中国戒坛始自南朝宋，此后南方相次立坛。密教修法坛则盛行于唐玄宗开元（713-741）年间密宗兴起以后。"
104 林光明，蔡坤昌等编译，杨校敦博本六祖坛经及其英译［M］，台北：嘉豊出版社，2004，第 348 页。

有意思的是，"坛"的英译中，变异程度最大的 platform 一词成为了大部分译者的选择（6 个译本）。与之相对照，在"经"的英译中，绝大部分译者则选择了变异程度相对较小的 sutra 一词。这个耐人寻味的现象向我们展示了翻译过程中跨语言、跨文化变异的复杂情况。正如曹顺庆先生所指出的那样，传统的翻译研究关注的是译文是否忠实于原文，是否翻译的真实可信，原文信息是否被最大限度地呈现出来，其立足点是求"同"。而比较文学视野下的译介学研究则关注"创造性叛逆"，其立足点是"辩异"。[105]对于《坛经》名称的翻译而言，"坛"译成 platform 经历的变异较大，然而却成为了多数译者的选择。在这一点上，也许翻译中"约定俗成"的原则起到了最大的作用：前一个译者的翻译会对后一个译者有所影响。尽管 Mandala 这个词和"坛"的内涵意义最为贴近，却只有林光明先生一位译者采用了这个方式。依法法师对此的评价是："Mandala 英文此字是梵文'坛场'的意思，但《坛经》是中国的产品，无需再还原到梵文，而且 Platform Sutra 在西方已广为接受，Sutra 已经成为一个专指佛经的英文字了。"[106]依法法师的评价，不但解释了为什么多数译者将"坛"译成变异性最大的 Platform，也解释了为什么绝大多数将"经"译成变异性相对较小的 Sutra。

以上我们以《坛经》名称的英译为例，对《坛经》各个英译本中差异产生的原因进行一个初步的探索。从上面的分析来看，我们似乎可以得出这样的一个结论：跨文化背景（尤其是文化异质性较大的两种文化）下的翻译研究，过多地对译文的价值进行判断或者执着于翻译的对错问题，实际上都是没有太大意义的。更重要的是对跨文化背景下翻译所导致的变异问题产生的原因和机制的研究。这是曹顺庆先生比较文学变异学视野下的翻译研究带给我们最大的启示。

## 小结

本节对导致《六祖坛经》英译变异的原因进行了分析。通过对《坛经》两个系统 14 个英译本的通篇逐句对读，笔者发现这些译本中存在不同类型、

---

105 Shunqing Cao. The Variation Theory of Comparative Literature[M]. Springer, 2013. p. 108.

106 释依法，西方学术界对惠能及《六祖坛经》的研究综述［A］，见《六祖坛经》研究集成［C］，北京：金城出版社，2012，第 108 页。

不同程度的变异现象。导致变异产生的根本原因是跟译者主体性相关的一些因素，包括译者身份、译者的文化归属及对待异域文化的态度等。笔者认为，在这些因素中在译者身份上佛教徒和非佛教徒的区别对不同程度变异现象的出现起到决定性的作用。这也是《六祖坛经》英译变异原因中最特殊的一点。出自佛教徒个人或团队的译本中，无论是研究型变异还是文化变异的数量都非常少，这主要是因为佛教徒对《坛经》有一种尊崇虔敬的态度，因此很少对原文做出变异式的翻译。与之相比，无佛教信仰的译者和学者的译本中变异的情况要多很多。除了译者身份上佛教徒和非佛教徒的差别之外，不同译者的文化归属和对待异域文化的态度也对《坛经》英译的变异有重要的影响。总的来说，上述几个因素都反映了《坛经》英译中译者主体性对翻译过程的影响。正如王东风先生论及以色列特拉维夫学派著名学者伊文-佐哈（Evan-Zohar）的多元系统论（polysystem）时指出的那样，"翻译策略的决定因素最终还是译者本人，因为目标文化与出发文化相比，孰强孰弱，在很大程度上是由译者主观决定的。多元系统假说如果能将译者对两种文化的主观认定在翻译过程中的作用考虑进去，势必会更有说服力。毕竟翻译策略的选择是一个主观的过程。"[107]

跟译者主体性相关的一些因素是《六祖坛经》英译变异产生的根本性原因。此外，也有一些客观因素对《坛经》英译变异有所影响，包括佛教在美国社会地位的变化、译者对译本潜在读者的考虑、译者对佛教教义理论掌握的深入程度、译者的翻译能力及对具体翻译方法等等，本节的第二部分对这些因素也进行了分析。最后，本节的第三部分以《六祖坛经》名称英译为例，对《坛经》英译的变异问题做了一个示例性的分析，以期更为直观地说明变异产生的原因和机制。

---

107 王东风, 翻译文学的文化地位与译者的文化态度 [J], 中国翻译, 2000 年第 4 期, 第 4-5 页。